东西方悲剧意识与中国先锋小说创作

（1979~2016）

柴 橚 —— 著

A Study on
Tragic Consciousness of
Chinese Avant-Garde Fiction
Writing
(1979-2016)

社会科学文献出版社
SOCIAL SCIENCES ACADEMIC PRESS (CHINA)

本书出版获兰州大学"双一流"建设资金
人文社科类图书出版经费资助

"自强不息，独树一帜"
献给兰州大学 110 周年华诞

序

柴檽博士的专著《东西方悲剧意识与中国先锋小说创作（1979～2016）》旨在探讨先锋小说中悲剧意识的表现形态及其特点。纵观1949年至1980年中国当代文学史，我以为将悲剧意识与先锋小说契合是很有意义的研究方略，也是一种建设性思路。二十世纪八十年代的思想解放浪潮顺理成章地使文学创作者思考并表现具体人物个体的价值与性情，而不再满足于笼统地将其归于抽象的集体范畴，或索性将其排除在此范畴之外。

顾名思义，"悲剧意识"是关于悲剧的。悲剧源于"山羊之歌"，即古希腊赞颂酒神狄奥尼索斯（Dionysus）的一种祭祀仪式，有合唱队伴唱。在《诗学》中，亚里士多德（Aristotle）为这种由祭祀仪式演变而来的悲剧进行定义，由此开创西方诗学传统：悲剧描写的是严肃的事件，是对有一定长度的动作的模仿；目的在于引起怜悯和恐惧，并导致这些情感的净化；主人公往往出乎意料地遭遇不幸，从而成悲剧，因而悲剧的冲突成了人和命运的冲突。

"六朝以来即有戏曲之体，要至宋时始大备。"[1] 虽然早在20世纪初，学界便根据日文中的汉词，衍生出与"tragedy"对应的"悲剧"，而且王国维等曾经阐述过自己的悲剧观念，"悲剧"只是参照"tragedy"在中国文化氛围中对"杂剧"等概念的一次重新命名。与"维新""革命"等本源于中国经典，后用于套译外邦理念的现代词语不同，"悲剧"并不见于中国典籍。纵览中国文学史，我们在谢无量所撰《中国大文学史》（1929）中尚不见"悲剧"一词，后来这个术语则堂而皇之地进入中国文学的范

---

[1]　谢无量：《中国大文学史》第8卷，中华书局，1929，第79页。

畴，如袁行霈主编《中国文学史》（2002）。可见，中国人观念中的"悲剧"实际上是用西方的术语指代本土的观念与实质。剧与悲剧均是中国古已有之的概念，十分具体可感。东西方观众对"悲剧"的理解或不尽相同，但是大体意旨是契合的，即亚里士多德概括的对于一个严肃、完整、有一定长度的行动的模仿。"严肃"令人想到博马舍（Pierre-Augustin Caron de Beaumarchais）所指出的"正剧"，也就是悲剧、喜剧之外的悲喜剧。中国人称为"悲剧"的某些传统剧目实际上含有正剧的因素，如《窦娥冤》写窦娥被无赖诬陷、官府处斩；但是三年后窦天章遇到窦娥的鬼魂，于是重审此案，为窦娥申冤。《赵氏孤儿》中大臣屠岸贾族灭同僚赵盾全家三百余口，仅存一个被救出的婴儿；二十年后这个孤儿终于报仇雪恨。这类正剧是严肃戏剧，既有令人十分感伤的情节，又有正义获胜后愉悦的结局。

何谓悲剧？这正是错综复杂的悲剧意识研究的首要课题。有论者认为，王国维、胡适等对悲剧的理解过于偏重悲惨的事件与结局，是"悲惨强迫症"。在我看来，悲剧既然被推而广之，由几千年前发源于古希腊的雏形繁衍到世界各地，由一种戏剧形态发展为其他文学类型（如小说）中的广义概念，甚至成为人们日常生活中常用的词语，那么恰恰说明这是一个涵盖面甚广的总括词（umbrella term）。悲剧如醇酒，品种繁多，而且烈度不一。亚里士多德描述的古希腊悲剧只是各种现代版本的原型（prototype），悲剧的概念不仅与时俱进，也是有地域特色的。

先锋小说和悲剧的纠葛似乎可以理解为作品的悲剧性质与悲剧意识，这类小说或有贯穿作品（如余华的《活着》）的完整悲剧情节，或有悲剧情节片段（如格非的《敌人》），或完全没有悲剧情节（如莫言的《丰乳肥臀》），但是个人的悲剧以及悲剧意识才是不可或缺而居于首位的。

虽然悲剧意识始终贯穿中国文学，但作者选择着重考察二十世纪八十年代勃发的先锋小说中的悲剧意识。读过此著作后，我明白作者是将某些先锋小说作为张扬人性的沃土来审视的。余华的《活着》、格非的"江南三部曲"（含《人面桃花》《山河入梦》《春尽江南》）、苏童的《妻妾成群》、残雪的《五香街》等均是广义的当代悲剧，也是替代 1949~1980 年群体或群体代表人物为弘扬主流服务宏大叙事的小叙事。这类作品以苦涩的怀旧心绪描写风云变幻的这一相同社会背景中超越骆驼祥子式的实在悲戚经历的富贵①等意念中的大苦大悲。

熟谙西方文学的作者在本著中注意到中国文学中的悲剧主要是社会悲剧:

> 与近代西方不同,近代中国关于"社会"与"人"的悲剧主题的认识与反思是在极为复杂的现实和历史背景之下,通过改良群治、批判国民性等思潮来实现的。但在当时大规模书写社会悲剧的同时,中国现代文学的封闭式写作又曾少量"溢出"有关人性悲剧的作品。从这个意义上讲,两者在数量与质量上的巨大差异亦反映了中国现代文学将近三十年(1919~1949)悲剧意识的"现实性"与"功利性"。

在展现悲剧深刻意义方面,黑格尔(Georg Wilhelm Friedrich Hegel)认为,悲剧的意义主要在于通过悲剧人物的毁灭,伸张永恒的正义,而不仅仅在于表现人世间的种种苦难。我认同作者在第一章中对"人的隐身"的探讨,但"平民文学""大众文学""工农兵文学"等论题均是以集体僭越个体、以抽象出的"典型环境中的典型人物"代表具体人物的文学概念。

在描绘具体可感的人,讴歌他们作为历史主体的使命的同时,久违的悲剧意识得以复归,人性得以复归。早在推翻帝制后不久的1918年,周作人发表《人的文学》,认为"人的文学,本来极少。从儒教道教出来的文章,几乎都不合格"。他所呼唤的、充分表现"灵肉一致"的"人的文学"始终只是中国文学的一股潜流,距离主流相去甚远。多年前作为中国当代文学变革标志之一的先锋小说是回归人的文学的有益尝试,弥足珍贵。

我所理解的悲剧意识是在本体论的维度上展现、思考处于存在之大欲

---

① 余华小说《活着》中的主人公。

中的个人的悲苦，先锋小说是一种承载悲剧意识的当代悲剧，二者的瓜葛正在于此。

如今人们谈论先锋小说总不免突出作者故弄玄虚的叙事圈套、语言的超载、主体意识的凸显等技巧方面的特征。在我看来，"怎样写"固然重要，但"写什么"则更重要。先锋小说之所以在二十世纪八十年代中期引起震撼，被冠以"先锋"之名的内在原因是其作者们在反抗以往所谓现实主义的偶像化、木偶化人物塑造模式背景下对人的个性的召唤，表现拒绝格式化的反叛意图。当时的热门话题"文学自觉"体现文学本体观念的再生，小说不再千篇一律地以"问题小说"的面目呈现，对抽象群体或社会做隔靴搔痒式的写实反映（reflection）让位于对鲜活的男女及其欲求做画龙点睛式的再现折射（refraction）。

本书在中国传统"天、地、人"之"三才"的认知与思辨结构内探讨悲剧意识问题，提出可以用"天残""地缺""人殇"来概括中国先锋小说中流露的悲剧形式与悲剧意识，因为它们不啻是酿成悲剧的原因或结果，这反映作者将东西方理念合璧的创新思想。天、地、人"三才"之说源于《周易》说卦："昔日圣人之做易也，将以顺性命之理，是以立天之道曰阴曰阳，立地之道曰刚曰柔，立人之道曰仁曰义。"效法自然之征象，古人认为天文阳阴合一，地理刚柔并济，人道仁爱正义是理想社会形态，符合自然界的变化规律。天地之外人为贵，人本主义原是传统中国文化观念，与古希腊罗马文化敬畏神和西方基督教文化崇拜上帝的思想不同。遗憾的是，人本主义在中国始终是一种未能付诸实践的理想。

胡适曾在《文学进化观念与戏剧改良》一文中阐释中国语境中的悲剧意识，认为天地不仁、造化弄人等因素俱是使人堕落的原因。本书作者借天、地、人"三才"之说阐发先锋小说中的悲剧意识，是修正传统观点，古为今用的尝试。造化作弄人，环境制约人，人亦作茧自缚，因此人不时会遇到灾难，甚至招致毁灭。

柴櫹君多年来以学术为业，尤其在攻读硕士、博士学位期间博览群书，积累知识，提炼心得。由翻译理论与实践起步，渐渐转入文化与文学研究，他始终留意贯通中西，终于取得成就。在此，我愿借柴櫹的学术经历，用直白的语言为仍在上下求索中的学子解惑。学生，学者，在英文中本是同一个词（scholar），唯年纪不同而已，均应治学。现今所谓的"学习"，似应是"三部曲"：首先是读书（能够引起深刻反思、读后产生"书场"的书），其次是将读后产生"书场"的书以类比等形式联系起来生成自己的观点（虽然只是沙里淘得的几粒细小的金砂），最后将自己的观点形成文字。此种治学的方法与路径简单易学，所有人皆可掌握。但是，古往今来有一得之见的人则可谓凤毛麟角。究其缘由有二：一是因其简单而被忽略；二是虽服膺这些方法，人们却大多无恒心坚持始终。

柴橚君曾是持之以恒的学生，如今已成为博学多识的学者。我殷切希望我认识的业内青年俊彦以他为楷模，勤耕不辍，繁荣学术。是为序。

袁洪庚

2019 年 4 月 2 日于兰州大学

摘　要

　　具有现代主义特质的悲剧意识在新时期中国先锋小说家及其创作中均有突出的体现，它构成了具有独特文化价值与时代意蕴的本土艺术存在。恰是中西结合、历史复杂延续至今的悲剧意识及其独特的艺术表现，使得先锋小说饱含了多元的创作技巧与深刻的思想内涵。本书突破了国内先锋小说纯技巧性探索的樊篱，在梳理人类不同历史时期文学内部悲剧意识嬗变的基础上，结合先锋小说代表性作品，对其蕴含的多元性、变化性与矛盾性的悲剧意识进行了一次全面与深刻的探索。

　　绪论部分对悲剧的概念、悲剧理论进行了分析与梳理，指出悲剧的本质即对"以自我生命发展为意识方向"的悲剧性思考与表现，挖掘西方现代悲剧与命运悲剧、人性悲剧的区别和关联，并将丹纳的"环境"概念与《周易》"天地人"的三才思想结合，创造性地构建"悲剧意识三维论"。这一理论的创新旨在正视现代悲剧与以往悲剧之间的区别与关联，使得悲剧内部动态且复杂的发展变化易于审视。

　　第一章以历史横向与纵向为基线，考察东西方传统、近现代、当代三个典型时期悲剧意识的共性与差异，挖掘本土先锋小说发生之前，中国文学蕴含的悲剧意识的历史走向与发展惯性，总结在不同历史阶段，东西方悲剧意识所涵盖的"天残""地缺""人殇"三个不同特质层面，探讨本土先锋小说悲剧意识的内涵、表现与流变。

　　第二章从先锋小说现代叙事形式与传统悲剧意识神秘感和宿命感的互通入手，关注先锋小说表现的偶然、必然、轮回、死亡等苦难现象，探究小说重回神秘与传统宿命的多重缘由，指出在现代主义与后现代文学思潮下，先锋小说悲剧意识与传统悲剧意识层面存在对接、吸收、转化的内部合理性与当代性。

第三章指出在构筑当代物质世界与精神空间的同时，本土先锋小说反映了西方现代主义的荒诞哲思与孤独体验。但与西方现代浓厚的悲观情绪相比，除了全方位表现多灾的世界与苦难的人生外，先锋小说还依然寻觅着承担荒诞、反抗孤独的悲剧精神。

第四章关注二十世纪九十年代以来，悲剧意识内涵日益丰富的先锋小说逐渐进入思考人性的多维意识层面，并在相当深刻的程度上涉及了历史发展中的群像悲剧，通过先锋小说的特殊创作形式对其进行讽喻与揭露。

在具体探讨先锋小说"天残""地缺""人殇"三个悲剧意识层面过程中，本书注重宏观通论与个案分析的结合、纵向与横向史实的梳理，力求在感知和把握先锋小说悲剧意识的同时，挖掘先锋小说内部旺盛的思维活动，指明它们构成了中国新时期文学鲜活样态与独特气质，探讨先锋小说内部极为独特、复杂与多元的悲剧意识，为新时期先锋小说研究做出一定的贡献。

关键词： 悲剧　悲剧意识　悲剧意识三维论　天残　地缺　人殇

Abstract

Chinese Avant-Garde novelists of the New Period are sensitive writers, who are aware of Western literary thoughts and consciously exhibit their own comprehension in their works, and who have inherited, the tradition of Chinese literaty in the meantime. Consequently, they have cultivated their own modern tragic consciousness. It is feasible to locate outstanding tragic values proclaimed in their works.

However, the issue of contemporary Chinese Avant-Gardists' tragic consciousness remains largely unexplored. Examining minute variations and discrepancies of tragic consciousness between Occidental and Oriental theories and it's representation in literary works, especially those by contemporary writers like Mo Yan, Yu Hua, Ge Fei, Su Tong, Ma Yuan, Can Xue, Ye Zhaoyan, Bei Cun and so on, the present author of this book makes a systematic and thorough study in this field synchronically and diachronically.

Through tracing the similarities and differences of Western tragedy theories, the first chapter intends to point out that the essence of tragedy lies in the tragic consciousness of self-survival and self-development. Referring to Western tragedy theories and traditional Chinese philosophy of heaven, earth and man, the present author puts forward the assumption of three-dimensional tragic consciousness, which includes *Tragic Consciousness of the Mandate of Heaven*, *Tragic Consciousness of Earthly Milieus* and *Tragic Consciousness of Human Nature*, to explore the complex connotation and evolution of Western tragedy and make a prediction on its future creation.

The second chapter explores, the multiple reasons of mutual intelligibility of mysticism and fatalism derived from *Tragic Consciousness of the Mandate of Heaven* in both Chinese Avant-Garde fiction and traditional tragedy, and argues intrinsic rationality and contemporaneity of Chinese Avant-Garde fiction have absorbed and transformed traditional Chinese and Western tragic consciousness.

In the third chapter, the present author, locates various elements of Chinese Avant-Garde fiction about loneliness and absurdity from *Tragic Consciousness of Earthly Milieus* which also prevail in Western modern tragedy, and distinguishes local contemporary tragedy spirit from Western tragedy spirit.

The fourth chapter contemplates the great achievements of *Tragic Consciousness of Human Nature* after the turnaround of Chinese Avant-Garde novelists' writing since 1990s, showing that the typical writing of Chinese Avant-Garde fiction has revealed group-like tragedy.

Through combining theoretical discussion with case analysis, the present author strives to get a thorough understanding of tragic consciousness in Chinese Avant-Garde fiction, digs out the sophisticated mental activities, presents the fresh and unique temperaments which novelists commence and develop, and finally sums up the complexity, variability and diversity of tragic consciousness in Chinese Avant-Garde fiction. All these efforts aim to make a significant contribution to the correlational research in Chinese contemporary literature.

Keywords: Tragedy; Tragic Consciousness; Three-dimensional Theory of Tragic Consciousness; Tragic Consciousness of the Mandate of Heaven; Tragic Consciousness of Earthly Milieus; Tragic Consciousness of Human Nature

目 录

Contents

绪　论

一　作为"对立中合乎人类本质发展方向的精神现象"的悲剧意识

在人类漫长的历史长河中，悲剧大致包含三个由表及里、逐层深入的内涵。一是它广泛出现在日常生活的用语当中，表述、概括现实社会与自然环境中的不幸事件；二是它隶属西方文学史重要的艺术门类，在特定的历史时期，富含特殊的艺术效果与思想内涵①；三是悲剧的意义再次外延，成为囊括生命存在、矛盾、和解，产生多重思考与审美感受的庞大学说体系。什么是悲剧，悲剧的本质是什么？这两个学术界最需解决的问题，反倒让学者们手足无措、无所适从。事实上，西方悲剧自发生那一刻起，其学说众多，派别林立，研究方法千差万别，导致了悲剧理论具有动态性和复杂性，甚至同一学派内部亦存在割裂与矛盾的观点②。

西方悲剧理论的动态性与复杂性的根源在于西方悲剧创作一直处于不断发展与不断变化当中，加之每个时代各个民族对悲剧的认识既有继承又有差异，悲剧的理论必将丰富多彩、复杂多样。这一点正如美国作家阿

---

① 悲剧作为戏剧的主要体裁之一，以严肃、凝重的文风处理主人公个人遭遇的或引起的悲伤或恐怖事件。亦可用于指其他文学作品，如长篇小说。见《不列颠百科全书》，中国大百科全书出版社，2007，第454页。

② 古典主义时期，布瓦洛（Nicolas Boileau-Despréaux）的尚古英雄说与埃弗蒙（Charles de Saint-Évremond）的崇今悲剧题材论之间存在矛盾；启蒙运动时期，伏尔泰（Voltaire）古典主义悲剧创作与莱辛（Gotthold Ephraim Lessing）对古典主义悲剧学说的批判等亦歧异纷呈。见程孟辉《西方悲剧学说史》，中国人民大学出版社，1994，第146~219页。

瑟·米勒（Arthur Miller）所指出的："关于悲剧，……这个题目使如此众多的作家感兴趣，正是可以部分地证明悲剧的概念是在不断地变化着的。"① 而造成悲剧理论具有动态性的另一个原因则在于，悲剧是由悲剧意识与悲剧精神这两个基本要素构成的，这两个要素亦非通过固定的方式构成悲剧。具体来讲，悲剧意识是指生命直面生存困境，以自我反思为结果：当人类意识到生存环境不再和谐统一，企图超越困苦之际，"忧患""悲伤""凄凉"等"悲"之因子自然在生命的意识中形成，其创作的文艺作品必将带有悲剧性的文学色彩；悲剧精神则以昂扬的斗志促使"恶"与"力"的对抗，"悲"与"美"的结合，将惨痛的生命升华到可以欣赏的艺术层面。但是，悲剧意识与悲剧精神的二者分化以及彼此之间不稳定的组合方式，为悲剧与悲剧理论带来诸多复杂因素。

另外，从悲剧创作的历史发展来看，受宗教、社会、文化、民族等宏观因素以及各个作家自我经历与所处环境的千差万别的影响，西方文学作品中悲剧意识与悲剧精神在混合时的各自"比例"及"方式"亦有所不同，因此所产生的悲剧自古希腊命运悲剧诞生伊始，虽时代变迁而不断扩延、深化，如从欧洲文艺复兴时期的性格悲剧，到十八世纪、十九世纪的现实悲剧，再到二十世纪的现代悲剧，悲剧发生了的巨大的转化。这样的变化同样迫使悲剧内部与"美"相连的悲剧精神总体上呈减弱的趋势。这里，如果将悲剧置于人类社会历史发展的视域中，悲剧的发展与演变就如弗里德里希·恩格斯（Friedrich Engels）所说的："黑格尔在某个地方说过，一切伟大的世界历史事变和人物，可以说都出现两次。他忘记补充一点：第一次是作为伟大的悲剧出现，第二次是作为卑劣的笑剧出现。"② 恩格斯的论断反映了悲剧须放在一定的历史范畴，一切事物（包括悲剧）在社会历史发展过程中都在走曲折的发展道路。当它们随着历史上升路线行进，这个时期就会造就可歌可泣的伟大人物，就会出现可歌可泣伟大的事变，人物和事变皆具有悲剧性，文学作品亦能反映崇高的悲剧精神。就像

---

① 〔美〕罗伯特·阿·马丁主编《阿瑟·米勒论剧散文》，陈瑞兰、杨淮生译，生活·读书·新知三联书店，1987，第45页。
② 《马克思恩格斯选集》第1卷，人民出版社，2012，第668页。

抛物线一样，当社会事物沿着上升路线行进到达最高点，随即开始走向自己的反面，沿着下降的路线行进，这个时期就会出现滑稽可笑的人物与卑劣龌龊的事件，导致悲剧精神呈减弱的趋势。因此，后一阶段的悲剧作品使得西方理论界走出"崇高""冲突"等隶属悲剧精神研究范畴的论说，注重对生命之悲的理性思考与客观评判，发展出"悲剧放弃论"[①]"悲剧死亡说"[②]"价值毁灭论"[③] 等一系列偏重悲剧意识的现代悲剧理论。

当然，我们也不能忽略西方悲剧理论内部的割裂性与矛盾性。因为，理论上的差异更能帮助人类找出悲剧的互通性：即便在表现冷峻、丑恶世相的西方现代文学著作，如《荒原》（The Waste Land）、《审判》（Trial）等，人们依然能够从中发现呼唤高尚、追求自由的悲剧意识。现代悲剧之所以与以往悲剧存在巨大的审美差异，就在于前者以感受、认识、反思为主，着重观照悲剧冲突的必然性与不可调和性，反映悲剧的哲思性，寓示悲剧意识的深刻性；而后者则从符合人的合理要求出发，表现有价值的毁灭行动，弘扬不灭的精神与生命力。因此，悲剧不论发生怎样的变化，它绝非完全的绝望。这一点正如阿贝尔·加缪（Albert Camus）所说："如果绝望引发言语或思考，并最终导致写作，博爱就会出现，自然的事物得到正名，爱也由此产生。绝望的文学是一个矛盾的说法。"[④]

因此，在这个意义上，悲剧的本质首先要富含悲与痛，表现人的力量

---

① 十九世纪以反古典理性主义面目出现的德国哲学家亚瑟·叔本华（Arthur Schopenhauer）宣扬了一种"悲剧放弃说"，希望人类"放弃整个生命的意志"。详见〔德〕亚瑟·叔本华《作为意志和表象的世界》，石冲白译，商务印书馆，1982。

② 尼采的"悲剧之死"与"上帝之死"两种死亡说实际上是把两种传统文化的神性根基作为舞台元素，以此展开对现代文化的批判，也首次构建悲剧意识的文化形态研究。随后，西方学者在探求西方文化悲剧性的同时，又将价值问题视为悲剧研究的核心，从而将悲剧目标放在更为广阔的当代社会与现代文化现象中。详见〔德〕弗里德里希·威廉·尼采《悲剧的诞生·偶像的黄昏》（英文版），中央编译出版社，2012。

③ 舍勒（Max Scheler）曾经指出，一切可称为悲剧性的事物均在价值和价值关系的领域中活动；在无价值的宇宙中，如在严谨的物理力学构思的宇宙中，是无悲剧可言的；唯独存在着高、低、贵、贱的地方才有悲剧性事件，如果悲剧性现象出现，那么一种价值无论如何必然毁灭。见刘小枫主编《舍勒作品系列》第三册，北京师范大学出版社，2014，第 135 页。

④ 引自〔英〕雷蒙德·威廉斯《现代悲剧》，丁尔苏译，译林出版社，2007，第 180～181 页。

在主客观矛盾的条件下所遭受的必然失败与痛苦。这里，我们所说的失败与痛苦不仅可能导致肉体的伤害甚至死亡，而且它还指在矛盾斗争中主体被客体压制并深刻体现对立中合乎人类本质发展方向的精神现象。而"对立中合乎人类本质发展方向的精神现象"这句话又可以从"对立中合乎历史的发展方向"与"对立中合乎人类自身的发展方向"两个层面来理解。第一，"对立中合乎历史的发展方向"可概括为符合历史趋向，呼唤社会步入历史必然的认识道路。由于不断变革与持续发展是人类社会的基本属性，在人类社会由初级迈向高级的动态发展过程中，每个阶段的历史又是在特定的条件与因素中产生的，"但是对它自己内部逐渐发展起来的新的、更高的条件来说，它就变成过时的和没有存在的理由了；它不得不让位于更高的阶段，而这个更高的阶段也同样要走向衰落和灭亡"[①]。这意味着历史发展的必然趋势以及全人类发展的意识走向虽终将走过旧的历史，替代旧的阶级，但由于种种主客观原因，也要遭到痛苦与失败，产生马克思、恩格斯所说的"历史的必然要求和这个要求实际上不可能实现的悲剧性冲突"[②] 的普遍意义。第二，"对立中合乎人类自身的发展方向"是指悲剧意识不仅与个人体验生活的模式紧密相连，而且它还肯定了人的价值与尊严，完善了人的道德与情感，是对人类充满无限的人文主义关怀。不论是历史记载以来的西方戏剧，还是现代主义甚至后现代主义的西方小说，文艺内部不论产生多么巨大的技巧变化与审美差异，其本质都不是把悲剧与悲观等同。作为深刻体现对立中合乎人类本质发展方向的精神现象，悲剧实际是让人类感受并认识与自我、他人、世界冲突，并在其背后发现真实的悲哀，关注人的尊严，正视人的价值，以客观与热烈的悲剧意识，强化生命的使命感与责任感，直面苦痛的人生。因此，任何一种社会生活艺术当中的悲剧，假如它不包含与历史必然存在的一种抗争意识与超越精神的话，那么它就不具备真正的悲剧性。而作为"对立中合乎人类本质发展方向的精神现象"，悲剧意识是对人类生存悲剧性的一种总体性的心灵感受

---

① 《马克思恩格斯选集》第4卷，人民出版社，2012，第213页。
② 《马克思恩格斯选集》第4卷，第364页。

与精神把握，是对人类在自我生存价值和意义的困惑中所产生的本质性进行思考。"这种对立中的人的力量永远无法最终战胜宇宙、自然与社会，人因而无法摆脱自己的灾难。具体表现为理想与现实的落差，生存与毁灭的矛盾，理智与情感的冲突。"① 因此，具有悲剧意识的西方作家，他们总要力图暴露人物所处的困境，揭示所受的痛苦，表现他们徒以自身之力无法突破困境所带来的忧患、悲伤甚至绝望的精神现象。但是，悲剧意识又是人类自我觉醒的精神产物，它因此冲破了世间空虚、麻木的混沌状态，勇敢面对历史与现实，凭借十分独特的感性视角与理性认识，对人类在历史发展当中所遭受的苦难进行终极追问；同时，人类在悲剧意识中锤炼、提升自我的悲剧精神，勇敢地面对并接受历史发展中的各种挑战，努力进取。

二　西方现代美学与中国传统哲学交集下的悲剧意识三维论构建

作为深刻表现"对立中合乎人类本质发展方向的精神现象"的悲剧，古希腊诗人曾经给出命运的神秘解答。在西方文艺复兴时期的人本主义者眼里，人性的缺陷或许成为引发悲剧的导火索。而当历史步入现代后，在"信仰失落"的喧嚣以及异化社会快速发展的复杂世界，西方哲学家、美学家不得不再次思索这一重要命题，但他们给出不尽相同的答案。

首先，一些现代思想者原地踏步，其中知名的学者莫过于当代存在主义创始人马丁·海德格尔（Martin Heidegger）与文艺批评大师乔治·斯坦纳（George Steiner）。海德格尔曾经在《关于人道主义的书信》（*Letters on Humanism*）中多次提及"那种通向存在之切近处来思人之人性"②。另外，他在《存在与时间》（*Being and Time*）中所探讨的"向死而生"决断论以及担任弗莱堡大学（Universität Freiburg）校长期间提出的关于"知识远不

---

① 马晖：《民族悲剧意识与个体艺术表现：中国现代重要作家悲剧创作研究》，民族出版社，2006，第 5 页。

② 〔德〕马丁·海德格尔：《路标》，孙周兴译，商务印书馆，2000，第 404 页。

如必然性有力量"① 的言论，都是将现代人类生存的现状"理解为一种明显的悲剧性的'双重牵制'，暗示着一种无法协调的对命运的拒绝和包容"②，并指出"命运占有优势，所有关于事物的知识，都首先听任命运的摆布，并且在它面前不起作用"③。可以说，海德格尔的存在主义悲剧理论在遥远的命运悲剧意识中滞留。这样的思维固守亦引发后来学论者如斯图亚特·柯伦（Stuart Curran）、特里·欧登（Terry Otten）等人④的驳斥。

其次，乔治·斯坦纳（George Steiner）从现代文艺批评理论与传统命运悲剧创作的比较出发，在固定、保守的美学视域内部提出"悲剧已死"（the death of tragedy）⑤ 的论断。他指出，在历经"悲剧（tragedy）""近似悲剧"（near tragedy）与"非悲剧"（not tragedy）三个历史阶段后，悲剧已然步入消亡这一文化事实。但是，从悲剧消亡的表征来看，他所说的"悲剧已死"不过是传统意义上的悲剧经验不再处于主流位置，取而代之的是关注个体和日常的悲剧体验。正是在这一语境下，针对斯坦纳理论中有关悲剧概念、理想悲剧的一元性，英国马克思主义文化批评家雷蒙德·威廉斯（Raymond Williams）在《现代悲剧》（Modern Tragedy）与《戏剧：从易卜生到布莱希特》（Drama from Ibsen to Brecht）两部著作中分别引入"情感结构"（structure of feeling）与"常规模式"（convention）两个概念，探讨现代人类情感结构变化导致悲剧蜕变的客观性与必然性，阐发悲剧实属于一种社会属性、文化属性和过程特性的动态情感的体验集合，论证"悲剧不是一个可以孤立开来的美学或技术上的成就……这种艺术形式所体现的不是一种扎根于个体经验的可以分离的形而上学的立场"⑥。在这种理论视域下，他指出斯坦纳以不变的命运悲剧映射整个西方悲剧发展史，对其所谓的"完美悲剧"进行原型式的剥离与放大，这样的研究方式本身

---

① 刘小枫、陈少明、赵卫国：《海德格尔的政治时刻》，华夏出版社，2009，第274页。

② 〔德〕马丁·海德格尔：《路标》，孙周兴译，第46页。

③ 〔德〕马丁·海德格尔：《路标》，孙周兴译，第274页。

④ John Ehrstine, "In the Shadows of Romance," in Comparative Drama, 22：2, 1988, pp. 187-189.

⑤ George Steiner, The Death of Tragedy, New Haven & London：Yale University Press, 1996.

⑥ 马晖：《民族悲剧意识与个体艺术表现：中国现代重要作家悲剧创作研究》，第9页。

就否定了十九世纪以来早已存在的文化形态悲剧理论，也忽视了悲剧是对人类社会的动态的宏观认识。因此，以"对立中合乎人类本质发展方向的精神现象"为本质的悲剧，它的研究需根据不同历史时期的社会文化中的特殊性，寻找各自不同地域、不同时代的悲剧经验，"发现其中新的因素和新的生长点，接着在分析的维度上概括出这一时代的理论特征，……而不再是某种特殊而永久的事实"①。可以说，威廉斯在马恩理论中找到了更为贴近现代社会历史的悲剧言说方式，从文体视角解救出了西方文学对悲剧形式的长期绑架，在审美情感方面使得濒临危机的悲剧理论安全转向。

此外，在批驳"悲剧衰亡论"的西方"现代悲剧"学者当中，作为"存在主义的马克思主义"的先锋，让·保罗·萨特（Jean-Paul Sartre）根据马克思、恩格斯的论断，发展了他的存在主义哲学理论，克服了神创论与普遍人性论的理论模型，赋予了现代西方人类更多的自由与责任。特别是他提出的"存在先于本质"的悲剧性学说不仅解构了以往趋于黑格尔乐观理性主义的悲剧美学，而且强化了叔本华（Arthur Schopenhauer）与尼采（Friedrich Wilhelm Nietzsche）悲剧理论的现代属性。在他看来，人类的悲剧是生命正朝着无限可能性发展时，在不断剪除"自我存在"的"游离状态"（detached state）②中产生的。而这过程中所产生的一切价值和意义又以"我"的存在、"我"的行动以及"我"的责任来实现的。从这个意义上讲，萨特的自由本体论是在探讨"孤独""烦恼""绝望""焦虑"四种现代人类典型状态的同时，赋予了生命极为内在与个性化的自在悲剧属性。

最后，这样的理论创新在另一位存在主义大师加缪那里得到更加明晰化的美学与诗学指向。在细心比对经典悲剧人物原型与现代社会人类特质后，加缪认为悲剧的根源在于人与世界之间无法和谐的关系。③而这种对立且悲剧式的关系必定包含"将个体或群体人的某些弱点或偏见视为悲剧性本源的生命内部悲剧"以及"人类能力无法企及、无法预知的外部悲

---

① 王杰、肖琼：《现代性与悲剧观念》，《文学评论》2009 年第 6 期。
② Kevin W. Sweeney, *The Philosophical Contexts of Sartre's The Wall and Other Stories：Stories of Bad Faith*, Lanham：Lexington Books, 2016, p.34.
③ 〔法〕阿贝尔·加缪：《局外人》，柳鸣九译，天津人民出版社，2016，第 196 页。

剧"。此外，不论是萨特的存在主义英雄悲剧，还是加缪的存在主义荒诞悲剧，作为现代悲剧①，它们都囊括了"将个体或群体人的某些弱点或偏见视为悲剧性本源的生命内部悲剧"与"人类能力无法企及、无法预知的外部悲剧"两种极端形式之间，即萨特所说"游离式"的悲剧新态。其目的是正视现代人"丧失了对未来世界的希望，造成这种人与他的生活之间的分离，演员与舞台之间的分离，真正构成荒诞感"②，并通过人的存在具有自相矛盾、二律背反的悖论性质，揭示了社会发展的另一种可能性空间。在这种批判式的现代悲剧意识下，萨特与加缪的剧作，如《苍蝇》（Les Mouches）、《死无葬身之地》（Mort san sépulture）、《卡里古拉》（Caligula）、《误会》（Le Malentendu）等，都"表现出一种不确定性，一种诚实的模棱两可"③。而这些"模棱两可"作品，即"中间"属性的现代悲剧性作品，它们内部所承载的悲剧关系必定不会像命运悲剧那样遥不可及，也不再如性格悲剧或者社会悲剧那么贴近人性与现实。因为一方面，它忽视了宿命的神秘作用，却重视世界对人类的负面影响，将现实挫败与生命的逃避归为现代宿命；另一方面，它又走出以往生命内在的原罪审视，将悲剧之源，即人的"原罪"与"邪恶"延伸至与他人的现代沦落关系上，审视他人于自我"灵"与"肉"的双重压迫。换言之，这种处于命运与人之间的第三种悲剧意识形态既与命运悲剧、人的悲剧有所关联，又有所距离；既富于现实的批判指向，又富含形而上的哲学沉思与虚幻的生命潜流。

此外，作为对立中合乎人类本质发展方向的一种特殊精神现象，第三种悲剧意识实与历史文化学派奠基人伊波利特·阿道尔夫·丹纳（Hippolyte Adolphe Taine）在《艺术哲学》（Art Philosophy）中提出的自然环境、社会环境以及文化环境概念融为一体的"环境"（milieu）意识相似。④ 两者都具有形而上的哲学意味，富于普遍而现实的真理，既与人类

---

① 〔英〕雷蒙德·威廉斯：《现代悲剧》，丁尔苏译，第178~195页。
② 〔法〕阿贝尔·加缪：《西西弗的神话》，杜小真译，西苑出版社，2007，第6页。
③ 〔英〕雷蒙德·威廉斯：《现代悲剧》，丁尔苏译，第185页。
④ 参见〔法〕伊波利特·阿道尔夫·丹纳《艺术哲学》，傅雷译，广西师范大学出版社，2000，第66~71页。

生活息息相关，又无法明确其精神指向。但是，我们认为当一个宏观的概念进入一个既定的理论领域时，就需要对其进行更加细致与更为理性的理论界定与事实讨论。在这个意义上，我们以丹纳"环境"理论为基石，走进更为宏阔的哲学视域，将此颇具现象性的理论提升至本质哲学性的概念层面，看看究竟还有什么理论能够与特殊的第三种悲剧意识相契合并包含以往传统的悲剧意识？在中国传统哲学当中，具有很强"环境"建构意识的"三才"之道可与之相互参照、阐发。在中国传统哲学当中，"三才"实指天、地、人。"有天道焉，有人道焉，有地道焉。兼三才而两之，故六。六者非它也，三才之道也。"（《易传·系辞下》）受《周易》天、地、人"三才"深邃思想的影响，人类对自然（天、地）持恭敬之心，又将人与自然并列，从而体现"天人合一"的和谐精神。而"地"正是企及"天人合一"理想境界的媒介。虽古人有云"天命难违"，如果介于"天"与"人"之间的环境即"地"发生改变，人之命运的三分之一自会随之变化，"听天由命"的说法便不再成立。由此，我们不妨将处于命运与人之间的第三种悲剧意识与《易传》当中的天为宇宙、地为世界、人作为天之所"始"，地之所"生"，不过是自然界的一个组成部分的论断相结合，将这种处于天人之间的现代悲剧意识定义为"地"，以此审视迫于人类意识的自我分裂，通过这种分裂的狭窄视域来看待整个世界，亦会造成世界在人类精神层面的瓦解，并割裂了人与世界的广泛联系，在精神层面产生关于"世界残缺"的悲剧意识，得出存在的孤独与荒诞的生命结论。如此的理论构建也能够将文学作品中与生命意志相矛盾、相冲突的悲剧意识提炼为天命的不公正、不完满，即"天残"的悲剧意识维度和来自残缺世界的"地缺"悲剧意识维度以及自我之"殇，不成人也"（《说文》）的"人殇"的悲剧意识维度。

　　事实上，每一部悲剧又是由"天残""地缺""人殇"悲剧意识维度中的单个表现或多个维度交合后的表现。引发悲剧的终极因素实为其中一个或者多个维度，从而最终体现天之悲剧、人之悲剧的传统悲剧或者地之悲剧的现代悲剧。可以说，这种悲剧意识三维论是在西方现代美学发展与中国传统哲学回顾的交集中产生的，它意欲正视现代悲剧与以往悲剧之间的区别与关联，审视悲剧内部动态且复杂的发展变化，帮助人道借助地道会通天道，知常明变，改变命运。

三 悲剧意识三维论对西方悲剧的再度诠释

"人的思维是否具有客观的真理性，这不是一个理论的问题，而是一个实践的问题。人应该在实践中证明自己思维的真理性，即自己思维的现实性和力量，自己思维的此岸性。"① 因此，我们有必要运用悲剧意识三维理论对西方悲剧再度诠释，检验其客观性与真理性以及再度探索的力量。

首先，重回古希腊时期，当时的西方人面对众神的不公，自我怀疑与抱怨实际源于命运作弄下内心追求与现实生存之间永无契合的苦闷。人类选择了神，拥护了神，期待好运，求得庇护，可命运与神都不能时刻给予人眷顾。人类无法理解，不知所措，面对理想的疏离以及现实的巨大冲击，当时的古希腊悲剧不仅包括悲剧意识三维理论当中"天残"的悲剧意识维度，也将"地缺"这一维度容纳其内，这一点正如马克思在分析埃斯库罗斯（Aeschylus）的悲剧《乞援人》（*The Suppliants*）时所指出的，该悲剧实际反映了古代社会新旧两种婚姻制度的冲突。恩格斯也曾认为埃斯库罗斯的另一部悲剧《复仇神》（*Eumenides*）实则描绘了古老的母权制与新生父权制之间的斗争②。此外，在索福克勒斯（Sophocles）著名的命运悲剧《安提戈涅》（*Antigone*）中，安提戈涅与克瑞翁（Creon）就埋葬死者问题上的意见分歧，深刻体现了古希腊神法（宗教制度）与人法（城邦之法）之间的冲突与矛盾。当时，神法（宗教制度）是人生存追求的最高法则，古希腊人亦通过神法来填补自我的心灵空虚，求得了面对生活所应有的真诚。从当时斯多葛派（The Stoics）神之世界与人之世界统一的思想出发，塞涅卡（Lucius Annaeus Seneca）提出人们彼此是亲戚，是统一体

---

① 周峰：《主体的实践：马克思〈关于费尔巴哈的提纲〉如是读》，广东人民出版社，2016，第5页。

② 参见《马克思恩格斯选集》第2卷，第213页。

的成员的言论，并认为这些都是西方世界为了同一目的用同一物质而创造了所有的人。可社会现实却是人法（城邦之法）又在不断地与神法（宗教制度）争夺世界的统治权。由此，人法与神法在人类生命的内部无法获得统一，古希腊人便成为一个意识分裂的存在。

虽然世界（"地"）本身具有整体性，作为世界之部分的人类也应具有整体性，但是意识的自我分裂以及通过这种分裂的视域去看待整个世界，就会造成世界在人类精神层面的瓦解，使得人类寄居于狭小且碎片化的精神与物质空间（"地缺"）。在《安提戈涅》剧中，克瑞翁是城邦之法坚决的捍卫者，而安提戈涅却要坚持自己的宗教传统，两人并没有意识到他们身上同时负有双重的义务，维护埋葬死者的神法与维护城邦的人法。可问题的关键在于，古希腊时期的人法与神法没有一方能够以绝对的优势压倒对方。最为悲惨的是夹在中间地带的人类，他们只能成为两种力量斗争中的牺牲品，他们的悲剧正是因为彼此只选择了通向"天"或者连接"人"的残缺世界，对立双方都认为自己选择了正确的道路，最终导致了悲剧的发生。从这个意义上讲，如果一味追求"天"或"人"而忘记借助地道，会通天道与人道，那么书写生命的空无与缺憾的文学必将蕴含"地缺"的荒诞身影，并"被视为人类与神之间荒诞悲剧关系最为直接的重复性表露"①。

其次，假如不去选择，人生是否意味摆脱荒诞，超越疾苦？答案同样是否定的。进入欧洲文艺复兴时期后，生命最为可怕的是将生命永恒置于两者之间，时刻围于与天隔绝、与人隔绝的"地缺"之内，由此产生荒诞。两难的境地正是哈姆雷特（Hamlet）精神危机的源头：一方面，他无法决绝，自己清楚复仇将背叛家族，摧毁信仰；另一方面，他又不得不去复仇，知晓放弃或者妥协背后是对肮脏的认同。看似"疯癫"的行为与"犹豫"的性格实则是他将残缺的世界看得太清楚的结果，他看到的是选择复仇与否（to be or not to be）背后所承载的荒诞问题（the question）。可

---

① Tom Jones, "Character and Action," in R. P. Draper, ed., *Tragedy: Developments in Criticism*, Hong Kong: Macmillan Education Ltd., 1980, p. 56.

以说，复仇只是一种事后的补偿，甚至连补偿都不算。哈姆雷特最终丢失的也不只是一位父王、一位母亲甚至是一个家族，而是他对人性的美好期盼，更是对生命本身、对命运的美好憧憬。正因为时刻在犹豫，时刻保留自我的选择权，哈姆雷特失去了突破困境的最佳时机，最终在时势的逼迫下，走上索然无味的复仇旅程。

其实，不仅哈姆雷特，他的创作者、剧作家莎士比亚（William Shakespeare）也对现实世界的憧憬业已轰毁：人生选择的不是我们想要怎么样，而是我们能够怎么样。选择前的荒诞在于结局的不确定性，选择后的荒诞却是结局的非完满性。换句话说，哈姆雷特的"犹豫"为"地缺"中的生命发展留下了太多的哲学可能，例如，一方面，放弃选择意味着生命永久停留在生活的表面，丧失寻找生命价值的深层机会，将生命交给变幻莫测的命运；另一方面，它虽能保留生命后来发展的诸多可能，但也失去将可能转变为现实的机会，亦导致存在意义的缺失。其实，不止哈姆雷特，每个人都曾有过尴尬的选择。那么，选与不选以及怎么选的行为本身就成为一种艰难。而这样的一种包含天、地、人三种悲剧意识维度的创作才能反映莎士比亚的伟大之处。

进入西方所谓的现代进程后，信仰沦落已经成为"今天西方的共同意识，只能用三个否定来加以标志，那就是历史传统的崩溃，主导的基本认识之缺乏，对不确定的茫茫将来的彷徨苦闷"[1]。但人已无所依傍，唯有求助于自己，求助于自身的重新认识和重新定位，才能发现现代西方悲剧创作之基。当现代主流文艺流派大都将目光对准包含荒诞的"地缺"的时候，文学创作自然忽视天之悲剧与人之悲剧的荣光，将生命投入更加广义化与哲学化的层面，造成大部分西方现代文学从整体上呈现形而上学的创作指向，"脱离了人与其活动的宇宙本体或'终极存在'，不仅'本体'在其中成为一种抽象的存在，而且人的本身也成了一种抽象的存在。于是，人和人的世界都消失了"[2]，导致现代西方文学创作者大都放弃情节曲

---

① 中国科学院哲学研究所西方哲学史组编《存在主义哲学》，商务印书馆，1963，第240页。
② 杨耕、张立波：《马克思哲学与后现代主义》，《哲学研究》1998年第9期。

折与复杂的传统构建，将精力投入人与世界某种破碎化且荒诞性的隐喻关系和社会象征当中。

而随后出现的西方后现代主义虽然强烈否认与以往各种主义的联系，但是"它给人的印象似乎并不是艺术上的叛逆，而是精神上的回归"①。可以说，具备质疑、批判与解构的后现代主义迫使西方当代作家对现代广泛存在的地之悲剧进行再认识与再思考。正如西方著名文论家琳达·哈钦（Linda Hutcheon）曾经将《拉格泰姆时代》（*Ragtime*）、《腿》（*Legs*）、《法国中尉的女人》（*The French Lieutenant's Woman*）、《白色旅馆》（*The White Hotel*）并称为西方后现代主义小说的代表作。② 其中，约翰·福尔斯（John Fowles）的《法国中尉的女人》所蕴含的三大主题"超越时代的结局、维多利亚时代的选择、自由意志的牺牲"③，无疑对应着天、地、人三个悲剧意识维度。此外，正如该小说最后写道："生活毕竟不是一种象征，不是猜一次错一次的谜，不应该只以一种心态对待生活，不应该掷输一次骰子就放弃。……总有一天，生活之河会重新奔流，最终注入深不可测的、带有咸味的、遥远的大海。"④ 这亦在体现作者希望他的作品超越以往偏重荒诞的存在主义之风，步入更加传统与广博的"天残"与"人殇"的悲剧意识中。

关于唐纳德·迈克尔·托马斯（Donald Michael Thomas）的后现代主义名作《白色旅馆》，当国内外学者大都运用西格蒙德·弗洛伊德（Sigmund Freud）的现代理论思考、探讨该作品中主人公的成长、欲望等"人殇"悲剧意识的同时，作家本人却在后期出版的回忆录《记忆与幻觉》（*Memories and Hallucination*）中明确指出："出现的歇斯底里症状实际是与德尔斐神谕、卡珊德拉预言有关，而非以往压抑所引发的弗氏癔症。"⑤ 加

---

① 鹿少君：《后现代主义文化的精神回归》，《世界美术》2001 年第 1 期。

② Linda Hutcheon, *A Poetics of Postmodernism*: *History*, *Theory*, *Fiction*, New York：Routledge, 1988, p. 53.

③ 龚炳章、戴琳：《从不确定结局到永恒的悲剧——〈法国中尉的女人〉主题试析》，《安徽大学学报》1997 年第 5 期。

④ 〔英〕约翰·福尔斯：《法国中尉的女人》，陈安全译，南海出版公司，2014，第 478 页。

⑤ Donald Michael Thomas, *Memories and Hallucinations*, New York：Viking Penguin Inc, 1988, p. 40.

之，该小说最后一章"新居留地"完全超越了当时悲惨、荒诞的现实世界（"地缺"），无声建构"迦南""约旦河""沙仑的玫瑰""以色列的帐篷彻夜通明"等具有宗教特质的乌托邦式象征符号，这都是以文学事实再一次证明"命运囚笼"的存在，明确这是一部关于一个善良的女人独自面对两个险恶的世界①，由此成为蕴含"天残""地缺""人殇"三维悲剧意识维度的后现代主义作品。

因此，从总体上来看，后现代主义文学更应"理解为一种传统，这种传统与现代性占统治地位的思想传统相对立，试图追问现代性的各种假定，在此基础上发展一种人与世界，人与人之间的新型关系"②，而这种新型的关系也正是后现代主义文学在审视、反思与批判现代悲剧之后，关于天、地、人三维悲剧意识的全新审视与再度回归。

四　国内悲剧意识研究现状与问题

在中国，悲剧意识研究早已不是全新的学术命题。关于中国现代悲剧意识以及相关理论的探索，追随着二十世纪七十年代末八十年代初悲剧论争的不断深入而逐渐展开。此后，中国国内悲剧理论研究继续活跃，不仅出版了具有相当学术价值的著作，如曾庆元撰写的《悲剧论》（华岳文艺出版社，1987）和刘崇义的《论社会主义悲剧》（北岳文艺出版社，1988），并且文学界也逐渐形成对曹禺、郁达夫、鲁迅、郭沫若等人悲剧作品的集中探讨趋势。但是，在今天看来，这些论著、论文的理论视野相对狭窄，明显贴有政治意识的标签。

随后的几年，中国出现以哲学、文化等为研究视角，梳理本土悲剧意识纵向演变的学术著作。其中，邱紫华的《悲剧精神与民族意识》（华中师范大学出版社，1990）与尹鸿的《悲剧意识与悲剧艺术》（安徽教育出

---

① 参见袁洪庚《一个善良的女人独自面对两个险恶的世界——评唐·迈·托马斯的现代经典》，《国外文学》2003年第5期。

② Catherine Keller, *Process and Difference: Between Cosmological and Poststructuralist Postmodernism*, Albany: State University of New York Press, 2002, p. 32.

版社，1992）最具代表性。前者简要探讨中国近代悲剧创作与近代悲剧意识的生成和发展，后者则论述中国自二十世纪以来悲剧意识及其艺术形式的演变。但是，论述依然缺乏新意。究其原因，这些论著大都产生于中国改革开放与思想转变的特殊时期，根深蒂固的理论视野与长期固有的思维局限尚未完全突破。就研究范围而言，尹鸿一书虽然在某些章节上冠以"二十世纪"等标题，但论证的范围实际上依然局限在二十世纪上半叶。诚然，当时距二十一世纪仍有十年的光景，学者将中国二十世纪悲剧文学分为现代与当代两个阶段仍颇具意义，但如此残缺、断裂的研究思路同样出现于二十一世纪的悲剧论著，这样的学术局面未免有所遗憾，例如，程亚林的《悲剧意识》（吉林教育出版社，2001）、熊元义的《中国悲剧引论》（解放军文艺出版社，2007）、刘新生的《中国悲剧小说初论》（新华出版社，2000）、马晖的《民族悲剧意识与个体艺术表现：中国现代重要作家悲剧创作研究》（民族出版社，2006）等。但是，这些研究次次回归鲁迅、郭沫若、郁达夫、老舍、巴金等人，即便王列耀曾以基督教为研究新维度，在《基督教文化与中国现代戏剧的悲剧意识》（上海三联书店，2002）一书详尽剖析了我国现代戏剧创作悲剧意识的嬗变，重点关注基督教影响下的中国戏剧悲剧意识的新质，但这些论著的视野依然无法逃脱传统意识的窠臼。

不容否认，这些作品各具特色，不失理论贡献，但其研究亦有局限，具体表现为以下两方面：一是由于缺乏深入的了解，这些著作对东西方悲剧理论存在割裂的认识态势，忽略了两者本质上的互通，导致研究中普遍存在轻埋论、重分析，多个例、缺整体的研究成果；二是不仅中国二十世纪下半叶以及二十一世纪以来中国文学悲剧意识梳理与相关研究的阙如，专注研究二十世纪八十年代先锋小说悲剧意识的学术著作则更加稀少。截至 2017 年，除章池《中国现代悲剧观念的生成流变》（中国社会科学出版社，2014）第四章中的第三节"现实的反思与期待"，孙谦博士学位论文《论转型期中国小说中的知识分子叙事》第四章第四节"悲剧精神缺失的喜剧镜像"，以及几篇散论等略有概述之外，相关的研究大多寥寥数语，粗略带过。

　　也许，空缺的存在与学者潜在的固有认识和经典化思想有关，他们大都认为中国现当代文学悲剧的"制高点"应在二十世纪上半叶，随后的作品很难与之相媲美。虽然，中国悲剧创作的实际情况确实存在这样的倾向，但是这并不能成为学者放弃二十世纪下半叶以及二十一世纪之初中国当代文学悲剧性研究的合法理由。此外，中国当代文学内在的悲剧意识发展、衍变也从未停滞不前。虽然，国内特定的历史时期导致了悲剧创作及其理论研究发展的跌宕，悲剧意识作为作家底层认识的永驻却很难消失殆尽。如果说西方悲剧作品与西方悲剧理论在二十世纪上半叶被逐渐引进、确立、开拓的话，那么随之衍生中国相对应的创作与理论，则非常值得关注、梳理、总结。自二十世纪下半叶尤其以先锋小说伊始，中国当代小说追随当前文化与社会的新起点所发展起来的开放形式和多元思维，更加值得学者的深究。

第一章 相似与延异：东西方文学悲剧
意识的发生与嬗变

亚里士多德指出："悲剧是由人类历史性需求与无法满足的现实世界之间的矛盾所孕育的。"[①] 也许，只有梳理人类悲剧的历史演变，才能帮助我们穿透悲剧创作与理论研究的广阔而浓厚的迷雾，直视与勾连东西方文学悲剧意识发展的往日和今朝，发现其中的相似及不同，发掘出其中彼此起伏、变化多端的成因。

第一节 天残：悲剧意识传统维度

一 神秘性与宿命观

远古时期，由于社会科学水平与认识能力的有限，当时的人类在触碰外部世界的过程中，时常将无法解释的现象归于某种神秘力量，但当这种力量给予人类毁灭打击之际，恐惧与困惑便占据了人类的心灵。即便发展至后来，西方步入古希腊文明，即"除自然力量以外，不久社会力量也起了作用，这种力量和自然力量本身一样，对人来说是异己的，最初也是不能解释的，它以同样的表面上的自然必然性支配着人"[②]。这意味着在西方，人类首次面对自然、社会与自我三者之间复杂关系的时候，他们依然

[①] Aristotle, "Extracts from the 'Poetics'", in R. P. Draper, ed., *Tragedy*: *Developments in Criticism*, p. 45.

[②] 恩格斯：《反杜林论》，中共中央马克思恩格斯列宁斯大林著作编译局译，人民出版社，1961，第 311 页。

无法将这种矛盾的认知迅速地提升到自我生存的哲思维度，只能把现实社会的异己力量再次归为神秘莫测的命运安排。

这样的做法自然使得当时的文艺作品大都沾染强烈的宿命意识。例如，在古希腊神话的"坦塔罗斯磨难"中，国王坦塔罗斯受到神的惩罚，浸在齐颈的深水里，身旁有果树。他低头喝水，水即退去。伸手取果，树即避开。他要永远遭受饥渴的诅咒。这一点正如荷马（Homer）所指出的，神给可怜的人以恐怖和痛苦，神自己则幸福且无忧无虑地生活。从这个意义上讲，当时饱受折磨的生命对神与命运的崇拜和向往，实际上是自我无法驾驭外部力量的悲呼：一方面，正值幼年时期的人类笃信命运，可命运又时刻困扰人类自我；一方面，他们试图以自身之力抗击命运，但结果依然无法改变现状与未来。沉重的苦难认知导致当时的文学创作大都出自遥远的神话与神秘的史诗，衬托当时人类内心滋生的神秘感和宿命感。如此同质化的创作现象正如黑格尔的评论："原始悲剧的真正题旨是神性的东西，这里指的不是单纯宗教意识中的那种神性的东西，而是在尘世间个别人物行动上所体现出来的那种神性的东西。"①

而这种神性的东西正是古希腊悲剧作家通过传奇性的故事创作，折射出的当时蒙昧原始社会的现实，即借助天、人之间冲突的神秘性进行演绎，以此反映人类关于生命、社会、历史、宇宙的宿命化思虑。

当然，敬畏天、反抗天的悲剧意识和悲剧精神同样出现在中国远古时期的英雄故事当中，如"大禹治水""后羿射日""女娲补天""夸父逐日""精卫填海"等，这些都反映我们的祖先对"天"最为原始的认知。举《山海经》（《北次山经》）一例："发鸠之山，其上多柘木。有鸟焉，其状如乌，文首，白喙，赤足，名曰'精卫'，其鸣自詨。是炎帝之少女，名曰女娃。女娃游于东海，溺而不返，故为精卫。常衔西山之木石，以堙于东海。漳水出焉，东流注于河。"炎帝之女在东海游玩，浩瀚的大海吞噬年轻生命。她发誓衔木石以填沧海。虽然，与战无不胜的后羿相比，这个尚未获得人形的神灵，自身的神性明显淡薄得多，但其坚持不辍的悲剧

---

① 〔德〕黑格尔：《美学》第 3 卷下册，朱光潜译，商务印书馆，1979，第 285 页。

行为亦能体现人的坚强意志，这样也就足够了。

在沿传中国数千年的远古神话中，有关天人之间朴素的悲剧意识同样浸润在本土漫长的历史长河当中。如《诗经》《离骚》《国殇》等典籍揭示中国文学关于神秘、命运、抗争的三重赞颂。如中国古代小说名著《红楼梦》，在其第五回，警幻仙子遣派舞女为宝玉献歌，曲中道出贾家日后衰落的宿命："欠命的，命也还。欠泪的，泪已尽"……"看破的，遁入空门。痴迷的，枉送性命。"①

二 碎片化与道德感

关于神秘的表现与宿命的认知，东西方文学彼此内部看似"和"的两者实际上却存在着明显的"不同"。就神秘感而言，中国古典文学"神出鬼没"的文学构式十分常见，作家大多信手拈来，传达丰富的神秘感。如在《三国演义》这部章回体小说中，虽少有鬼神的出现，但作者罗贯中频频制造难以解释的超自然现象，再辅以大量天理、命理、命数等因素，为真实的历史事件营造出无法改变的命运感与神秘感。这里，作家的目的显然是借助极为感性与随机的玄妙形式表达人类功败垂成、朝代更迭皆由"天"定的神秘认知。

对自然与生命同样怀有强烈好奇感的古希腊人，他们将这些困惑进行一定的归纳、总结，由此创造了一套具备完整职能体系的神话系统。在这个系统当中，"神话人物各是大自然、世界、宇宙各种本质职能的象征性表现。这个神话人物谱系的完整性，为表现人、神关系的复杂性开拓更广阔的空间，从而也为悲剧情节的多样性、复杂性开辟广阔的空间"②。这里，我们不禁要问：为什么在看似"和"的传统悲剧意识当中，东西方神秘表现会产生如此巨大的不同？我们认为，在历史悠久的中国，文学作品中的神秘性差异就在于不同地域、不同民族以及辽阔疆土与长期的历史整合。远古时期具备地域性与民族特色的神秘表达又被统一六国的秦王朝重

① 曹雪芹：《红楼梦》，人民文学出版社，2005，第112页。
② 王富仁：《悲剧意识与悲剧精神（上篇）》，《江苏社会科学》2001年第1期。

压在主流社会之下，这迫使了本土神秘意识与文化书写至今依然保持着一种零散的、碎片化的与断代的状态，再难融入中国主流的文化意识当中，造成了中国传统悲剧意识神秘表达的非系统性。

但对于希波战争后的古希腊文明而言，众城邦组成的"提洛同盟"，其内部政治、军事联系十分紧密；受制于巴尔干半岛南部、小亚细亚半岛西岸与爱琴海的区域狭窄，海陆民俗文化的交流在当时极为频繁；宗教意识与宗教活动的空前和谐、统一，等等；这些客观因素都为后来古希腊众神体系发展的一致性与同步性提供了多方面的客观保障与主观支持。因此，面对无法解释的自然现象，他们很自然地将困惑收录于包罗万象的神话体系之内，认为生命的苦难皆由天定，视神秘为种种命运的必然。并且，如此系统性的神秘化的命运认知，不仅"包含细节和主题的行为的确定，为悲剧的发展提供理想的开端，因为它限制诗人对人物的塑造，这些人物的行为必须在命中注定的范围内自然地发生"①，而且迫使至今仅存的三十余部古希腊经典悲剧大都保留了神谕、诅咒、预见等宿命表达形式。

这种创作的一致性在当时的学者亚里士多德看来正是悲剧"正义观"的完美体现。他甚至认为诗学中有三种情感结构无法构成命运悲剧：第一，"不应让一个好人由福转到祸"；第二，"也不应让一个坏人由祸转到福"；第三，在命运悲剧创作与审美标准上，"也不应该是一个穷凶极恶的人从福落到祸"②。可见，亚里士多德否定这三种结构是出于对悲剧道德维度的考虑。我们姑且不论亚氏划分是否合理，把"好人由福转到祸"排斥在命运悲剧之外的论断就无法令人信服。因为，只有"好人由福转到祸"的文学作品，才能让读者感受到"命运"的"恐惧"力量，由此滋生"好人受难"的"怜悯"。另外，古希腊剧作之所以称为悲剧经典，就在于索福克勒斯、埃斯库罗斯、欧里庇得斯（Euripides）等人的悲剧作品之中，如《俄瑞斯忒亚》（Oresteia）三联剧、《乞援人》（The Suppliants）、《七将攻忒拜》（The Seven Against Thebes）、《普罗米修斯》（Prometheus）、《安提

---

① 〔美〕苏珊·朗格：《情感与形式》，刘大基等译，中国社会科学出版社，1986，第408页。

② 亚里士多德：《诗学》，陈中梅译，商务印书馆，1996，第103页。

戈涅》（*Antigone*）、《俄狄浦斯王》（*Oedipus Rex*），等等，它们在情节与主题上彰显了"好人受难"的命运。而我们在否定亚里士多德命运道德观的同时，又会意识到西方传统命运悲剧中非道德、非正义的伦理特质。这一点亦如中国当代美学家朱光潜在《悲剧心理学》中指出的：

> 一件艺术品可能有道德价值，甚或有明确的道德目的，但当我们审美地欣赏它时，这种道德价值或目的是置诸脑后的。一旦你问自己，《神曲》或《包法利夫人》是道德的还是不道德的，或者安提戈涅或考狄利娅之死能否满足正义感，你就已不在审美经验的范畴之内，却在行使立法者或警察法庭法官的职责。①

换句话说，朱光潜认为审美经验与道德感彼此存在着根本性的冲突。可是，他在同一本书中又曾悖论性地提到：

> 如果道德感没有以某种方式得到满足或至少不受干扰，审美的一刻就永远也不会到来。……在看到痛苦和不幸场面时，正义观念的确常常在我们头脑中出现。人毕竟是有道德感的动物，对于悲剧鉴赏中审美态度的产生、保持或丧失，他的道德感都具有决定性的影响。②

这实在是对他本人以及大多数学者所坚持的，关于悲剧审美纯粹性的一次巨大打击。虽然，在心理上，朱光潜不承认道德感在悲剧批判中的作用，但是在审美判断的过程内部，人类自身所受到的道德影响又不得不让朱光潜在论述中有所保留。这和亚里士多德从反道德的立场出发，却把道德感作为悲剧评判的工具如出一辙，恰好证明了道德感在悲剧中是一个无法回避的问题。③ 因此，从宏观意义而言，古希腊悲剧以及以

---

① 朱光潜：《悲剧心理学》，张隆溪译，人民文学出版社，1983，第19页。
② 朱光潜：《悲剧心理学》，张隆溪译，第110页。
③ 参见高建青、周和生《命运悲剧与伦理悲剧——中西方古典悲剧中道德感的比较》，《郑州航空工业管理学院学报》（社会科学版）2006年第4期。

后涌现的莎士比亚、歌德（Johann Wolfgang von Goethe）、莱辛（Gotthold Ephraim Lessing）等人的剧作，虽然同样忽略了道德因素，但是，作为人类文明发展的重要组成部分，道德感无法在意识范畴内被完全抹除。只不过有些民族拥有强烈的道德感，而有些民族则通过忽视、降低道德感的表达方式，拔高生命的自由性与主观性，彰显人类在悲剧中的生命重量。

由此，再回到中国古典文学的悲剧意识视域，东西方命运悲剧中的道德感存在差异也就不足为奇了。具体来说，与西方那种义无反顾"一通到底"的悲剧行为相左，中国祖先希冀在天人之间达到一种微秒的平衡，目的是将孤立的生命融入广阔的天道中，以此完成"天人合一"的至臻状态。同时，组成中国主流文化的儒、道两家，他们在认识天与人的矛盾关系上，同样主张伦理化、道德化的和谐统一。自此，中国传统文化便有了儒家维护封建统治的"畏天命，畏大人，畏圣人之言"（《论语·季氏》），宋儒的"君君，臣臣，父父，子子"（《论语·颜渊》）以及道家"绝圣弃智"（《道德经》第十九章），"道生一，一生二，二生三，三生万物"（《道德经》第四十二章），"人法地，地法天，天法道，道法自然"（《道德经》第二十五章），等等。而在尊重天地、确立规训的同时，儒、道二家也将重天、重地、重君王的伦理治世思想化入天人合一的传统意识当中，使得《赵氏孤儿》《桃花扇》《窦娥冤》《生金阁》《磨合罗》等中国经典悲剧作品内部表现极强的道德感、伦理感，形成与西方悲剧不尽相同的审美倾向。

因此，不论悲剧创作形式发生怎样的差异与变化，命运悲剧作为悲剧意识之中最为传统一面的反映，都曾处于人类的童年时期的东西方，它们各自均通过极为感性的方式，将生命诉求与世间矛盾的思痛抛入如影随形"天残"的行囊中，自此完成神秘、轮回、命定、诅咒等一系列的原始思索。实际上，双方都是在"悲"与"力"结合的书写之内突出了生命的崇高性。在这个意义上讲，中国经典悲剧作品与古希腊悲剧同属崇高悲剧，都曾力图表现人在宇宙、世界、自然面前的高尚定位。

第二节　地缺：悲剧意识现代维度

当人类步入当代后，东西方文明却在悲剧的认识、思考与表现上出现了历史性波折与巨大转变。首先，西方现代世界普遍遭遇了一场沉重的精神危机，而这场危机之所以发生的根本原因，就在于西方人类自身"信仰的失落"。尼采所说的"上帝已死"（Gott ist tot）不仅仅是西方当代社会对古典文明与现实主义的吊唁，也是对人类孤独与生存荒诞的洞见。

而在同一时期，过往苦难的中国人终于迎来了新中国的成立，因此当时的文艺界并不愿再次面对中国过往将近百年的苦难历史；直到改革开放后，中国文学方再次正视具有悲剧意识的文学创作，加之西方现代文艺思潮同时引入中国，为后来先锋小说多维度的悲剧意识的产生提供了沃土。具体而言，在西方现代主义大肆颠覆传统悲剧理论与传统悲剧创作的特定时期内，中国当代文学所承载的悲剧意识却经历了"被动压抑""主动继承""纵向发展""多元吸收"等一系列复杂的衍变，这必将导致中国随后的文学发展更富有厚重的负载内涵与多样的形式表现。

一　西方文学现代悲剧意识的兴起

到了西方现代，信仰的沦落早已成为"今天西方的共同意识，只能用三个否定来加以标志，那就是历史传统的崩溃，主导的基本认识之缺乏，对不确定的茫茫将来的彷徨苦闷"①。

但是，人已无所依傍，唯有求助于自己，求助于自身的重新认识和重新定位，才能发现现代悲剧创作之基石。由于西方主流文艺流派都将目光对准"地缺"，这一时期的文学创作自会忽视天之悲剧与人之悲剧的荣光，将生命的悲思投向更为广义与哲学化的思考向度，使得西方现代文学从整体上呈现更加形而上的创作意向。

不过，这又是必然的结果。正如理性、睿智的古希腊人所指出的，相

①　中国科学院哲学研究所西方哲学史组编《存在主义哲学》，第240页。

对于历史，艺术更具有哲学意味。现代存在主义大师海德格尔也认为：
"古希腊昔日文人（诗人）的天命就是向'必死者'传达'诸神'的信
息。"[①] 并且，西方历史上但凡思想深刻、思维敏锐之人，他们大都爱以
"故事"或者"寓言"的形式道出生命的真知。因此，饱含"地缺"悲剧
意识的象征性作品早已摆满了西方文学的光辉殿堂，如以艾略特（Thomas
Stearns Eliot）的《荒原》（*The Waste Land*），瓦雷里（Paul Valéry）的
《海滨墓园》（*Le Cimetière Marin*），叶芝（William Butler Yeats）的《驶向
拜占庭》（*Sailing to Byzantium*）与《第二次降临》（*The Second Coming*），
梅特林克（Maurice Maeterlinck）的《青鸟》（*The Blue Bird*）为代表的
"象征主义"作品；以卡夫卡（Franz Kafka）的《城堡》（*Das Schloss*）、
《变形记》（*Die Verwandlung*）、《审判》（*Das Schloss*），恰佩克（Karel
Čapek）的《万能机器人》（*R. U. R.*）为代表的"表现主义"作品；以加
缪的《鼠疫》（*La Peste*）、《局外人》（*L'Étranger*），萨特的《恶心》（*La
Nausée*）、《禁闭》（*Huisclos*）、《墙》（*Le Mur*）与《苍蝇》（*Les Mouches*），
波伏娃（Simone de Beauvoir）的《女宾》（*L'invitée*）和《第二性》（*Le
Deuxième Sexe*），梅勒（Norman Kingsley Mailer）的《一场美国梦》（*An
American Dream*）为代表的"存在主义"作品；以贝克特（Samuel
Beckett）的《等待戈多》（*En Attendant Godot*）、《美好的日子》（*Happy
Days*），阿达莫夫（Arthur Adamov）的《一切人反对一切人》（*Tous Contre
Tous*）与《塔拉纳教授》（*Le Professeur Taranne*），尤奈斯库（Eugène
Ionesco）的《秃头歌女》（*La Cantatrice Chauve*）、《椅子》（*Les Chaises*）、
《犀牛》（*Rhinocéros*），热内（Jean Genet）的《女仆》（*Les Bonnes*）、《阳
台》（*Le Balcon*）、《黑人》（*Les Nègres*）为代表的"荒诞派"作品；以海
勒（Joseph Heller）的《第二十二条军规》（*Catch*-22），冯纳古特（Kurt
Vonnegut）的《第五号屠场》（*Slaughterhouse-Five*）、《猫的摇篮》（*Cat's
Cradle*），品钦（Thomas Pynchon）的《万有引力之虹》（*Gravity's Rainbow*）

---

① 钟华：《荒诞：西方现代主义艺术的审美大风格》，《四川师范大学学报》（社会科学版）
1995 年第 2 期。

为代表的"黑色幽默"作品。这些名著大都放弃了文学内部曲折复杂情节的传统构建，将所有的注意力投入"人与存在互相背离"的现代悲剧意识当中。换句话来讲，西方现代主义艺术的哲理化倾向使得它们的作品时常蕴含自然、社会、人、历史、人生的某种隐喻与某种象征。

此外，西方现代文学也从未忽视生命的孤独本质。在以上所列举的西方现代名著中，我们大可找到"等待人""局外人""隐身人""空心人"等一系列典型的悲剧人物形象及其所共有的孤独属性。甚至读者时刻都能听到他们"他人即地狱"的绝望呐喊。这种孤独的普遍性，正如克尔凯郭尔（Søren Aabye Kierkegaard）所说，整个西方现代文明都患有"孤独"的致死病。造成这样的原因在于以下两方面。其一，两次灾难性的世界大战不仅摧残肉体，同样轰毁了西方人类自柏拉图时代以来关于生命与家园和谐、理性的幻想。此时的西方人既没有能力回归精神故里，也未曾找到寄托精神的新家园，不得不再次成为漂泊在理想国之外的孤寂浪者。① 其二，正如作家奥克塔维奥·帕斯（Octavio Paz）所指出的："孤独，即所谓感知之孤单，是对世界漠然以及同自我之离异。"② 由此，离异者便成为"没有把自己看作是自身力量及其丰富性的积极承担者。而是觉得自己变成依赖自身以外力量的无能之'物'。他把自己的生活意义投射到这个'物'之上"③人类再也感觉不到对外部世界的把握，自我甚至成为现代社会与工业文明的囚徒，人到底是神还是虫？西方现代文学选择了第二个答案。这是为了强调现代生命的毫无价值可言。④

换句话来说，人类地位是否崇高这一基本问题成西方现实主义与现代主义最大的分水岭。因为，从现代主义来看，人不过是受本能欲望支配，恶性压倒灵性的怪物。并且人在高度物质化、技术化的环境压迫下，早已

① 参见〔法〕阿贝尔·加缪《荒谬的人》，译者序，张汉良译，花城出版社，1991，第16页。
② 〔墨西哥〕奥克塔维奥·帕斯：《帕斯作品选》，赵振江译，云南人民出版社，1993，第264页。
③ 〔美〕艾里希·弗洛姆：《健全的社会》，孙恺祥译，上海译文出版社，2017，第124页。
④ 参见中国社会科学院外国文学研究所外国文学研究资料丛刊编辑委员会编《外国现代剧作家论剧作》，中国社会科学出版社，1982，第126页。

沦为物质的奴隶，自我已经异化为非我。正是出于对社会感性的理解与对希望的渺无，现代主义文学才有机会塑造了一个个面对世间一切感到杂乱无章、荒谬至极的孤独人。面对这样一种孤独，天生忧郁、敏感的卡夫卡对孤独的"黑暗城堡"无能为力，自己唯有钻进格里高尔（Gregor）的"甲壳"或者成为永恒徘徊于城堡之外的"K"，方能展露作家身上那挥之不去的孤独与绝望。当他以特有"逃离"的叙事模式，妄图"跨过矛盾的沟壑，从两极的一头跳到另一头"① 的时候，被祖国驱逐出境的米兰·昆德拉（Milan Kundera）却在他的《缓慢》（*Slowness*）、《认》（*Identity*）、《无知》（*Ignorance*）等现代作品中，通过"遗忘"的方式慰藉着自我孤独的心灵。

马尔克斯（Gabriel Márquez）笔下布恩地亚家族的"百年孤独"，与其说是他们性格上的怪癖，不如说是作家对现代人类普遍具有孤独属性的一种俯视。在该小说中，家族世代的孤独更在于所属世界——整个拉丁美洲大陆的封闭与孤立：拉丁美洲处于贫困落后的恶性循环中不能自拔，辗转几世纪后又都回到了原地，停滞不前。这是孤独带来了悲剧，悲剧却又加深了孤独；但是，生命繁衍永无停息，在任何时代，不论东西方，生命都在努力地寻找自由与出路。王富仁就曾意识到这一点，他认为："在西方的悲剧中，悲剧精神往往就是悲剧人物的精神——悲剧小说的悲剧精神往往更是小说作者的一种精神。"② 因此，即便面对西方现代主义普遍存在颓废与弃绝等负面情绪，加缪笔下的"西西弗"（Sisyphus）与"局外人"仍依然在孤独中发出突围与冲锋的怒吼。贝克特与尤奈斯库等人的作品亦反映了一种试图通过艺术途径寻找生命价值的方式，把握人生的悲剧式精神。只不过，这样的悲剧进入西方现代主义，则以悲剧诗歌的形式表现居多。③ 从这些意义上讲，现代人虽然失去了自我，甚至成为这个残缺世界

---

① 〔奥匈〕弗兰兹·卡夫卡：《卡夫卡寓言与格言》，张柏权译，译文出版社，1989，第93页。

② 王富仁：《悲剧意识与悲剧精神（上篇）》，《江苏社会科学》2001年第1期。

③ 参见汪树东《论西方悲剧中的超越》，《北京航空航天大学学报》（社会科学版）2003年第1期。

中某个微不足道的爬虫，但是作家对人类的前途并没有失去信心。这一点正如马尔克斯在 1982 年诺贝尔文学奖颁奖典礼上的发言，我们可将其视为西方现代文学从未放弃悲剧精神的公开宣言：

> 我们感到有权力相信：着手创造一种与这种乌托邦相反的现实还为时不晚，到那时，任何人无权决定他人的生活或者死亡的方式；到那时，爱情将成为千真万确的现实，幸福将成为可能；到那时，那些命中注定成为百年孤独的家族，将最终得到在地球上永远生存的第二次机会。[1]

二　新中国文学悲剧意识发展三十年（1949~1979）

在西方现代悲剧创作及其理论发生积极巨变的这段时间里，受国家意志强烈影响的中国当代悲剧文学却经历了"压抑与否定""伤痕与反思""机遇与转变"等一系列复杂的嬗变。

首先，在"十七年"时期，中国文艺理论研究大都承自苏联，普遍接受毕达可夫的《文艺学引论》与季莫菲耶夫的《文学原理》的文艺思想，主张文艺为政治服务，积极推崇乐观主义的悲剧观，列举英雄事迹为之佐证。虽然，二十世纪五六十年代，我国文艺界也曾出现过有关"有无悲剧"问题的讨论，但是这些讨论根本上都未曾超越"乐观主义悲剧"的范畴。唯一有所突破的方面是关于内部矛盾能否导致悲剧的问题争论。于是，在当时的文艺界，将"一个心地并不坏的干部而把好事作坏，以致激起民愤，闹出乱子"或者"干部不关心子女，以致子女犯了罪"[2] 写成悲剧，就已成为对悲剧"最为尖锐"的思辨。而这种思维在一定程度上混淆了悲剧理论与现实悲剧的概念，造成一定的公式化、概念化的倾向。虽然，当时的国内出现了一批反映普通民众生活的现实题材的文学作品，如

---

①　赵振江：《拉丁美洲大花园》，湖北教育出版社，2007，第214页。
②　老舍：《论悲剧》，《人民日报》1957年3月18日，第2版。

宗璞的《红豆》《知音》《两场"大战"》《不沉的湖》，从维熙的《并不愉快的事》，方之的《杨妲道》，南丁的《科长》，艾芜的《雨》，等等，但此类作品并非拥有极高的文学性与思辨性。

随后，中国文学界除了两部小说《金光大道》《艳阳天》和八个样板戏《智取威虎山》《海港》《红灯记》《沙家浜》《奇袭白虎团》《红色娘子军》《白毛女》《平原作战》外，个性化的文学创作纷纷转至"地下"，产生当时广泛流传的"手抄本小说"，如张扬的《第二次握手》、北岛《波动》、靳凡《公开的情书》、礼平的《晚霞消失的时候》，等等。可惜的是，这些作品依然没有宏观地着眼于新中国成立之前多灾多难的苦难史，对现实困境的主观与客观的认识考量也显得十分的单薄。由此，二十世纪五十年代在中国发起的那场关于"有无悲剧"的讨论，就再也没有深究的必要了。饱尝中国近代百年苦难的中国人越发领悟到：

> 历史同认识一样，永远不会把人类的某种完美的理想状态看作尽善尽美的；完美的社会、完美的"国家"是只有在幻想中才能存在的东西；反之，历史上一次更替的一切社会制度，都只是人类社会由低级到高级的无穷发展进程中的一些暂时阶段。每一个阶段都是必然的，因此，对它所发展的时代和条件说来，都有它存在的理由；但是对它自己内部逐渐发展起来的新的、更高的条件来说，它就变成过时的和没有存在的理由；它不是不让位于更高的阶段，而这个更高的阶段也同样是要走向衰落和灭亡的。①

于是，我们的文学重新续接中国现代文学三十年，尤其是五四时期直面民族在苦难中的社会悲剧并由此开始获得生机勃勃的创造力。于是，在中国文坛出现了真正的当代悲剧作品，如"伤痕文学"的代表作《班主任》《大墙下的红玉兰》《伤痕》《神圣的使命》和"反思文学"的代表作《犯人李铜钟的故事》《天云山传奇》等作品。这样的情况，正如曾如许

---

① 《马克思恩格斯选集》第 4 卷，第 212～213 页。

所言：

> 继"五四文学"之后，"伤痕文学"迎来二十世纪中国的文学价
> 值观的第二次大调整。……其间，最激动人心的调整，也许就是文学
> 对喜剧精神的扬弃和对悲剧精神的朦胧的觉悟，而悲剧意识以及能够
> 用来感受悲剧的社会心理的滋长正好与这个时代在整个历史进程中的
> 位置有着天衣无缝的吻合。[①]

需要指出，新时期意识形态的调整才是悲剧意识在中国当代文学中得
以重生的根本原因。然而，悲剧意识的重生与时代语境的契合，却在反映
当时悲剧创作的特质与局限。"伤痕小说"与"反思小说"在中国文坛的
出现，实际是对过往短暂历史时期文学性的批判与反思，它们打破了曾经
的思维僵化与行为固守，满足了广大群众追求人性解放与生命自主的基本
要求。当然，这也为后来中国当代文学内部悲剧意识的发展提供了基本的
成长空间。但是，相较于新中国成立之前多灾多难的历史而言，这种狭隘
的悲剧意识是在当时激励与规约的意识形态下产生的，这就意味着这些文
学作品对现实悲剧性思考与表现上，必然十分有限。虽然表面看来，它们
与五四文学存在着一定的传承关系，但从思想的深度上说，它们并非再现
新文学时期极为强烈的悲剧情感与使命感。这就使得"伤痕"与"反思"
作为当时的文学主流，随着中国社会经济的快速发展，很快就不再是中国
当代文学显在的主题。

随着党的十一届三中全会召开，文学创作的思维逐步摆脱伤痕与反思
的特征，在社会历史和人物心理的双重流动与交汇中，展示人物在现实面
前的悲剧性存在和悲剧性的心理体验。因此，国家又面临另一场翻天覆地
的变革，这场伟大的变革波及中国的每一个角落，但阻碍社会发展的各种
错误思想与势力在生活中的各个领域依然顽强地存活。由此，应运而生的
《乔厂长上任记》《三千万》《祸起萧墙》《花园街五号》《河魂》《人到中

---

① 李洁非、张陵：《被唤醒的美学意识：悲剧》，《文学评论》1986 年第 2 期。

年》等改革文学作品，它们恰好反映当时社会转型的悲剧，其中具有突出意义的要算《祸起萧墙》。在该作品中，傅连山作为电力战线的一名老兵，他逢山开路、遇水架桥的工作作风和"直统统"的火炮性子，彰显了坚定的意志与顽强的精神。为了改变电力工业的落后面貌，他毛遂自荐。可是，个人的热情和才智是会遭到妒恨的。此外，各种错误思想以及极为可怕的传统惰性组成了一座阴森、顽固的堡垒，让改革者动弹不得。但是，作品中的傅连山并没有随波逐流、落入世俗，而是承受多方压力，在风口浪尖上奋力拼搏，终因势单力薄，被迫以身试法，走上毁灭的道路。可以说，傅连山的悲剧命运沉重地敲响了改革进程中的警钟：改革者是要付出代价的！在当前这场伟大而艰难的变革中，是否还需要无产阶级的自我牺牲精神？答案必然肯定："在傅连山身上，我们看到的正是一个共产党人的极为可贵的自我牺牲精神与英雄气概。傅连山的悲剧绝不能仅仅算作性格悲剧，而是由特定的社会矛盾与条件所造成的必不可免的悲剧冲突。"①这一悲剧形象所产生的效果，不仅令人同情与惋惜，而且具备有力的鞭策和深刻的教益。这些作品并非匆匆忙忙地把一个结论塞给读者，而是让打着无数问号和感叹号的社会现象、心灵现象与情感现象，通过并非透明的方式赠予读者，让他们以自我的人生经历和个人审美来品味现实。

三　中国悲剧性文学的现代性走向

自二十世纪八十年代中期开始，随着西方文艺作品的大量涌入，中国文艺界逐渐呈现多元发展的态势。写尽"伤痕""反思""改革"的中国当代作家，他们开始关注文学本身的问题。"寻根"与"新写实"小说一波一波相继涌现。在目不暇接的喧哗中，曾经热闹一时的传统悲剧却如潮水般急速退去。这种情形恰如冯骥才对"新时期文学"的感言：

> 不知不觉，"新时期文学"这个概念在我们心中愈来愈淡薄。那个曾经惊涛骇浪的文学大潮，那景象、劲势、气概、精髓，都已经无

---

① 赵凯：《悲剧与人类意识》，学林出版社，2009，第190页。

影无踪，魂儿没了，连那种"感觉"也找不到了。……这一时代已然结束，化为一种凝固的、定形的、该盖棺而论的历史形态了。①

诚然，就悲剧而言，一方面，虽不能说它在二十世纪八十年代中期以后就已成为一种凝固的、定形的、该盖棺定论的文艺创作的历史形态，但不争的事实是在二十世纪七十年代末八十年代初的论争基础上，人们对悲剧理论的认识和研究早已日趋深入；另一方面，随着对文化、对人性、对存在等认识的不断加深，人们内心中的悲剧意识也在不断地成长与成熟。

当《你别无选择》《透明的红萝卜》《无主题变奏》《十八岁出门远行》这些耳目一新的"先锋"②作家早期作品出现在文坛时，人们惊喜地发现中国文学正在走出传统的艺术殿堂重新探索创作走向，悲剧意识也由此汲取多元化的思想，被赋予了新现代的意义。而新现代意义又是以人主体性的丰富与自主开放为基本指征的，人们再也难以用传统的悲剧框架让其就范；那些稍纵即逝的淡淡的忧愁，那些扑朔迷离的孤独，"那些夹杂着嬉闹甚至'荒诞'的悲剧性的人生、社会和历史的横断面"③，曾使得不少读者一时迷离生津，难以穷其究竟。这样的情况正如吴亮所言，正是这些先锋小说的存在，八十年代初建立起来的文学统一形象四分五裂了。先锋文学象征性地转变了这个时代的言说方式。换句话说，先锋小说不仅将中国本土文艺作品拉回到文学的范畴，打破了意识形态的枷锁，而且在关注形式表现与艺术的创新，看重"如何写"而非"写什么"的创作策略。

此外，先锋小说不但推崇孤独个体的生命体验与虚幻假象，还注重挖掘消极的人性与世界的荒诞。如果说转向传统的"寻根文学"是以面对历史与时代的悲剧意识，从而对中国本土文学实施再次思考，希望"找到异己的参照系，吸收和消化异己的因素"④，希冀承接中国传统文化并有所改变的话，那么先锋小说则跨越了思考本土、本族文化心理的"寻根范畴"，

---

① 冯骥才：《一个时代结束了》，《文学自由谈》1993 年第 3 期。
② 本书以下所用"先锋""先锋小说"如无特别说明，均为特指，不再加引号。
③ 赵凯：《关于悲剧意识当代性的思考》，《安徽大学学报》1986 年第 4 期。
④ 韩少功：《文学的"根"》，山东文艺出版社，2001，第 82 页。

不仅遥望古老而根深蒂固的命运悲剧，而且凭借西方存在主义思维，将荒诞大规模地引入中国新时期小说发生中，书写了体验、欲望为基点的现代性生命悲剧。在这里，先锋作家笔下的生命悲剧不再是某个人的悲剧，而是中国近代百年历史悲剧的一个缩影、一个侧面。这一点正如余华所指出的：

> 事实上我不仅对职业缺乏兴趣，就是对那种竭力塑造人物性格的做法也感到不可思议和难以理解。我实在看不出那些所谓性格鲜明的人物身上有多少艺术价值。那些具有所谓性格的人物几乎都可以用一些抽象的常用词语来概括，即开朗、狡猾、厚道、忧郁等等。显而易见，性格关心的是人的外表而并非内心，而且经常粗暴地干涉作家试图进一步深入人的复杂层面的努力。因此我更关心的是人物的欲望，欲望比性格更能代表一个人的存在价值。[1]

这里，我们姑且不论这些话是否正确，但它至少表明先锋作家的一种创作态度，即对"人"的关注。之所以要强调用"人物的欲望"来概括"人物的性格"，就是为了更加真实地直抵生命的底部。这也是先锋作家所追求的真实，即从人的真实与世界的真实转到从哲学维度上，对人与人性的反思及对世界与人栖居方式的审视。从这个意义上讲，先锋小说反映了这一时期青年作家自身悲剧意识的进一步觉醒和加厚。因此，先锋作家不约而同地瞄准内战、抗日战争和近代百年这三个时间段，它们共同组成了作家对现代人类生存问题的持久思索。以下涉及这三类历史题材的作品，均是本文讨论的主要先锋作家的代表作品，它们都对这三个阶段的现象做了广泛、深入甚至酷烈的表现。

内战题材：

格非：《迷舟》《马玉兰的生日礼物》《边缘》；

---

[1] 余华：《虚伪的作品》，《上海文论》1989 年第 5 期。

北村：《家族记忆》；

洪峰：《东八时区》；

莫言：《生死疲劳》；

吕新：《抚摸》；

苏童：《罂粟之家》；

余华：《活着》。

抗日战争题材：

格非：《边缘》《风琴》《大年》；

余华：《一个地主的死》《在细雨中呼喊》；

苏童：《十九间房》《妇女生活》；

莫言：《红高粱家族》；

洪峰：《东八时区》；

吕新：《抚摸》。

近代百年题材：

余华：《活着》《在细雨中呼喊》《兄弟》；

格非：《边缘》；

洪峰：《东八时区》《和平年代》《离乡》；

苏童：《黑脸加林——一个人的短暂历史》《妇女生活》；

莫言：《丰乳肥臀》；

马原：《旧死》。

此外，妇女问题，爱情、婚姻、家庭问题，儿童问题，老年问题，犯罪问题，性问题，个人发展问题，等等，这些中国社会近百年来固有的或新生的难题在先锋作家的透视下也成为悲剧性主题的渊薮。① 单是涉及爱情、婚姻、家庭和妇女题材的中短篇小说，在先锋作家的创作中就非常集

---

① 参见胡西宛《先锋作家的死亡叙事》，湖南人民出版社，2010，第237~238页。

中，以下列举的只是他们较多地被讨论的作品，例如：余华的《偶然事件》《难逃劫数》《一九八六年》《古典爱情》；格非的《蚌壳》《镶嵌》《马玉兰的生日礼物》《打秋千》《背景》《湮灭》《迷舟》；苏童的《妻妾成群》《妇女生活》《另一种妇女生活》《一桩自杀案》《园艺》《已婚男人杨泊》《一九三四年的逃亡》《祖母的季节》《平静如水》《狂奔》《井中男孩》《罂粟之家》；北村的《玛卓的爱情》《周渔的喊叫》《张生的婚姻》《伤逝》；洪峰的《湮没》《离乡》《重返家园》《明朗的天》；等等。

在具体创作当中，先锋作家亦选择了两条突围的道路：一是他们通过传统而神秘的东西方命运悲剧混合的创作方式，瓦解现实主义悲剧书写；二是他们借助西方现代主义技巧挖掘世界的荒诞，揭示生命的孤独，由此完成了中国文学现代性认识与体现。

也许，中国现代悲剧本应有更高的斩获，但是，理想与现实总是有差距的。二十世纪九十年代以来的中国，文化虽然是多元化的，但整体上亦是通俗的、商品的甚至娱乐的。在众声喧哗中，悲剧反而显得格外的落寞，甚至有点不合宜。究其原因有如下两点。

其一，精英文化被消解，知识分子中心地位失落，如陈思和所言：

> 八十年代末知识分子精英文化在不断膨胀中暴露出自身不可克服的缺陷和客观上的政治风波导致了精英文化的大溃败。这以后是稳定压倒一切的政治气氛和市场经济迅速发展引起的社会经济体制转轨，知识分子在计划经济上所居社会中心的传统地位随之失落，向边缘化滑行。①

其二，被市场经济与商品化大潮包裹的九十年代，不仅快速改变国人的生活方式与生活理念，也带来了一系列令人费解与迷茫的现象。面对失望的现实，中国当代作家大都放弃启蒙的文化立场，或以语言的狂欢为寄托，或以后现代主义思想的嘲讽为媒介，逐渐汇聚成为一阵大众娱乐之风。

---

① 陈思和：《关于九十年代小说的一些想法》，《海南师院学报》1995 年第 2 期。

在理论界还在为中国有无后现代主义争执不休的时候，创作界已经在进行着后现代的写作实验。……它们以前所未有的姿态颠覆既有的美学原则和文学秩序，完成由宏大叙事向个人叙事、由有中心向无中心、由改变生活向适应生活、由超验向反讽的转向，体现出消解深度模式、非原则性、零散性、无我性、卑琐性、反讽、狂欢、种类混杂等后现代主义文学特征。①

应该说，这一描述还是比较客观的，特别是自二十世纪九十年代以来，关于刚刚出现的新写实主义小说以及晚生代写作、私人写作等，它们内在的创作目的是更好地迎合世俗趣味。例如，新写实小说刻画普通人庸俗平凡的现世生活；晚生代与私人写作则剔除了生命的臆想与精神的空间；等等。这些都是在某种固定的写作模式下，消解了作品的深度与历史性等。如此烦闷的文学氛围，悲剧作为带有沉重的意识与崇高精神的文学形式，它的存在概率自然小，发展前途必然渺茫。

但是，在以精英意识消解，知识分子被边缘化，文学日趋商业化为整体特征的二十世纪九十年代里，虽然，世俗化倾向也曾销蚀西方的悲剧精神，但西方文学的悲剧意识并未泯灭，它依然是对人的关注，对真实人生的关注，对目前的痛苦与罪孽的真切理解，对历史遥远未来的热情憧憬。这一点对中国本土先锋小说产生了深远的影响，因而一介心灵忍受赤裸裸的蹂躏，尔后借文学完成凤凰涅槃式的超越与飞升，让人们在先锋文学样式中体验以生命为核心内容的美感世界，并在这美感世界中超越自我、升华自我。可以说，先锋作家的这些作品大都着眼于"生命本体""自我实现""性格与命运""价值与意义""宇宙与真理""人性之善与恶"等一切具有形而上意味的问题。所不同的是，它们在表现与反映现实社会生活的时候，更注重传达上述问题的本体反思与哲学觉悟。由此，先锋小说的基本主题不是一般的社会问题而是一个哲学主题，并且通过生死的沉思、命运的透视，探寻人在现代世界当中所处的位置，提出和思索生命中的价

---

① 张俊才、李扬：《二十世纪中国文学主潮》，河北教育出版社，2002，第351~352页。

值问题，以寻得对现实处境的超越，表达对未来终极理想的无限关怀与热烈渴求。[①] 因此，从宏观上来看，二十一世纪中国文学内部虽然在精神指向、启蒙大众、社会职责等方面遭遇到前所未有的冷落与减弱，但其困境同样让一些坚守纯粹、抱有启蒙的作家与知识分子保持警醒，呼唤崇高，维护人文精神。当时的情形正如李锐所言：

> 现在满眼所见，到处都是故意制造的伤口，到处都是精心化妆的美丽。人们以这样的制造和化妆来换钱和惑众的同时，正在失掉的是自己感知幸福和痛苦的能力，正在失掉的是生命本身，是生命最为可贵的原创力。当卡夫卡满怀悲哀和绝望，无可奈何地徘徊于"城堡"之外；当鲁迅断然拒绝了人群，孤独、悲愤而又一意孤行地坐在自己黑暗冰冷的怀疑之中；他们敏锐而深邃的内心被丰富的生命体验所充满的，绝不是"人类的"这三个字可以尽述的。让我们坚守常识，让我们坚守自我，让我们坚守诚实，让我们在对自己刻骨铭心也是自由无构的表达中，去丰富那个不可预知、天天变化的"人类"。[②]

所以，虽有人认为二十世纪九十年代以来中国的悲剧创作没落了，但悲剧意识并没有没落。假使我们承认九十年代的先锋小说以其强烈的思想锋芒穿透人类社会的表象，将生命推入精神的荒芜之境，并通过西方现代表现主义等形式让国人产生悲性的警醒，反映它们超越同时代"先锋精神"的话，那么进入九十年代的先锋小说则是在当前商品经济与物欲横流的年代里一直保持着沉静的目光，时刻坚持悲剧般的反抗与精神诉求。这样的现象亦如谢有顺所指出的，先锋不只是艺术的先锋、精神的先锋，它更拥有冲突中为存在命名的勇气，因为先锋作家几乎不约而同地通过各种手段探查了我们时代的精神，"共同承担了为寻找人类的存在出路"[③]，这必然释放更加高尚与绚丽的精神花火，"至少，人在他们的小说中是有地位的。这一点，在

---

① 参见胡西宛《先锋作家的死亡叙事》，第 132 页。
② 李锐：《谁的人类》，时代文艺出版社，2000，第 119 页。
③ 谢有顺：《先锋小说再崛起的可能性》，《山花》1995 年第 2 期。

我们这个后现代文化消费不断扩张的时代里，显得弥足珍贵"①。

其实，这种对"人的关怀"与"存在的勇气"的终极关注和探求，不仅是中国后现代文化语境中所可珍惜的，也是中国文学所可珍贵的；同时，它也是悲剧思研和表现的中心。只不过悲剧并不给出答案，它是逼视困境，展示问题与痛苦，让人在审美观照中体验和清洁情感，并有所思索，目的是让我们看清困难重重的生存本相，勇敢地面对这些困境，将自我看作寻根究底的探索者，从此不辍地追寻生存的意义。而这样的艺术虽不能给人以哲学逻辑论证的满足，亦不能带来情感寄托般的安慰，但它成作家反抗命运与困境的一种传达方式，并在超越焦虑与恐惧的艺术审美体验内部，给人以情感的净化与精神的启迪。

第三节　人殇：悲剧意识现实维度

亚里士多德在《诗学》第六章指出："悲剧的灵魂是情节"，悲剧"是对于一个严肃完整、有一定长度的行动的摹仿"，它所模仿的对象是"在行动中的人"②。需要注意，亚里士多德在这里主张的艺术模仿是为了再现人类当时的现实生活，意在突出行动而非人物的内在性格。事实上，这种粗浅的判定是符合当时人类思想局限性的。但是，当人类的历史加速发展，从宗教与传统桎梏走出来的现代人，在逐渐意识到自我所处世界的中心地位，不断丰富自我关于外部世界认识的同时，也逐步加深对心灵的审视。此后，关于生命的思考便不会再次落于无法揣摩的命运之上，而是通过"性格"与"社会"这两个关乎人类切身实际的问题，打开了生命悲剧认知的新维度。

一　注重人与社会的西方近代悲剧创作

经历漫长而黑暗的中世纪苦痛后，西方人发现禁欲的社会早已步入歧途，猛然回首，回想起遥远的古希腊所曾拥有的荣光，"处在无数神奇事

---

① 谢有顺：《先锋小说再崛起的可能性》，《山花》1995 年第 2 期。
② 亚里士多德：《诗学》，陈中梅译，第 26 页。

物中间的古人，对于这些事迹并不感到惊异，他们相信神与人之间存在着一种亲密的交通"①。可是，当昔日的命运再次接近日益成熟的西方社会时，被宗教折磨得精疲力竭的西方人却将命运视为一种虚伪的表象。于是，文艺复兴时代便出现了莎士比亚，他的伟大之处就在于发现生命的苦难不再是神秘的"交通"，而是源自人性中的缺点。这一点他曾借麦克白（Macbeth）之口道出：

> 在人类不曾制定法律保障公众福利以前的古代，杀人流血是不足为奇的事，即使在有了法律以后，惨不忍闻的谋杀事件，也随时发生。以前的时候，一刀下去，当场毙命，事情就这样完结了；可是现在他们却会从坟墓中起来，他们头上戴着二十几件谋杀的重罪，把我们推下座位，这样事情是比这样一件谋杀案更奇怪的。②

这里，我们虽不能否认莎士比亚依然保留着命运的悲剧意识，但他同样将命运涵纳了人性，因为在莎翁眼里，如果离开人而空谈命运，就只会失去所有的人类现实与文化内涵。这种关注人类自身缺陷的悲剧意识不仅继承了古希腊文化，而且符合了当时社会历史背景的"新走向"，更提倡"人"之所以为"人"的要求。其原因就在于历史中的西方一直备受宗教教权的统治，即人类生活的方方面面具有浓重的教权色彩。这就使得西方人在当时社会化的发展进程中变成了"罪人"。于是，西方社会便有了但丁（Dante）这样的人文主义者，他们开始放弃浓重的教权之风，以文学为武器揭露人类的心灵，并敏锐地捕捉社会生存的现实困惑，以此得出悲剧不再是虚无缥缈的命运而是人类自在的缺陷的结论。在这样的文学创作基础上，我们才有机会欣赏到文艺复兴时期莎士比亚的四大悲剧中奥赛罗（Othello）的嫉妒、李尔王（King Lear）的刚愎自用、麦克白的贪婪与野心，以及哈姆雷特的多疑与寡断。此后，在古典主义时期，拉辛（Jean

---

① 袁国兴：《现代中国悲剧观的转变和"五四"时代风格——从中西悲剧观的比较研究中看"五四"时期的悲剧创作价值》，《中国现代文学研究丛刊》1985 年第 2 期。

② 〔英〕威廉·莎士比亚：《莎士比亚全集》，朱生豪等译，译林出版社，1998，第 356 页。

Racine）的《昂朵马格》（*Andromaque*）、《讼棍》（*Les Plaideurs*）、《布里塔尼居斯》（*Britannicus*）、《费德尔》（*Phèdre*），高乃依（Pierre Corneille）的《熙德》（*Le Cid*）、《贺拉斯》（*Héraclius*）、《西拿》（*Cinna*）与《波里厄克特》（*Polyeucte*）等性格悲剧作品，它们意在指出，性格上的缺陷不仅是人类的根本错误，而且是人类的一个根本属性。人类的一切英雄行为实际上都是在这类错误中完成的，人类无法满足自己所曾获得的一切，永远向往一个并没有可能实现且更加高远的目标，而这些脱离实际的目标自然会将人类引向悲剧的终途。

随着西方文艺派别的发展、更迭，浪漫主义再次续接人文主义的遗风。内部创作更加注重生命的主观能动性与精神自由性，并力图表现内在最为高扬的情感，借以抒发人的自然感性生命为宗旨，认为主体的本质内涵就在于自然生命最自由自在的表现，例如，英国拜伦（George Gordon Byron）的《曼弗雷德》（*Manfred*），雪莱（Percy Bysshe Shelley）的五幕悲剧《倩契》（*The Cenci, A Tragedy, in Five Acts*）；法国雨果（Victor Marie Hugo）的《巴黎圣母院》（*Notre-Dame de Paris*）、《悲惨世界》（*Les Misérables*），乔治·桑（George Sand）的《安蒂亚娜》（*Indiana*）；德国海涅（Heinrich Heine）的《悲剧——抒情的插曲》（*Tragedies with a Lyrical Intermezzo*）；俄国普希金（Alexander Pushkin）的第一部历史悲剧《鲍里斯·戈都诺夫》（*Boris Godunov*），以及四小悲剧《莫扎特和沙莱里》（*Mozart and Salieri*）、《石客》（*The Stone Guest*）、《吝啬骑士》（*The Miserly Knight*）、《瘟疫时期的飨宴》（*A Feast in Time of Plague*）；波兰密茨凯维支（Adam Bernard Mickiewicz）的《塔杜施先生》（*Sir Thaddeus*）；等等，这些作品都在反映浪漫主义文学对人的自由精神与自然情感的关注。

随后，科学技术的快速发展与社会的日新月异，使得西方人更有能力跳脱历史与区域的局限，将视野拓展至五湖四海。于是，"一切固定的古老的关系以及与之相适应的素被尊崇的观念和见解都被消除了"①，塑造人

---

① 袁国兴：《现代中国悲剧观的转变和"五四"时代风格——从中西悲剧观的比较研究中看"五四"时期的悲剧创作价值》，《中国现代文学研究丛刊》1985年第2期。

物性格到了今天便不再够用，欧洲思想文化史也在此时进入了理性启蒙的时代。而西方这一时期的启蒙主义，实际上是一种人本主义，它以各种理性的标尺来衡量人的功能与内涵，阐释人的能动性与主体性，提倡将"人"理解为"全人类"或者"全社会"的唯物主义学说。例如，在当时启蒙主义最为盛行的法国，思想家卢梭（Jean-Jacques Rousseau）、伏尔泰（Voltaire）、孟德斯鸠（Montesquieu）、狄德罗（Denis Diderot）等人都以文学途径传达对当时人与社会二元矛盾的认识与批判。此外，博马舍的《塞维勒的理发师》（*Le barbier de Séville*）、《费加罗的婚礼》（*Le Mariage de Figaro*）、《有罪的母亲》（*La mère coupable*）等也将封建贵族的放荡生活与备受敬仰的特权阶级作为肆意挖苦的对象。此类作品的出现也从另一个侧面证实了启蒙主义的意识对象正在由"个体的""贵族的"逐步转向"社会的""普遍的"与"大众的"。

当然，在开掘"全人类"与"全社会"广泛悲剧意识的同时，西方文学同样加深了对生命个体的悲剧理解，就此产生与荷马《伊利亚特》（*Iliad*）、但丁《神曲》（*Divine Comedy*）相提并论的悲剧高峰——《浮士德》（*Faust*）。在这部伟大的诗剧中，代表人类理性的"日神"（Phoebus Apollo）与象征人类感性盲从的"酒神"（Dionysus）在主人公身上做出殊死搏斗，结果被魔鬼操纵盲动的生命潜流，浮士德的进取心因找不到最后的人生支撑点而倒在魔鬼的脚下。从这个意义上讲，一个人经历了惨烈的斗争后所留下的悲壮，亦如作者歌德所言："他向各方面追求，却越来越不幸地退转回来。他对未来有过美好的设想，但同时却感到与现实有很大的距离。"[1]

进入十九世纪，西方现实主义的兴起摆脱了以往敏感、忧伤的文风，再次将目光对准更加广阔与现实的社会。当时，在同处西欧的英、法两国以及横跨欧亚大陆的沙皇俄国，它们的主流文学均以批判现实为主，即在描述小人物悲惨遭遇的同时，也将当时真实的历史与普遍的生活状态融入创作，用来揭露、批判资本主义制度的虚伪、残忍、贪婪。不论当时的

---

[1]　引自侯维瑞主编《英国文学通史》，上海外语教育出版社，1999，第129页。

《玩偶之家》（*A Doll's House*）、《茶花女》（*The Lady of the Camellias*），还是《小公务员之死》（*The Death of a Government Clerk*）、《红与黑》（*The Red and the Black*），其悲剧主题都是如此。这里，也许有人会问，悲剧到了西方现实主义时代似乎做出了一个否定的答案，即以往悲剧中的命运观、性格观在历史中发生了转变，最终落在了社会现实上。换句话说，曾经"恐惧""怜悯"的悲剧审美是无法破坏观者心理平衡的，但是暴露"丑"与"恶"、"罪"与"罚"的现代悲剧却非如此，这一点正如狄德罗所指出的："近代悲剧使全国人民严肃地考虑问题而坐卧不安。那时人们的思想动荡起来，踌躇不决，摇摆不定，茫然无措；你的观众将和地震区域的居民一样，看到房屋的墙壁在摇晃，觉得土地在他们的足下陷裂。"[①]事实上，狄德罗的观点忽略了审美意识中的时代性与地域性。这一点正如别林斯基（Vissarion Grigoryevich Belinsky）曾经指出，一部作品"内容越是平淡无奇，就越显出作者才能过人"[②]。如果反过来讲，内容越是高扬、情节越是激烈的文学作品，其内在也未必破坏现代西方人的心理平衡。因为，处于历史社会中的"人"不仅具有"自然"的属性，而且具备"社会""历史"的双重属性。由此，西方大众审美亦追随历史与社会的发展，呈现出更加波澜壮阔的"历史视域"。与此同时，反映社会与历史悲剧性的文学作品不再囿于以往悲剧论者经常提及的"崇高""恐惧""怜悯"等一系列心理反应中，而是在逐渐出现在"现实化""客观化""当前化"的复杂审美视域，欣赏"普通人"而"非高级人或者超人"[③]的生命悲剧，迫使社会与人相冲突的各种因素凸显，由此铸就更加丰满与生动的生命，表现出更为普遍的社会与宏大的历史视野。

二　关注社会的中国近现代悲剧性文学发展

值得注意，在近现代中国，关于人与社会的关系上，中国文学未如西

---

① 〔法〕德尼·狄德罗：《论戏剧艺术》，余秋雨著《戏剧理论史稿》，上海文艺出版社，1983，第 205 页。

② 〔俄〕别林斯基：《别林斯基选集》第 1 卷，满涛译，上海译文出版社，1979，第 182 页。

③ Northrop Frye, "Tragic Modes", in R. P. Draper ed., *Tragedy: Developments in Criticism*, pp. 157-158.

方近代文学悲剧史，由性格缺陷的理性认知开始，逐渐迁移扩大至对社会阶级乃至整个人类社会的理性批判，而是在当时内忧外患的历史现实背景下，其理论研究与创作大多直接跳过由性格所引发的对苦难悲剧的关注与思考，通过以改良群治、批判国民性等具有社会属性的悲剧意识为主线，在书写社会悲剧的创作主流之下，隐在展示对特殊人群或者个体悲剧的关注。

与近代西方不同，近代中国关于"社会"与"人"的悲剧主题的认识与反思是在极为复杂的现实和历史背景之下，通过改良群治、批判国民性等思潮来实现的。但在当时大规模书写社会悲剧的同时，中国现代文学的封闭式写作又曾少量"溢出"有关人性悲剧的作品。从这个意义上讲，两者在数量与质量上的巨大差异亦反映了中国现代文学将近三十年（1919～1949）悲剧意识的"现实性"与"功利性"。

但这是必然的结果，从社会发展与历史根源上来看，与西方中世纪社会结构不同，中国长久处在封建社会，内部发展十分稳定：一方面，经济与文化高度繁荣；另一方面，传统封建礼教思想的根深蒂固。这两者都使得封建制度在中国持续长达两千多年之久。思维的僵化与交流的固化又极大地阻碍了中国近代文学尤其是悲剧文学创作的发展进程。虽然，中国悲剧领域曾有过《牡丹亭》《红楼梦》等杰作，但从整体上讲，中国文学仍囿于道德伦理观的传统教化中，大团圆式的结局依然是国人最为喜好的建构。

在西方列强持船坚炮利之武力轰开国门后，资本主义、发达科技与民主思想相继涌入，中国的半封建半殖民社会结构的逐步瓦解，这些都让中国近代文艺与西方悲剧意识获得接触、交融的机会。特别是在戊戌变法失败后，严复的《天演论》《国富论》、林纾的《黑奴吁天录》《巴黎茶花女遗事》等西方译介唤醒了当时国内知识分子关于国家生死存亡的危机感。其中，达尔文的生物进化论影响了中国人整整一个世纪的文化与心理。在生物学发展规律的背后，寻求思想进步的知识青年看到了民族的生存危机，迫使当时的文艺创作及对其理论研究从根本上发生了转变。在当时，除了文学体裁上大量吸收、借鉴西洋文学创作成果以外，中国文学界还围绕悲剧发生了一系列问题的讨论、研究，例如，王国维的悲剧理论研究；同一时期的蒋观云在《中国之演剧界》中，立足于东西方戏剧比较，首次阐发悲剧具有积极入世，重塑国人精神与价值的社会功能。① 随后，陈独秀、湘灵子等人也在研习西方悲剧作品与相关理论的基础上，结合中国戏剧发展之现状，指出社会悲剧对中华民族觉醒独具启蒙功用。

虽然，文艺复兴与理性启蒙为西方带来文艺上的慰藉与蓬勃发展的资产阶级制度，但这两者在中国根本行不通。一是，在文艺上，渴望自由的中国知识分子无法抹去来自现实的苦闷；二是，民族资产阶级的"软弱性"与"两面性"无法承担、推动中国历史发展的社会重责。沉重的现实与精神上的彷徨在当时有识之士的文艺创作中集中喷发，如冰心、罗家伦、俞平伯、叶圣陶、庐隐、许地山、王统照等人创作的"问题小说"，鲁迅提倡的"乡土文学"，等等。可以说，这些作品"从根本上否定封建制度的立场，以革命的民主主义者的观点来观察和描写农民的生活和他们一生的命运"②，并通过"更深的历史文化层面去思索造成人物悲剧命运的社会根源"③，"大胆地看取人生并且写出他的血和肉"④，从而在形式上抛弃了中国古典悲剧中大团圆式的结局。

诚然，这种新的社会观念必不可免地产生反思痛苦，给人们带来过去所没有发现的悲剧冲突，但这种痛苦和冲突的悲剧观在其他文学样式中同样发生衍变："中国人！你们该睁开眼看一看了，到了该睁眼的时候了！"⑤"我们觉醒起来，新潮流向着这悲剧方面流去"⑥。因此，当"易卜生主义"（Ibsenism）引入中国时，中国戏剧创作首先做出积极回应，倡导戏剧成为争论的场所，要求戏剧批判现实，启蒙社会变革。如此极具现实意义的悲剧意识在当时国内上演易卜生的戏剧——《人民公敌》（*An Enemy of*

---

① 参见蒋观云《中国之演剧界》，阿英编《晚清文学丛钞小说戏曲研究卷》，中华书局，1960，第 68 页。

② 周扬：《发扬"五四"文学革命的战斗传统》，《人民文学》1954 年第 5 期。

③ 雷达、赵学勇、程金城主编《中国现当代文学通史》（上），甘肃人民出版社，2006，第 131 页。

④ 《鲁迅全集》第 1 卷，人民文学出版社，2013，第 222 页。

⑤ 《老舍作品集》第 6 卷，译林出版社，2012，第 200 页。

⑥ 冰心：《中西戏剧之比较》，《晨报副刊》1926 年 11 月 18 日，第 3 版。

the People）中直接体现：冥冥中有一种超自然的力量照顾着世界上的所谓"好人"，使他们到头来事事如意；世界上所谓的"坏人"都得不到好结果……世界上的事并不真是这么安排的。此外，胡适的《终身大事》、熊佛西的《新人的生活》、侯耀的《弃妇》、欧阳予倩的《泼妇》等剧中的女主人公大都成为易卜生《玩偶之家》（A Doll's House）中那位寻求个性解放、试图逃出社会与家庭牢笼的娜拉式人物。在此类的作品当中，以欧阳予倩《泼妇》中的于素心形象最为典型。于素心接受过新式教育，与丈夫陈慎之自由恋爱、结婚。可是，看似幸福美满的姻缘依旧逃脱不了封建守旧思想的侵蚀。婚后不久，陈慎之想着讨小老婆。当他自知理亏借机离家之际，忍无可忍的于素心终于道出亿万被压迫、被遗弃女子的心声：女人家在世界上，讨了男人欢喜就完了吗？这种敢于追求独立人格的人物也是当时五四精神与易卜生主义的契合表现。

直到1942年5月，毛泽东《在延安文艺座谈会上的讲话》的正式发表，中国作家才真正意识到推动历史发展与社会进程的根本动力在于广大人民群众。并且，随着"平民文学""大众文学""工农兵文学"在各地区、各派别深入展开，中国现代文学中的悲剧对象也由人的问题、社会问题逐渐扩展到具备广泛意义的"平常人"的问题之上，并且对这一问题进行深入讨论。这些"平常人"，如闰土、老通宝、觉新、骆驼祥子、春宝娘等，他们虽不具有西方悲剧中英雄的大开大合、大起大落，但在他们身上所发生的剥夺生命价值与个人尊严的小事件背后，必定将现实生活的社会苦难层层揭示，让观者在日益昏沉的意识形态下猛然警醒，引发思索。如此沉重且真挚的启蒙意义不言自明。当然，中国现代文学并不是没有英雄悲剧，只不过在数量庞大的社会悲剧中较少罢了，且又往往取自历史题材，如郭沫若的《屈原》、欧阳予倩的《忠王李秀成》等。

另外，在如火如荼的近现代社会悲剧的宏大构架背后，我们同样能够发现中国文学界对于人性悲剧的认识与研究。在人性悲剧研究上，文学大师王国维尤为值得注意。

1905年王国维发表了著名的《〈红楼梦〉评论》，这篇论文以叔本华的"生命意志说"为出发点，以叔本华的悲观主义理论为支柱，把悲剧分为三种："第一种之悲剧，由极恶之人，极其所有之能力，以交构之者；第二种，由于盲目的运命者；第三种之悲剧，由于剧中之人物之位置及关系而不得不然者。"① 他认为在这三种悲剧中，第三种的感人程度要远远超过第一、二种。因为人们在面对第一、二种悲剧的时候，"对蛇蝎之人物，与盲目之命运，未尝不悚然战栗；然以其罕见之故，犹幸吾生之可以免，而不必求息息之地也"②。就是说，这两种悲剧具有相当的偶然性，因此还是可以逃脱的，第三种悲剧则不然，"彼示人生最大之不幸，非例外之事，而人生所固有"③。也就是说，这种悲剧是必然性的，不可逃脱的。按照这一标准，王国维认为《红楼梦》属于第三种悲剧，是"悲剧中之悲剧"。王国维是从人本身、人的意志与欲望来寻求悲剧根源的，肯定了人的自然悲剧性本性：

> 吾人既知一物之全体之关系，又知此物与彼物之全体之关系，而立一法则焉，以应用之于是物之现于吾前者，其与我之关系及其与他物之关系，粲然陈于目前而无所遁，夫然后吾人得以利用此物，有其利而无其害，以使吾人生活之欲增进于无穷。此科学之功效也。故科学上之成功，虽若层楼杰观，高严巨丽，然其基址则筑乎生活之欲之上，与政治上之系统立于生活之欲之上无以异。然则吾人理论与实际之二方面，皆此生活之欲之结果也。④

可以说，欲望为人类生活的本质，而"欲之为性无厌"，人的欲望永远没有满足的时候，他认为不满足是一种痛苦；暂时达到了欲望，就产生厌倦或无聊，这也是痛苦；为实现愿望而奋斗亦痛苦。并且，知识越广，欲求越大，痛苦越深，知识与痛苦成正比例。他引述叔本华的话，人生如

---

① 王国维、蔡元培：《〈红楼梦〉评论》，《红楼梦评论·石头记索隐》，上海古籍出版社，2011，第5页。
② 王国维、蔡元培：《〈红楼梦〉评论》，《红楼梦评论·石头记索隐》，第80页。
③ 王国维、蔡元培：《〈红楼梦〉评论》，《红楼梦评论·石头记索隐》，第39页。
④ 王国维、蔡元培：《〈红楼梦〉评论》，《红楼梦评论·石头记索隐》，第5页。

同钟摆，往复于痛苦与厌倦之间——"欲与生活与苦痛三者一而已矣"。而由欲望、生活、苦痛三者相连之后，对于人性悲剧的认定，王国维是与受中国道家思想影响的叔本华存在相同结论的，欲望也罢，痛苦也罢，人生最大的错误在于"有生"，他认为这是"鼻祖之误谬"。这与叔本华的"原罪"说同出一辙。叔本华说：人生悲剧的主角"是原罪，亦即生存本身之罪。加尔德隆率直地说：'人的最大的罪恶，就是：他诞生了'"①。王国维从主观欲望上解释悲剧之源，阐明悲剧的本质，把悲剧变成一种与社会现实无关的个人命定的不幸。他的这种主观唯心主义的悲剧观念打破了人们对人性幸福的美好幻想。

关于悲剧的审美范畴，王国维又将艺术之美分成"优美"与"壮美"两种，认为悲剧大多表现壮美，在于揭露生命的苦难，触动观者的内心，产生震撼的力量。《红楼梦》之所以被他视作"悲剧中的悲剧"，就在于《红楼梦》壮美之部分较多于优美之部分，感人至深，引发观者对生命自身缺陷的窥视。总之，王国维对生命悲剧的认识与表现，是从人性的欲望与审美形式两个方面入手的。

因此，当时的中国文艺界"毕其功于"社会悲剧，受战事影响，解放区、国统区与沦陷区的作家却在"人性欲望"与"审美形式"两问题的认识与表现上，产生了不尽相同的集体创作倾向。然而，当这两个地区的作家群"发愤"呈现"怨以怒"的美学创作之际，上海沦陷区的年轻作家群纷纷回避战事，成就了中国文学历史上第一个现代主义文学——"新感觉派小说"的诞生。

在当时，海派作家（新感觉派作家）大都将目光对准上海都市人的悲剧，把人性堕落与现代都市的罪恶勾连在一起，"于寂寞感伤的调子中隐含着悲剧意蕴，在貌似颓废的描写中，可以看到隐藏于都市繁华背后的罪恶及人生的痛苦本质"②。而在突出人与都市冲突的同时，他们也完成了对现代人类内在欲望畸变的审视与拷问。如此的现代性创作亦如匈牙利美学

---

① 叔本华：《作为意志和表象的世界》，石冲白译，第 352 页。
② 董燕：《论新感觉派小说的悲剧情结》，《甘肃理论学刊》2003 年第 5 期。

家卢卡契（Georg Luacs）所指出的：

> 社会作为环境而出现的，而这种环境又是作为无法回避的异己力量与人相对立的。人的内心世界同这种环境紧密相连，但这个环境又不是他的"家"；因此，它竭力要至少是内在地挣脱已经形成的自我异化。……从赫勃尔和奥斯特洛夫斯基到契诃夫和奥尼尔，这种戏剧的主题就是描写在资产阶级社会的环境中人遭受歪曲和异化以及对此所作的悲剧的、喜剧的与悲喜剧的斗争。[①]

特别是在二十世纪二十年代，"西方经济继续飙升，产品进一步增长，服务更为细腻，消费激情喷发，这些因素……促使一般的个人不断将自己的生活与其他人的生活相比较，常常引发对目前现实的不满，渴望得到未来更好的物质生活"[②]。因此，擅长书写两重人格、意欲刻画欲望冲突的海派作家施蛰存的《春阳》《将军底头》《鸠摩罗什》等小说不仅抓住了大上海纸醉金迷的物质生活对人性的扭曲与异化，并且凭借弗洛伊德的精神分析学，挖掘到了精神分裂与心灵压抑背后的悲剧内涵。

另外一位作家穆时英，甚至给自己所有小说中的人物赋予了一个统称"Pierrot"（带面具的小丑），用之来映衬那些现实生活中脸上洋溢着欢乐内心却十分苦楚的现代生命。自然，与其他抗战地区富有历史感与责任感的社会悲剧作品相比，海派（新感觉派）小说饱含个性化与人性化的意识维度创作。虽然，一部分作品涉及现代都市普通人的悲剧，但海派作家并没有肩负历史与社会的重要使命，他们大多站在直观的感觉与奇异立体的印象角度，将都市生活特有的悲怆在畸形的人性当中解剖得淋漓尽致。

同样作为海派作家的张爱玲却是一个例外。她在一段自述中提到自己的感悟：

---

① 〔匈〕卢卡契：《论莎士比亚现实性的一个方面》，杨周翰主编《莎士比亚评论汇编》，中国社会科学出版社，1981，第489页。

② Paul A. Orlov, *An American Tragedy: Perils of the Self Seeking "Success"*, London: Associated University Presses, Inc, 1998, pp. 28-30.

我发觉许多作品里力的成分大于美的成分。力是快乐的，美却是悲哀的，两者不能独立存在。"死生契阔，与子成悦；执子之手，与子偕老"是一首悲哀的诗，然而它的人生态度又是何等肯定。我不喜欢壮烈。我是喜欢悲壮，更喜欢苍凉。壮烈只有力，没有美，似乎缺少人性，悲壮则如大红大绿的配色，是一种强烈的对照。但它的刺激性还是大于启发性。苍凉之所以有更长的回味，就因为它像葱绿配桃红，是一种参差的对照。①

审读这段话后，我们不难发现，张爱玲的文学主张以及生命"悲壮性"的审美体验实与王国维"壮美"的悲剧美学思考存在对接。换句话说，"历史大时代在张爱玲的小说里面，很多时候不但并非宏大的涵盖式的管弦乐，而且就连陪衬式的去伴奏歌唱家也几乎不如，效果就是把所谓的'大时代'化约成影子般的透薄'背景'"②。她也由此成为将海派的审美价值真正提升到悲剧维度的海派作家。在其作品中，张爱玲时常将女性置入现代社会语境中，让她们备受金钱、情欲、伦理、道德的磨砺，逼迫人性显露本然的底色，如《倾城之恋》中为求婚嫁不择手段的白流苏，《花凋》中争夺衣裳费尽心力的亲姐妹，《金锁记》因金条放弃一生幸福的曹七巧，等等，可以说，她们无不为欲望所累，却又不得不屈从人性。这些各式各样的欲望也由于贴近社会而显得更加的生动与真实。可以说，"社会"与"时代"这两个概念对于张爱玲更具特殊的内涵：她是在极为复杂的时代背景下，完成了人性悲剧最为彻底也最为真实的创作。这一点亦如她本人所言："一些不彻底的人物。他们不是英雄，他们可是这时代的广大的负荷者。因为他们虽然不彻底，但究竟是认真的。"③

而在上海文学界为掀起新感觉而狂欢的时候，远在北平的京派作家群

---

① 寇鹏程：《共鸣：一个更需重视的悲剧生成审美机制——从"中国无悲剧说"谈起》，《云南师范大学学报》（哲学社会科学版）2014年第1期。

② 马雯：《浮华的美丽terrae世的悲哀——浅析张爱玲的悲剧意识》，《郑州航空工业管理学院学报》（社会科学版）2006年第3期。

③ 张爱玲：《自己的文章》，《流言》，五洲书报社，1944，第17～18页。

却走向与海派截然不同的审美创作之路。浓厚的学院背景使得他们对于作品怀有一种更加崇高的审美要求，字里行间时常洋溢着生活气息的清新淡远与温馨甜蜜，以彰显生命的潜在力量。可是，清新淡远与温馨甜蜜无法掩盖作家关于现实社会的顾虑和忧愁。虽然，人的神性与苦难之间存在着某种必然联系，使得京派小说突出了这种此在的矛盾，但关于人性单纯而又崇高的认定，也让他们始终抱有明快又带着悲悯微笑的悲剧情怀。这种微笑感的悲剧正是京派悲剧作品外在审美与内在意识最为精辟的总结。为了表现这种复杂的艺术形式，京派作家力主生命与苦难相和谐的艺术形式，并紧扣"微笑悲剧"的思想内涵与艺术效果，如师陀的《期待》、废名的《河上柳》《竹林的故事》、沈从文的《阿黑小史》《静》等，在追求语言技巧的得当性与情感的节制性的同时，始终萦绕一种悲哀的气氛。因此，京派小说家并非没有感情冲动，也不是没有悲愤与激昂，只不过有效地加以控制，含蓄地传达这些情绪罢了。这一点正如李健吾所说的："他越节制悲哀，我们越感到悲哀的份量，同时也越景仰他的人格。"①

京派小说所呈现的节制性的美学风貌，为中国现代小说提供了另一种全新的维度，即雍容淡定、以理节情的审美观照，这也是京派美学理论家朱光潜一再提倡的"日神"精神与"距离的美学"在文学创作当中的具体表达。而他更看重前者，认为艺术家应"保守而讲究理性，最看重节制有度、和谐、用哲学的冷静来摆脱情感的剧烈"②。

总之，蛰居于风潮云涌政治运动与社会变革中的中国现代作家，在其作品中有关悲剧意识的反映上，实际选择了两条截然不同的道路：一是，以西方现代主义感官化的书写为路径，警惕现代都市人类自身异化苦楚与灵魂的扭曲；二是，将传统审美意识形态视为基点，哀叹生命的不幸，礼赞人性的力量。但是，不论选择哪条路，我们都有理由相信，中国现代文学从未忽视人性悲剧的审视与思考，只不过在深度与广度上，与同时代的社会悲剧创作相比，的确有所差距。

---

① 《李健吾创作评论选集》，人民文学出版社，1984，第486页。
② 《朱光潜全集》第2卷，安徽教育出版社，1987，第355页。

第二章 继承与发展:"天残"的先锋认同

自二十世纪八十年代崛起的先锋小说家,在迄今为止的整个创作过程当中,均受到来自西方现代文学非理性思潮与中国本土传统文化的双重影响,由此产生了关于生存的神秘思索与宿命表现,使得自身的创作至今依然保留着一股神秘为端、宿命为体、敬畏于"天"的人生感悟。

第一节 神秘与先锋

《逻辑哲学论》(*Tractatus-Logico Philosophicus*)的开篇就告诫我们"但凡无法谈论的事物必须保持沉默"[1];也许,沉默可以保持神秘在各自心灵的真实,但它无法封闭生命自我倾诉的冲动。举头仰望星空,面对无法解释的人间异象与生命无常,人类的生存局限及世间万物的神秘感总会不经意间反复浮现,包裹心灵,产生悲剧性的生命指认。尼采在他著名的《悲剧的诞生》(*The Birth of Tragedy*)一书中指出,希腊悲剧艺术的核心实与酒神狄奥尼索斯和日神阿波罗密切相关,希腊的"意志"是将酒神与日神的精神境界融于一体,产生以神秘梦境为表征的艺术璀璨,并通过悲剧的形式沿袭下来,逐渐渗透至整个西方艺术。

因此,即便进入以科学与理性为主的现代时期,西方许多伟大的悲剧杰作依然掺杂着大量的神秘成分,例如,梅特林克的悲剧《佩莱亚斯与梅丽桑德》(*Pelléas and Mélisande*)中,冰冷、阴暗、肃穆且富有神怪色彩的气息就曾抽离观众的现世理性,产生一股与世隔绝、梦魇般的神秘之感。

---

① 〔英〕维特根斯坦:《逻辑哲学论》,陈启伟译,商务印书馆,1962,第97页。

甚至每当欣赏悲剧，观者走过审美之境的大门时，亦会读到"凡进此门者，须抛弃一切现世的希望与畏惧"① 的铭文。当然，现代悲剧中的神秘也由此不再囿于神、鬼、巫等古老的表现形式，而是通过表现主义、荒诞主义等西方现代主义技巧，继续延说人类认知的局限，体味无从改变命运的悲哀。

西方现代文学中的这种"半隐半显，漂浮不定的思想和感情的游丝"② ——神秘，亦追随二十世纪八十年代思想的解禁与开放，源源不断地涌入中国本土当代作家的视野中。当他们如饥似渴汲取西方现代文学表现形式之冰鲜，在自我创作、思考且不断摸索的背后，关于生命非本源性的神秘哀怨同样浸润、改变着他们关于生命存在的理解。如莫言在《清醒的说梦者——关于余华及其小说的杂感》一文，对余华悲剧性创作有过这样的评价："如果让他画一棵树，他只画树的倒影。"③ 究其原因，就是"人类自身的肤浅来自经验的局限和对精神本质的疏远，只有脱离常识，背弃现状世界提供的秩序和逻辑，才能自由地接近真实"④。不止于此，余华本人亦认为："真实似乎只对早餐这类事物有意义，而对深夜月光下某个人叙述的死人复活故事，真实在翌日清晨对它的回避总是毫不犹豫。"⑤

格非也曾指出："博尔赫斯故意混淆了传统小说所精心构筑的'现实世界和力图模仿它的想象世界'的界线，像卡夫卡的作品一样，用一种貌似认真明晰和实事求是的风格掩盖其中的秘密。"⑥ 先锋作家对卡夫卡与博尔赫斯小说的神秘主义风格有着深刻的见解，并且不只停留在简单地模仿阶段，而是把它与中国传统神秘主义文化有机结合，创作出具有中国本土文化特色的神秘主义义学作品。

这里，我们不禁要问：为什么西方现代主义文学当中的神秘对中国先锋小说产生如此强大的亲和力？学者李幼蒸认为："一个世纪以来的现代

① 朱光潜：《悲剧心理学》，张隆溪译，第 37 页。
② 朱光潜：《悲剧心理学》，张隆溪译，第 37 页。
③ 莫言：《清醒的说梦者——关于余华及其小说的杂感》，《当代作家评论》1991 年第 2 期。
④ 莫言：《清醒的说梦者——关于余华及其小说的杂感》，《当代作家评论》1991 年第 2 期。
⑤ 余华：《虚伪的作品》，《上海文论》1989 年第 5 期。
⑥ 引自朱寿桐《通向博尔赫斯的"第二文本"》，《文学评论》2006 年第 3 期。

派、先锋派、前卫派文艺，代表着现代西方文化精神的动荡不安，其严重性和难以解脱性，也源于两种内外不同的冲力：唯质主义的科技工商社会之永恒精神压力和传统价值信仰基础在理性面前的解体。"①

在我们看来，这段话很能代表中国当代作家对西方现代主义文学的共识。但是，中国先锋作家之所以自觉接受，其重要的一个原因就在于他们与无法认识现实、无法厘清自我价值的西方现代主义存在某种相似的心理认同。猎奇的心理需求以及主观努力也在促使当时年轻的先锋作家竞相效仿西方现代主义名著创作方法。其作品内部看似虚无缥缈的社会背景以及幻变荒诞的神秘情节也在印证西方现代存在主义大师萨特在《存在与虚无》（*Being and Nothingness*）中关于现代人类生存悲剧性的基本思辨：现代生命对自我存在与世界表象的反应，实际上是一种虚无的存在。人到底是什么，仅仅意味着过去，将来尚不存在。那么，现在不过是一种"有""无"之间神秘的游荡罢了。② 故此，"存在的虚无"实际成为现代人有关自身无法突破生命迷局的焦虑反映，也是对现实主义文艺形式无从解释人与存在互相分离的神秘认可。无怪乎有学者指出："现代文学的主体就是悲剧文学，即使所谓戏剧，也只是喜剧化了的悲剧。"③ 而当时一直希望追赶欧美文艺创作的年轻先锋作家，在创作之初便希望自己成为西方非理性创作的当代舞者。

走进中国传统文化的视野，悠悠千载的历史造就了中华民族浓重的神秘文化与历史内涵。儒、释、道三家将"天"与"道"视为超越生命与世间万物的神秘本源。此外，西南的巫楚，东北的萨满教，以及散布在中国大地的各种民间文化，都崇拜万物有灵、人仙"合体"的玄奇境界，孕育着丰富多彩、蔚为壮观的民间传说。这种流传千年的神鬼无常、梦醒不分的神秘意识势必会对中国古典悲剧创作产生深远的影响。古人时常以梦写真、真幻混同，在神秘当中道出苦难的真知与超越苦难的悲剧并形成传统文化，如在《庄子·齐物论》中，"庄周梦蝶"以更为静幽、空灵的笔调，

---

① 李幼蒸：《当代西方文学思想的一面镜子》，中国人民大学出版社，2008，第222页。
② 参见胡西宛《先锋作家的死亡叙事》，第18~19页。
③ 尹鸿：《悲剧意识与悲剧艺术》，安徽教育出版社，1992，第192页。

梦呓着人生的神秘："昔日庄周梦为蝴蝶，栩栩然蝴蝶也，自喻适志与，不知同也。俄然觉，则通通然周也。不知周之梦为蝴蝶与？蝴蝶之梦为周与？周与蝴蝶，则必有分矣，此之谓物化"；《窦娥冤》第四折中，窦娥向睡梦中的父亲申述冤屈（"因我屈死，父亲不知，特来托一梦与他咱"）；《琵琶记》中的赵五娘赴京都寻夫（受"当山土地"的托梦）；《汉宫秋》中，明妃与汉元帝又在梦中突破阻碍，再续前缘；等等，这些梦境实为神秘的载体，由此成就悲剧中接受、承担甚至对抗苦难不可或缺的部分。

在近代，被王国维誉为中国经典悲剧的《红楼梦》第一回就曾写道："更于篇中用'梦'，'幻'等字，却是此书本旨。"① 文中太虚幻境的对联亦有"假作真时真亦假"之语，梦如人生，人生如梦，人鬼殊途续写了生命到头来了无意义的虚幻，不可不谓之悲叹。

当先锋作家以颠覆现实、解构理性的招摇姿态出现在中国文坛后，面对无法释然的生命苦难，他们同样走入中国古老而瑰丽的神秘中。通过阅读，我们发现，余华的死亡书写实与吴越文化存在对接，格非的轮回叙事亦与佛教万物皆空的意识相连，莫言的生命悲剧联结蒲松龄的齐鲁神鬼玄秘，巫楚文化又极大地影响残雪的无意识写作，苏童小说自与南方神鬼氤氲之气相仿，等等。这批先锋作家中的格非就曾言明，现实主义厌烦无比，犹如一个窒息的网络，枯竭想象和创造的园地，而在神祇的悲剧性文学中，只有神秘才能让人感到亲切的共鸣；② 写作能使我感到事物的神秘，理解存在的奥秘与浩瀚，无法被感官与思想所穷尽。③ 孙甘露指出，无法解释的神秘性正是创作的目的。④ 余华也曾感叹，背叛就事论事，使用虚伪的表达方式才能无限地接近真实。⑤ 残雪认为，彻底的无意识的神秘崭露才是最好的写作。⑥ 莫言断言，写作是一种神奇、超出正常体感的感

① 曹雪芹：《红楼梦》，第 2 页。
② 参见格非《塞壬的歌声》，上海文艺出版社，2001，第 68 页。
③ 参见格非《塞壬的歌声》，第 3 页。
④ 参见王铁仙、方克强、马以鑫《新时期文学二十年》，上海教育出版社，2001，第219 页。
⑤ 参见余华《虚伪的作品》，《上海文论》1989 年第 5 期。
⑥ 参见残雪《我是怎样搞起创作来的》，《文学自由谈》1988 年第 2 期。

觉，……是一个拥有情感的生物活体。[1] 在这里，"感觉"的性质为何？我们不得而知，因为它是一种虚无缥缈的精神存在，是聆听神谕般的神秘感受。当这种神秘的"感觉"进入文学领域后，它必将产生理性的变质，真实亦不再是世界的客观反映，"它可以是任何的想象与存在的苦难，这种对'真实'的理解为神秘主义的滋生超越悲剧从而达到生命哲思提供了沃土"[2]。先锋小说也由此成为"虚构"的"热情"产物，它们赋予生命存在一种超越现实的神秘属性。

在二十世纪八十年代的先锋小说中，神秘意识的植入与表现不仅是西方现代文艺技巧与中国文学演绎的交融，不仅是人类生存状况的表现手段，亦不再是某一作家某一时期的创作喜好，它实际成为先锋小说乃至整个中国当代文学创作中的自觉认识，思考生命悲剧最为有力的武器之一。

需要承担起民族重任的中国现当代文学，自二十世纪诞生起，便产生了一部部弗雷德里克·杰姆逊（Fredric Jameson）所说的"民族寓言"（National Allegory）[3]，其内部过于浓重的阶级斗争意识，造成了凝固而坚硬文学氛围。但这是历史的必然，因为国家的现实与政治要求，迫使文艺界书写带有明确指向性的文艺作品，这样就能在最短的时间内聚集、整合各种社会力量。因此，在以往"启蒙与救亡""阶级斗争为纲领"等一系列国家总体目标下，中国文学首要任务是以社会的、现实的、阶级的悲剧为主要的创作对象，重建可以为大众接受并被理解的国家意识形态。但是，这样也就在有意识与无意识两个向度上抑制了中国现当代文学的多元发展态势，迫使文学创作本身很少能有一种宽松的社会环境与闲逸的心态反映独特的生命体验。现实主义也因此成为中国现当代文学的意识主流。在随后的"十七年"与发展曲折期，它甚至成为唯一合法的文学表达方式，铸就现实主义在中国本土文学领域中将近三十年的霸主地位。

然而，当鲜活的文学在冰封状态下慢慢复苏，逐渐恢复它往日多彩的

---

① 参见莫言《小说的气味》，春风文艺出版社，2003，第4页。

② 刘伟：《格非的神秘主义诗学》，《文艺评论》2009年第1期。

③ Fredric Tameson, "Third-World Literature in the Era of Multinational Capitalism," in *Social Text* 15,（Autumn 1986）：78.

容颜。渐近回归的过程背后，人们再次思考现实，竟然发现"一个悖谬性的结论：理性走向了理性的反面——非理性"①。在思想解放的大前提下，个个所谓的思想"禁区"相继被突破，政治的、传统的、爱情的、人性的、神秘的创作方式竞相踊跃，令人怦然心动。在巨变面前，年青一代的先锋作家群欣然接受西方非理性主义思想。在蜂拥而至的西方现代文化思想的启发以及对中国传统意识的挖掘中，有关暴力、欲望、命运、神秘、人性等传统与现代、东方与西方的精神意象，相继受到青睐。

关于二十世纪八十年代中后期的文学作品，尤其是先锋小说，其书写现代生命悲剧又是在填补中国当代文学主题价值领域所剩不多的空白。先锋之所以成为先锋，除了他们在叙事上急功近利以外，另一个最主要的原因是，他们在暴力、欲望、性、神秘、命定等非理性主题上的一往无前。实际上，当时的中国文坛实际存在着两股潮流：一股潮流是向本土文化源头的回溯，"以图在儒、释、道文化与民间甚至更加神秘的洪荒想象中找寻民族文化的根源"②，从而撷取现代化中国所需的价值；另一股潮流则涌向西方，续接五四时期早已连通的西方文化，斩获异域西方现代思想与文学资源。但需指出，先锋派作为新近的文学派系，在快速汲取西方现代主义隐性意识与显性表达之外，自然不能脱离本土固有的传统的意识范畴。这一点，正如朱德发等人指出的：

> 与"五四"一代作家相比，新时期作家对非理性主义文学的理解和认识更加深入和本体化，新时期作家们在经过短时间的观察之后，迅速完成了与非理性思潮的整体性深层次"对接"。而且新时期非理性文学的蔚为大观，既是眼界洞开后的"发现"，也是"五四"时期的非理性主义文学思潮在新的历史条件下的重新"复活"，朦胧诗潮、意识流小说、先锋小说等的迅猛崛起，使非理性思潮完成了在新的文化语境中的再一次辉煌展现，并共同构成了非理性文学在现代中国文

① 董外平：《神秘主义与中国当代先锋小说》，《东方论坛》2012年第2期。
② 胡西宛：《先锋作家的死亡叙事》，第232页。

学新时期存在、发展、壮大的轨迹。①

一　苦难的神秘表象

在《论莎士比亚的悲剧》（*Shakespearean Tragedy: Lectures on Hamlet, Othello, King Lear, and Macbeth*）一书中，安德鲁·塞西尔·布拉德雷（Andrew Cecil Bradley）与约翰·贝利（Tohn Bagley）认为："如果悲剧不是一种痛苦的神秘，那它就不成其为悲剧了。"② 出于生命的局限，世界无疑具有无法解释的神秘。当我们艰苦跋涉，企图超越人生的困局时，神秘不仅离间自我与世界的关系③，也在生命短暂且无法企及宇宙真理中，产生对世界的强烈质疑：生命到底是什么？拥有生命的我们即将到哪里去，又将走向哪里？可以说，这些问题已不再是古代先贤所要思考的问题，它们实际是如今所有人都要面对的人生哲学。

正是出于理性无法解释的本因，先锋小说家大都得出"有时我更喜欢不完整的故事。……我强烈地感受到就要接近最终结论了，但我终于没有最终接近。正是无法最终得到结论（或称最终到达）的经验"④，从而通过梦的形式撬开隐秘的精神国度，传达生命的神秘体验，思考悲剧的神秘诱因。于是，中国先锋作家从神秘主义中习得象征、隐喻的力量，自身亦产生两种直抵生命悲剧的神秘创作之路：其一，探索西方表现主义，以类似写梦的方式"有意识"消解现实表象，揭露生命远离世界的真实困境；其二，以自我"无意识"的心理活动与文本创作的共时对接，梦写人类眼中变形的世界，揭露背离理性的生命自在。不论选择前者还是后者，他们的作品终将反映的是人世间非常理的苦难恒常。

因此，一些先锋作家首先构建了一种"无根性"的神秘梦境。这里，

① 朱德发、温奉桥：《20世纪中国文学理性精神》，人民出版社，2003，第610~611页。
② A. C. Bradley, John Bayley, *Shakespearean Tragedy: Lectures on Hamlet, Othello, King Lear, and Macbeth*, London: Macmillan Publishers Ltd., 1995, p. 28.
③ 参见朱光潜《悲剧心理学》，张隆溪译，第20页。
④ 洪治纲：《追踪神秘——近期小说审美动向》，《当代作家评论》1993年第2期。

所谓的“无根性”就是指小说内部对“神秘梦境”的来源没有做出任何合理的解释，“无法知道‘怎样’，只知道是‘这样’”①。从这个意义上讲，先锋作家笔下的秘境不同于传统悲剧当中“单纯”且“稳定”的神秘空间。它们一方面提供了世界“在”的事实；另一方面又挖掉所有“在”的缘由与根据，迫使原本现实与虚幻分明的世间界限变得模糊不清，导致生命时刻处于“在”与“不在”的中间场域，这样也就从哲学的思辨视角解构了传统哲学当中“在”与“不在”之间非此即彼的二元对立，预示着悲剧本源的神秘性。举一例，马原的小说《虚构》正是一篇关于“本源性缺失”的梦作。在该小说中，玛曲村是否真实存在，文中早已布下多重的陷阱。其一，在时间上，五月三日进入玛曲村的“我”逗留七天方可离开，却在回到外界的第二天得知现在的时间依然是五月四日，这就意味着探访玛曲村的七天经历并不存在。这里，时间的神秘错位不仅暗承“山中方七日，世上已千年”的东方传说与美国华盛顿·欧文（Washington Irving）笔下《睡谷的传说》（*The Legend of Sleepy Hollow*）的西方传奇，而且从传统“世外桃源”的幻思，折射出人生如梦的神秘意识。其二，在空间上，当“我”离开村子，作为地标的大树与玛曲村却被山洪在刹那之间强行抹去。换句话说，村子在这个世界被迅速发现又被迅速蒸发，叙事结构上正是体现了一种由神秘到真实再到神秘的书写模式。其三，在人物上，另一个马原在该小说中频繁出现，也让作品承载了另一个命题：小说的意义不在文本之内。在该小说结尾处，作者又再次出现，宣称下面的结尾是杜撰的，使得小说从整体上形成了一个从神秘到真实再到神秘的故事模式，读者不得不抛弃看待世界的理性基础，忘却小说中真假之间早已模糊的界限。通过这样的一种现代主义表现方式，马原在小说中呈现一个命题，给人一种意义并不在小说之中的错觉，文本也因此成为一种纯粹的仪式，使得文本中的一切混沌于一体，加重了故事的神秘色彩，呈现明显的人生哲学指向。

---

① 胡军、陈敢：《论先锋小说的神秘主义》，《海南师范学院学报》（社会科学版）2005年第6期。

当然，不止这一部作品，马原的《拉萨生活的三种时间》《倾诉》，孙甘露的《访问梦境》《信使之函》《请女人猜谜》，格非的《青黄》《敌人》《雨季的感觉》，余华的《河边错误》《世事如烟》《命中注定》，苏童的《桑园留念》《黑脸家林》《祖母的季节》《飞越我的枫杨树故乡》，莫言的《酒国》，扎西达娃的《西藏，系在皮绳扣上的魂》，等等，均是在小说叙事上留下亦幻亦真的空间，逼迫读者唯有凭借自身的经验进行阐释、修补，才能完成阅读；但更多的时候，读者发现这将是一种不可思议的徒劳，是一种永恒的迷津，一种神秘莫测的文本迷途。先锋小说作家恰以这种形式，揭示了存在的尴尬性，表明世界不可尽知的神秘。换句话说，他们大都以相似的方式进行创作并通过消解现实的叙事方式告诉我们：存在意义的不可寻，真实世界的不可知，人生际遇的不可理；但是这样的创作也会造成文本中的一种纯粹仪式，迫使文学空间内部所有的一切混为一谈，事件最终"消亡"的结局亦会蒙上无须理性解释的悲色，完成"神秘不是一种氛围，不是可以由人制造或渲染的某样东西。……是人类理念之外的实体"①的思维指向。也许，这种无法看清、无力看清、永无看清的混沌"实体"恰恰是先锋小说所要表达的人生真谛，即在精神焦虑与肉体苦痛的背后，皈依神秘的原始性认知。

同时，现代主义小说其本身又是以揭示人性的幽暗，表现生命之痛与困境，竭力勘探生命潜在状态为旨归的。因此，当神秘的体式不再单纯书写苦难本身时，这就使得先锋作家轻易脱离了简单的道德判断，远离了苦难的场景，从而以一种貌似轻逸、诗性的眼光并怀有一颗理解后的超然态度来审视生命的存在。关于苦难的平和态度，在格非《欲望的旗帜》的第二章第十五小节中，得到完美的体现。在该文中，"曹雪芹在写作《红楼梦》的时候，显然是遇到了这样一个难题：面对虚幻而衰败的尘世景观，他的梦因无处寄放而失去了依托。因此，他不得不像布莱克所说的那样，一个人在无路可走的时候，强行征用爱情"②。甚至作家格非在该篇小说后

---

① 许振强、马原：《关于〈冈底斯的诱惑〉的对话》，《当代作家评论》1985 年第 5 期。
② 刘伟：《格非的神秘主义诗学》，《文艺评论》2009 年第 1 期。

续都在谈论曹雪芹。洋洋洒洒的几万字并非无心之举,这些书写是在体现作者对在面对世间苦痛与人类欲望"升起"之间的悲剧时,自我却选择了超脱的淡然与温婉的同情。这一点正如"疾恶如仇"的余华后来所指出的:"作家的使命不是发泄不是控诉或者揭露,他应该向人们展示高尚,这时所说的高尚不是那种单纯的美好,而是对一切事物理解之后的超然,对善与恶的一视同仁,用同情的目光看待世界。"[1] 同样,格非在其他作品中也运用写梦的方式遮掩人类生命与精神的双重劫难,例如,在"江南三部曲"中,谭秀米死亡之前的神秘懵懂之梦,《褐色鸟群》内的恍如"穿越时间与梦境的飞鸟",《迷舟》中的战事来临之前的那场春梦,《锦瑟》中的虚幻往复的连环梦,等等。可以说,这些梦境都是作家格非"明智地承认现实之中存在许多无法窥破的神秘。这使智者始终对于具体而微的现实保持了不懈的兴趣,智者享受神秘。诗、棋、卜卦、预感和无故死亡时常出现于格非的小说中,这暗示了格非对于神秘的敬畏"[2]。

格非笔下这种犹如日神般的神秘梦境一进入苏童的创作视野又被赋予了更加广阔的精神内涵。具体而言,苏童是将梦与现实设计成互指的隐喻对象,迫使梦境不仅成为现实苦难的倒影,甚至将现实纳入梦的精神领域。由此,具备双重意蕴的梦境便拥有了寄托现实逃亡者有关理想的向往与精神诉求的功能。这种神秘创作也成为中国当代作家自我精神悲剧性的延续,同时是悲剧精神的神秘外化。例如,在苏童的小说中,金桥在他即将冻死之刻,梦见自己又登上了那架巨大的飞机,并和外交家以及各国的首脑畅谈新世界的和平计划!他看见自己在那次伟大的旅行途中站起来,听见自己洪亮、自信、幽默的声音,并散发着无可比拟的魅力(《肉联厂的春天》);梦中的"我"骑在滑轮车上并在一条空寂无人的大路上充满激情地呼啸远去(《乘滑轮车远去》);逃亡途中,书来于露宿槐树林,感受到的是异乡的夜空、星星甚至树木的陌生,以及夜晚的枯燥与漫长,随后进入睡梦,自己看见一朵会变化颜色的孤独棉铃在水上漂浮,这为孤绝

---

① 余华:《我能否相信自己》,人民日报出版社,1988,第145页。
② 南帆:《纸上的王国》,《读书》1999年第2期。

的心灵带来阵阵抚慰（《我的棉花，我的家园》）；五龙最后看见自己漂浮在水波之上，渐渐远去，就像一株稻穗，或者就像一朵棉花……（《米》）可以说，苏童小说中的梦境是让久日压抑的情绪终得发泄，让即将消散肉体的灵魂获得一份精神与心理的补偿，用以体现生命的分量。难怪苏童坚称自己是位"卖梦人"①，他是在梦境的背后，让逃亡者清除世间的迷失，超越生命的局限，同时在梦境中展示逃亡者的精神诉求。在这个意义上，有学者甚至认为，苏童的神秘写作实际是对传统悲剧行为的现代演绎，并在相当程度上继承了中国当代作家在面对苦难时颇为执着的悲剧精神。②

与马原、格非、苏童、孙甘露等人偏向"唯美"的梦境不同，制造"噩梦"成为余华、莫言、残雪等人前期先锋创作的主要审美特征。这实际上又与另一种特别的审美——审丑存在天然的联系。当我们回顾以往，在中国现代文学历史上，作为第一个提出审丑的作家是鲁迅。他认为审丑比审美在文学功能上更能警示世人，更能激发民族的悲剧精神。先锋作家莫言也曾指出："假如小说一味正面地歌颂，那么小说内涵也就只能变成了一辆独轮车。"③ 这种思想亦反映在他的众多作品当中，如《红高粱家族》《天堂蒜薹之歌》《十三步》《酒国》《檀香刑》《四十一炮》《蛙》等。随后，余华、残雪通过"感觉、幻想、梦境替代对现实世界的反映、认知和理解，并支撑起文本的叙事结构"④，以此昭示世界的险恶与人性的肮脏，营造神圣怪诞的气氛，刻画无缘由的欲望与极度变态的人类心理。在给予生命无力、存在虚无的同时，小说还加上"冰冷"的语体，使得"故事的意义崩溃之后，一种关于人生的、关于世界的崭新的把握方式产生了"⑤，造成作品从整体上形成一种不可直接言说的认知与把握。反过来讲，写梦又是人类在得出世界无法诠释，生命无力承担，命运无法掌控等一系列终结理性的神秘结论之后，所能找到直抵生命之悲最为有效的

---

① 苏童：《作家就是卖梦的人》，《新作文》2011 年第 12 期。
② 参见李医平、周保福《试论〈呐喊〉〈彷徨〉的精神悲剧》，《广西师范大学学报》（哲学社会科学版）1996 年第 4 期。
③ 张学军：《中国当代小说中的现代主义》，山东大学出版社，2005，第 122 页。
④ 邢建昌、鲁文忠：《先锋浪潮中的余华》，华夏出版社，2000，第 119 页。
⑤ 莫言：《清醒的说梦者——关于余华及其小说的杂感》，《当代作家评论》1991 年第 2 期。

捷径。

在描绘心理感知方面，先锋作家莫言颇具代表性，在他被定义为"虚幻现实主义"①的神秘世界中，牛、羊、猪、马、猴、蛙等动物颇具灵性，挖出的眼睛，咬掉的拇指、割下的耳朵都可以啪啪地走动、滴溜溜地跑。先锋小说作家孙甘露的《信使之函》《访问梦境》，苏童的《妻妾成群》，余华的《四月三日事件》也都充斥着各种奇异的生命感受……这些中国本土先锋作家以及鲁迅、陀思妥耶夫斯基（Fyodor Dostoevsky）、卡夫卡在书写荒诞、构筑梦魇、挖掘神经质的人格时，似乎更接近米盖尔·杜夫海纳（Mikel Dufrenne）所说的一种"老谋深算"，一种"迷狂状态"背后的"假戏真作"，"一种清醒的纯真"②。但我们在残雪的先锋小说世界里并没有发现如此费尽心力的创作"策略"。残雪的先锋小说不仅与以往凭借"空白叙事"或"冷漠叙事"有意拉远心理距离，或者将"梦"煞费苦心地构筑成现实苦难倒影等叙事技巧不同，而且与卡夫卡式的荒诞不同；她的小说既没有陀思妥耶夫斯基笔下变态的心理描写，又不具备鲁迅小说作品中"发狂"的社会历史形态。她的小说作品洗尽铅华、表演即为本色；她凭借与社会磨砺同步成长起来的先天气质，通过真实而又自在的"本我"无意识地考察世间表象，造就作品中的"梦写"契合。

正因如此，自二十世纪八十年代以来，残雪发表《山上的小屋》《苍老的浮云》《黄泥街》等一系列先锋小说，其创作风格始终如一。即便在2004年出版的短篇小说《温柔的编织工》，她同样选择将当下现实完全的虚化。在该作品中，编织工眼前的宫殿与城市若隐若现；众人追逐黑衣女子，声称正是她带走了大家的梦；雄鹰在黎明之前飞过城市上空，那庞大的翅膀遮住了初升的太阳，城市仿佛一瞬间又回到了夜里。在这样一个虚构的空间里，读者无法区别什么是现实，什么又是梦幻。而在海量的神秘与虚幻构造背后，我们又不觉得作家的做作与隔阂。可见，残雪的写作已不再是一种刻意的表现，一种别有用心的书写，作品与作家鲜活、跳跃的

---

① 瑞典学院新闻公报：《2012 年诺贝尔文学奖》，http：//www.nobelprize.org/nobel_ prizes/literature/laureates/2012/press_ ch_ simpl.pdf，2012/10/11。

② 王绯：《在梦的妊娠中痛苦痉挛——残雪小说启悟》，《文学评论》1987 年第 5 期。

思想已融为一体，并真实地描画世间无法"沟通"的惶恐、焦虑、自卑与猜疑。也许，该小说中那位编织女工对梦的期待正是残雪自我精神追求的真实反映。

那么，究竟是什么原因导致了残雪的创作与众不同？根据弗洛伊德的理论，关于患者的梦的解析更应追根溯源，尤其要追溯梦者童年的"创伤"（trauma）。事实上，儿时的残雪就对"梦写"早有切肤体验：早在1959年，"全家九口人从报社迁至岳麓山下两间十平方米左右的小平房，每人平均生活费不到十元，又遇上自然灾害，父亲既无储蓄又无丝毫外援，全家老小挣扎着……"① 1961年，残雪的家庭发生悲剧，外婆在"临死前有人送来了补助给的一点细糠，她再也咽不下去了，就由我们姊妹分吃了。糠很甜，也许是外婆的血，那血里也有糖，我们喝了外婆的血，才得以延续小生命"②。1966年，残雪的家庭受到更加严重的冲击，父母与姐妹被迫远离，当时才小学毕业的残雪只能孤身一人生活在报社分配给她父母的一间漆黑的小屋里。本应充满阳光的童年，却没有伙伴，没有温情。由于过早体会到邻里的冷漠与世俗的敌意，残雪的"本我"人格备受代表现实世界的"超我"与代表理性"自我"的竭力钳制。在强大的精神压抑下，精神与肉体得以成长的残雪转身走入"无意识"的精神领域，通过自幼耳濡目染的"吴楚神秘形式"③ 宣泄"本我"面对阴冷世界最为真挚的苦痛认知。因此，与其将残雪的创作视作对苦难现实的无意识反映，不如将其视作满足"本我"回归的本能。而这样的创作自会与梦呓等无意识表现存在着"榫子般"的对接，读者也自然能够领悟到残雪所认为的自己"是在一种无意识状态下创作的。但是这不是盲目的，而是在一种强有力的理性的钳制下进入无意识的领域和白日梦"④ 此句话中的矛盾精髓。

创伤同样使残雪在创作中时刻充斥丑陋的神秘表象，随处散布各种疯狂与无意识呓语。这些都在拉紧读者神经，让我们深感恐惧、不适。癫狂

① 残雪：《美丽南方之夏日》，云南人民出版社，2000，第3页。
② 残雪：《美丽南方之夏日》，第3页。
③ 残雪：《趋光运动——回溯童年的精神图景》，上海文艺出版社，2008，第229页。
④ 残雪：《为了报仇写小说》，湖南文艺出版社，2003，第36页。

的叙事，实际是残雪带领读者一同去发现人与世界、人与他人无法调和的悲哀。随着阅读的深入，我们又会陷入困惑、怀疑甚至完全否定现实，得出"自我"之外再无其他的虚无回答。而这样的答案也是残雪创作的目的之一，正如她后来指出的："在那种现实里，善恶的社会界限消融了，人所面对的永远是、也只能是自己。"① 这完全是囚禁在自我精神上的苦闷写作，也是她关于生命悲剧的一种极为纯粹化的文学尝试。无怪残雪对作品的"纯性"时常发出真切而嘹亮的呐喊：

> 有人将我的这种写作称为孤独的写作，拒绝读者的写作。这种说法在某种意义上来说是正确的。一个纯文学工作者，由于他从事的是灵魂探索，他的作品是再现精神结构的原始图像，他理所当然地不可能是为大众而写作。然而果真不是为大众写作吗？如果作者的作品起到了提升人性，改造文化的效果，大众难道不会因此受益吗？就作品本身来说，纯文学既拒绝读者又向读者敞开，它越过身份、等级等等的鸿沟，直接向那些有精神追求的心灵发出邀请。②

也许，只有在历经特定时代的不幸与生活苦难，被精神上无依无靠的孤独与不安所磨炼出来的作家，才能捕捉漫长的黑夜，才能将不曾说清的负面情绪转换为昭然若揭的荒诞图景。残雪是为自己的"原始意象"写作，是为自己的"生命本能"创作。她更像是一位为梦而呐喊的作家，她的作品是"梦写"的极致，而其他先锋作家，在我们看来，称为"说梦人"或者"写梦者"才恰如其分。

二　死亡的神秘认知

> 你向内心看，生活似乎远不是那样的。……他的头脑接受无数的印象——琐屑的、奇幻的、昙花一现的，……生活不是一串安排得匀

---

① 《残雪自选集》，海南出版社，2004，第 562 页。
② 《残雪自选集》，序，第 3 页。

匀称称的马车灯，生活是一个明亮的光圈，自始至终笼罩我们意识的一个半透明的封套。小说家的责任难道不是把这种变化多端、无人知晓、不受限制的精神表现出来，不管它会显示出多少错乱和复杂的情况，尽可能少掺点不相干的外来的因素进去吗？①

英国现代主义巨擘弗吉尼亚·伍尔夫（Virginia Woolf）正是这样一位一度批评现实主义的作家。当时间将生命推向死亡，人们就会发现，生命从一开始伴随着自我经验的遗忘，又随着参与却又无法言明的相似经验终老："我们都出生过，但没人能回忆出生时的情景。死亡呢？它跟出生一样是要降临的，但我们对它一无所知。我们最后的经验，正如最巧的经验那样，都是凭臆测得来的。"② 这就意味着每个人都曾在懵懂与不真实的环境中出生与成长，又在生命的尽头再次陷入意识的混沌与神秘。正因如此，先锋作家开辟了直抵神秘的道路：其一，以生命存在的终极状态"死亡"作为生命的"终点"，反映虚无的生命悲剧意识；其二，又将"死亡"视为生命的"起点"，再次启程探索灵魂救赎的神秘之路。

"死亡的困扰是每一种哲学的源头"③，叔本华的这句话不仅道出死亡是一种生命的终结，同时可为一种超验的事实。存在主义大师海德格尔同样认为，死亡"作为其本身则是不确定的、超不过的可能性"④，是一种最终也是最为特殊的生命体验，它不可能为世人所获知，却成为人生当中一种超验的神秘"预置"。此外，在德语诗人莱纳·玛利亚·里尔克（Rainer Maria Rilke）看来，死亡更是无数神秘的集合，比世界一切无生命的东西以及其他自然生命更加的玄奇。不论宗教、哲学、文学试图描述死亡的时候，它们必将陷入神秘主义的吊诡。

于是，"离经叛道"的中国先锋作家首先赋予了死亡最为"负面"的

---

① 〔英〕弗吉尼亚·伍尔夫：《论小说与小说家》，瞿世镜译，上海译文出版社，2000，第189页。

② 〔英〕爱·摩·福斯特：《小说面面观》，苏炳文译，花城出版社，1982，第42页。

③ 引自陈炎《"向死而在"——洪峰小说引起的哲学思考》，《时代文学》1989年第3页。

④ 胡军、陈敢：《论先锋小说的神秘主义》，《海南师范学院学报》（社会科学版）2005年第6期。

超验体验，他们笔下的人物大多必死无疑，不仅生命的过去昭示死亡，而且未来之路同样泯灭。换句话说，中国先锋小说作家作品中有关生的意义早已抹去，死的意义同样晦暗不明。混沌的人生书写背后，透露了一种人生观——虚无主义。而这样的创作正如丹尼尔·贝尔（Daniel Bell）所说："人们一旦与过去切断联系，就绝难摆脱从将来本身产生出的最终空虚感。"① 先锋小说所瞄准的恰是人类所有活动、所有意义背后的"元意识"（meta-ideology），它是对存在的意义进行了有力"拆解"。

当然，关于"死亡"背后虚无的思考，余华颇具发言权。关于"死亡"事件的书写，余华似乎有某种狂热的"偏执"，"死亡"也理所当然成为他的作品中鲜明的特征。如在《世事如烟》中，在故事展开之前，人物就已刻印上"生"之"世事"的神秘：所有人物都没有具体的名字，不论"算命先生""接生婆""灰衣女人""瞎子""司机"等指称代词，还是以阿拉伯数字为代号的称谓，这些并不具备实体化的命名方式都是余华有意打破"能指"（Signifier）与"所指"（Signified）、语言与事物之间唯一指代关系的努力。

余华《世事如烟》中有一个情节，凌晨到江边垂钓的"6"发现两个"无腿之人"用没有鱼线的钓竿钓鱼，又在清晨公鸡啼叫之刻悄无声息钻入河水。匪夷所思的神秘事件实则具有世间因果的象征意义："无腿之人""无线鱼竿"可以看作现实之"因"，而"钓鱼""吃鱼"又意味着无法用逻辑解释的非理性之"果"。两者之间又以"跳入河中"的行为进行联结，实则是将非逻辑、非理性的因与果强行扭结在一起，以此诉说世间由"有"到"无"（由生到死）无法解释的存在变幻。随着情节的深入，这种生死区间由理性断裂所产生的迷幻奇景又在其他人物的身上相似地发生，并随着小说情节的推进，将众生由"生"之"世事"推入"死"之"如烟"。如该小说中，"7"的儿子与"3"即将出生的后代，他们必将与"算命先生"的子嗣一样，抹去在这个世界存在的价值与意义。

---

① 〔美〕丹尼尔·贝尔：《资本主义文化矛盾》，严蓓雯译，生活·读书·新知三联书店，1989，第74页。

此外，"4"与疯子的自杀发生在三日之后的一个既没有雨也没有阳光普普通通的一天，表现了人类存在与死亡两者状态的相似性。生时被侮辱，死后更无人找寻、哀悼。他们的存在佛如一具具丝毫不被注目的器物，被无情地置于角落，最后又被肆意摧毁。关于"接生婆"，即便跨越了"阴阳"两界的门槛去接生"鬼妇"的孩子，做了积善行德之事，依然鬼气上身，死于家中，尸体臭气熏天，无人理会。"生"与"死"的事件同时走向了神秘。"生"之世界的神秘早在该小说的开端就已展示，而"死"的幻剂亦施加于小说中每个人物身上，作家恰以不同的死亡遭遇，诉说生命殊途同归的本质："生与死，不过如此。"

也许，《世事如烟》这部小说正是通过众生死亡交通的神秘展示，道出人类殊途同归的无意义归结。故事的背景、年代、地域等外在客观世界特征的缺失，以及人物不仅能活在现实世界而且能走入阴间等异象，都是通过人类学家列维·布留尔（Lvy Bruhl）所说的"互渗律"来建构世间的神秘的。而这些不确指的神秘死亡在北村的"者说"系列以及孙甘露笔下的众多作品中，同样完成扑朔迷离的自我消解与持续不断的"命名公式"，它意欲消解人类自我"主体意识"的全部意义，模糊人物本身的鲜明特点，最终使人物成为一种空无内涵的玩偶。在吕新的《抚摸》中，"我"瘫痪不起，悲观与绝望，姚百龄劝说道：你不必过于悲伤。我的祖父也曾满腹经纶，娇妻美妾，经历无数的战争考验，最终富可敌国，见过各式各样的英雄人物，生养众多的子女。可即便行将就木，他仍没悟出自我存在的任何意义，死亡对他来说更是一种空无的见证……①格非"江南三部曲"中的秀米、谭功达有其相似命运；苏童《一无所获》中李蛮的神秘死亡，以及《飞越我的枫杨树故乡》中，幺叔莫名其妙之死；等等，这些都是先锋作家在对生命于生死之间重复滑动而无果的现代演绎。

但是，只有超越才是悲剧的本质，"没有超越就没有悲剧，即使在神祇和命运的无望抗争中抵抗至死，也是一种超越的举动"②。写尽虚无的先

---

① 参见吕新《抚摸》，花城出版社，2016，第320~321页。
② 〔德〕卡尔·雅斯贝尔斯：《悲剧的超越》，亦春译，工人出版社，1988，第26页。

锋作家，他们同样将死亡视作悲剧的起点，赋予笔下的人物坦然面对死亡，跨越现实苦难，求得宗教救赎的精神要义。

关于悲剧与宗教之间的关系，东西方文艺界历来众说纷纭。一方面，国内美学家朱光潜认为："一个人走向宗教（基督教——引者注）也就离开了悲剧。"[①] 这是因为基督教"强调世界的道德秩序，原罪和最后审判，人对神的服从和人在神面前的卑鄙渺小"[②]，而悲剧表现人与命运的搏斗，常常在我们眼前生动地揭示无可解释的邪恶和不该遭受的苦难，所以他断言宗教与悲剧精神存在完全敌对的关系。同样，西方存在主义哲学家、神学家雅斯贝尔斯（Karl Theodor Jaspers）也曾指出，"宗教的救赎"违背了悲剧精神，"基督教悲剧一说"[③] 并不存在。另一方面，西方学者海伦·加德纳（Helen Gardner）与乔治·桑塔耶纳（George Santayana）却认为："基督教不仅本身具有悲剧性，并且西方千年的宗教思想又对悲剧的形成与发展存在至关重要的作用。"[④]

究竟是什么原因导致了同一个命题在学界得出两个截然相反的结论？我们认为，理论差异性的根源在于双方并没有意识到宗教本身的割裂性与双重性。朱光潜与雅斯贝尔斯所理解的宗教，它实为一种仪式化的宗教。而在海伦·加德纳与乔治·桑塔耶纳眼中，宗教更注重抛离仪式的内在，挖掘到自身的神性信仰。因此，就讲究仪式形态的宗教而言，仪式大多流于世俗，无法构成宗教最为核心的精神要义。而讲究信仰形态的宗教却能够穿越繁文缛节，达到局部的超脱，彰显人类的圣洁，不仅怜悯众生的苦难，同情道德困境，而且注重"原罪"背后所承载的人性光辉，这正是悲剧力图表现的精神要义。

因此，先锋小说家对宗教的认知显而易见是一种信仰而非世俗的神学形态。事实上，新时期先锋小说关于宗教的写作着实不少，即便进入二十

---

① 朱光潜：《悲剧心理学》，张隆溪译，第 214 页。

② 朱光潜：《悲剧心理学》，张隆溪译，第 214 页。

③ 引自〔美〕海伦·加德纳《宗教与文学》，沈弘等译，四川人民出版社，1989，第 112 页。

④ 引自肖四新《宗教体验和宗教实践的理性化：也谈基督教与悲剧的关系》，《世界文学评论》2006 年第 1 期。

世纪九十年代，他们也始终对宗教怀有一种深深的敬意，笔下的宗教情怀大多具有强烈的隐喻意味。例如，马原的藏地小说就曾体现生命正视死亡的勇气与精神不灭的信心：现世造成的苦难并不能让灵魂消逝，生命依靠信仰在佛教的神秘牵引下经历六道轮回。如《喜马拉雅古歌》中，诺布的父亲被射杀，阿爸向前扑倒在雪地里，脸歪向一边。他的神情至死都是骄傲的。嘴下的白雪给殷红的血沫浸染了，像一朵花。死亡在这里与其说是在展露高傲与无畏，不如说是在展露坦然与虔诚的宗教情怀。另外，宗教信仰赋予了马原笔下藏民无比坚韧的精神力量，从而以生命的陨落、信仰的不灭来见证死亡背后的精神指向。

但是，马原毕竟是一位游历藏地的汉人，他无法将自我意识完全浸入宗教的精神内核。这样的尴尬正如法国史学家兼文学评论家丹纳指出："精神文明的产物和动植物界的产物一样，只能用各自的环境来解释。"①因此，同样是先锋作家的扎西达娃，其藏民的身份不仅决定他在面对现代文学技巧时能有多样选择，而且他的身上还蕴含着极为深刻的宗教情怀与不死向力。在他的笔下，生死、天地、神鬼全部冲破界限，各种神秘象征与隐喻事物屡见不鲜，不灭的灵魂更多代表凝重的宗教信仰和神圣的精神救赎。例如，在他《泛音》的最后：

> 旦朗在营地里，在先祖声音的召唤中，漆黑的眼睛前出现了一堆白骨，那上面有许多黑麻麻的东西，起先他以为是自己用铅笔写成的音符，当那堆白骨堆在他眼前时，他才看清那上面全是些他无法理解的神秘的符号。这个时候，他的全部身心突然感到自己如同一位虔诚的教徒，在神明面前接受一个伟大深奥的教义，不由双腿一软，跪倒在地。②

另外，在《西藏，系在皮绳扣上的魂》中，神秘的老者反复吟诵"这

---

① 〔法〕伊波利特·阿道尔夫·丹纳：《艺术哲学》，傅雷译，第10页。
② 扎西达娃：《泛音》，《扎西达娃小说集》，中华书局，2011，第256页。

上面的每一颗就是一段岁月,每一颗就是次仁吉姆,次仁吉姆就是每一个女人"①。这里,我们分明感受到身已死、神未灭的藏地传奇。它实则昭示存在的最终指向——宗教世界,它可以是一种追寻无意义死亡之后的终极归宿,也可以成为一个超越生命悲剧之外的精神家园。

佛教如此,基督教亦如是。北村在基督教信仰的加持下,更加注重悲剧的超越性。这是因为基督教有着最高神性的"在",而人类作为"存在",在追逐"在"的过程当中,自会走上获得神性的生命旅程。而当人与神即"存在"与"在"之间的距离被拉小,人类的局限亦会被无限地缩小,自身的神性随之被无限地扩大,终将获得"有限之无限"的悲剧精神。而这样的精神在北村的《施洗的河》《玛卓的爱情》《孙权的故事》《水土不服》《最后的艺术家》《伤逝》《望着你》《玻璃》《愤怒》《发烧》,以及新近出版《我和上帝有个约》等作品当中,都有所体现。虽然,作为普通的个体之人,我们并非真的需要北村笔下的"上帝",但在如今的物质泛滥、私欲暴涨的现代社会中,人类还是需要一种神秘的信仰,一束神性的光辉,一种无畏的勇气。透过北村的"神性写作",我们能够品味其背后的崇高内涵,可以追溯人类长久失去的信仰。也许,这就是北村先锋作品最大的意义所在,即在神秘与虚无中找回自己,在躯壳之外发现另一个崇高的自己。

需要指出的是,中国本土先锋文学中"西学东渐"的现象并不是简单的几何叠加,先锋作家群并没有因为自我的苦痛忘却中国文学创作的职责与价值。即便余华曾频繁地声称对《圣经》(Holy Bible)的偏爱,但他的创作之路仍始终围绕中国传统佛教的超度意识。这一点正如郜元宝指出的:"余华的小说肯定有佛家出世的思想。"② 换句话说,与基督教皈依上帝即可脱离苦海不同,佛教神秘主义认为,世间无常,众生必受无量诸苦,人生就是生苦、老苦、病苦、死苦、忧悲老苦、怨憎会苦、恩爱别离苦、所欲不得苦、取言要之五盛阴苦,主张在苦难的坚忍中超越苦难,在

---

① 扎西达娃:《西藏,系在皮绳结上的魂》,《西藏,隐秘岁月》,长江文艺出版社,1993,第46页。

② 郜元宝:《余华创作中的苦难意识》,《文学评论》1994年第3期。

苦难当中完成涅槃。虽然，余华作品中的"苦海"总是无穷无尽的，生命也是永无救赎的可能的，但作者并非放弃生命拯救之路，只不过与西方基督教的神性意识与高扬的悲剧精神相比，其笔下人物在佛教思想的熏陶下，以沉默的性格、坚忍的力量历经苦难进行自我超度。这样的人物正是《活着》中那位孤独一生的福贵。在小说中，苦难非但没让他自怨自艾，沉沦于深渊，而且更加坚定自我的"活着"信念——我认识的人一个挨着一个死去，可我还活着。活着本身就是跨越悲剧最自然亦最有力的精神反抗。也许，在余华后来的长篇小说如《许三观卖血记》《兄弟》中，有关家庭、事业的悲剧在许三观、李光头等人幽默、诙谐的调侃下变淡很多，但正是这份乐观甚至无畏的精神永驻才得以消解苦难，将生命的意义提升到另一个境界，以此在面对困难的乐观中完成无悲无痛的价值转换。这种乐观的生命态度正如席勒指出的："绝望之余，把人生中所有的财富，甚至于自己的生命都弃置不顾，还有什么能比这种英雄气概的绝望心情更加崇高呢？"[1] 当灾难强加于生命却不再被视为灾难的时候，我们也就不能将它当作苦难。如此苦行之人便可视为高僧，迈入佛教的涅槃之境，完成生命悲剧必不可少的承载。

可以说，不论是北村对"原罪"与"神性"的神秘揭示，抑或是扎西达娃、马原笔下的宗教神迹，还是余华的佛教顿悟，先锋文学中宗教式的神秘写作实际上都在反映"苦难+救赎"的叙事结构。虽然，人类在他们的笔下是如此的艰辛，灵魂也时常暗淡，小说的最终也只能靠神秘化的宗教信仰才能拯救人生的苦难，但这样的写作亦可作为先锋作家在"生命终极走向"这个命题上所给出的神秘解答。

第二节　宿命的探究

"在几乎每部悲剧中，从一开始就有一种在劫难逃的气氛"[2]，这种氛

---

[1] 古典文艺理论译丛编辑委员会编《古典文艺理论译丛》第3卷，知识产权出版社，2010，第80~81页。

[2] Clifford Leech, *Tragedy: The Critical Idiom*, London and New York: Routledge, 1969, p. 39.

围造就了悲剧意蕴最为重要的宿命意识。关于命运悲剧的恐惧也恰恰源于此，生来羸弱、无知的人类注定要永远与宿命斗争，头上总是悬着一把达摩克利斯剑随时可将人砍倒。对此，人类既无能力抗拒，亦无智慧可解。正是在世界面前的弱小与无助，才让现代人重拾古老的命运观以此解开悲剧最为传统的面纱。因此，中国先锋小说家虽然规避了当时文学创作的主流，却蒙上一双"未卜先知"的眼睛，阴沉沉地审视这个世界，从残酷本性的挖掘当中对宿命进行探究。①

一　偶然背后，人生的命定书写

什么是命运观？中国传统文化意识当中的命运观与西方十分相似，都是指天对生命的决断，是人类无法抗拒的永恒主宰。从董仲舒的"天令之谓命，……是故王者上谨于承天意，以顺命也"（《对策三》），到王弼的"物无妄然，必由其理"（《周易略例·明象》），"天之教命，何可犯乎，何可妄乎"（《上经随传卷三》），再到朱熹"以理言之谓之天，自人言之谓之命，其实则一而已"（《四书章句集注》）。中国传统思想，无论经学、玄学还是理学，都孜孜不倦地运用天理、命理消除个体存在的差异。这也从反面透过顺命的角度劝诫人、诱导人尊崇天的力量，并对其抱有更加明显的道德取向。如孔子所言："不知命，无以为君子也"（《论语·尧曰》），"君子有三畏：畏天命，畏大人，畏圣人之言。小人不知天命而不畏也，狎大人，侮圣人之言"（《季氏第十六》）。这里，孔子把天命视为"道德"之天，这是出于对劳苦大众的一种有意识、有目的的规诫。而儒家的另一位圣人孟子又将这种认识向前推进一步，他指出："天将降大任于斯人也，必先苦其心志，劳其筋骨，饿其体肤，空乏其身，行拂乱其所为，所以动心忍性，曾益其所不能"（《孟子·告子下》）。在这个意义下，孟子眼中的命运又成为一股有意识、有目的神秘力量，它更善于考验人、磨砺人。

但是，中国传统命运观又何尝不与孔孟有联系，又何尝不与先秦思想

---

① 参见余华《中国当代作家选集丛书——余华》，人民文学出版社，2001，第2页。

家的道德论有关联？班固所言"君子道穷，命矣"（《离骚序》），蔡琰的"为（谓）天有眼兮何不见我独漂流？为（谓）神有灵兮何事处我天南海北头？我不负天兮天何配我殊匹？我不负神兮神何殛我越荒洲"（《胡笳十八拍》），等等，都是将命运视为某种道德的从属，包含着正义与公理的终极裁判。

而在西方，追溯古希腊时期，"命运"的希腊语"Moira"，原义为"份额"，这意味着每个人自打降生那一刻起，无论好坏，所分得的职责与力量早已安排妥当。由此，敬畏神、服从神便成为当时西方社会活动与文艺表现的精神主题。可是，阿伽门农（Agamemnon）、祭酒人（The Libation Bearers）、复仇女神（Erinyes）、俄狄浦斯王（Oedipus）甚至李尔王，虽然品德优良、虔诚祈祷，却依然无法改变自身的命运。悲剧是以神谕与诅咒开端，视无辜受恶意的裁定为终结。在古希腊悲剧之中，神灵甚至要遭受命运的摆布，这一点，普罗米修斯就曾无比感叹：

> 哦，透亮的晴空，穿飞的风儿，你们，奔腾的河流，大海层层屈卷的笑魇，哦，大地，万物的母亲，还有你，无所不见的球体，光辉的太阳——我对你们呼唤！看看我吧，一位神明，忍受众神制导的灾难；看看我的苦痛，此般羞辱，拼命挣扎，一万年的磨难。这便是我的钉绑，被那位新掌权的王贵，幸福的神明的首领，被他的谋划锢在这边。苦哇，磨难！为眼下的不幸，也为将来的苦酸，我出声哀叹，不知何时可得解救，命运使我度过难关。嘿，我在说些什么？我预知将来，将要发生的一切，清清楚楚，都在我的料想之内；对于我，苦难的来临不会出乎意外。我必须接受命运的支配，不会大惊小怪，知晓与必然的强力抗争，决无胜利可言。①

无法逃脱的窘迫使得当时西方的思想与一切生命活动一直受制于命运

---

① 〔古希腊〕埃斯库罗斯：《被缚的普罗米修斯》，《埃斯库罗斯悲剧集》，陈中梅译，辽宁教育出版社，1999，第222~223页。

意识，难怪索福克勒斯曾经指出"我们不可和命运抗争"① 的真谛。而在安德鲁·塞西尔·布拉德雷那里，他又将西方悲剧中的命运观视为合法的存在，承认宿命存在于人类悲剧意识之中的"十足的必然性，它既全然不管人类的幸福，也全然不管善恶之间、是非之间的区别"②。另外，美国现代著名剧作家尤金·奥尼尔（Eugene O'Neill）也认为："冥冥之中存在着一个未被承认、未被发现的神秘力量操纵着人的命运。"③ 他又将这种宿命感受称作"命运的嘲弄"（ironic fate）。

自二十世纪八十年代以来，随着国内大量引入西方现代主义文艺作品，关于生命的宿命体认堂而皇之地走进中国本土作家的视野。作为专注解构现实、挖掘感性的先锋小说作家，他们又怎能忘记传统的宿命哲学？这一点正如格非曾经指出的："我就发现我的命运在不断地被改变，而且这些改变确实都是外力。我现在想起来觉得这些完全是不可思议的……"④ 余华亦曾感到：

> 眼前的一切都像是事先已经安排好，是在某种隐藏的力量指使下展开其运动。所有的一切行人、车辆、街道、房屋树木，都仿佛是舞台上的道具，世界自身的规律左右着它们，如同事先已经确定了的剧情。……这个思考让我意识到，现状世界出现的一切偶然因素，都有着必然的前提。……因此，当我在作品中展现事实时，必然因素已不再统治我，偶然的因素则异常地活跃起来。⑤

并且，先锋作家认为世界的一切偶然都是"必然的前提"，由此发出

---

① 〔古希腊〕索福克勒斯：《古希腊悲剧经典》上卷，罗念生译，作家出版社，1998，第193页。

② 古典文艺理论译丛编辑委员会编《古典文艺理论译丛》第3卷，第56页。

③ 〔德〕马丁·布伯：《我与你》，陈维刚译，生活·读书·新知三联书店，2002，第243页。

④ 格非、凭赟：《格非传略》，《当代作家评论》2005年第4期。

⑤ 《余华作品集》第2卷，中国社会科学出版社，1995，第287页。

"命运的力量，即世界自身的规律"① 的呼喊，产生"'命运的看法比我们更准确'，我被这句古希腊人的话深深吸引"② 的认识，甚至体会到"生活实在是太奥妙了，它是由无数的偶然构成的。你永远无法想象，会有什么人出现，前来帮助你。我这样一个人，怎么可能相信生活是一成不变的呢？为什么我会那么喜欢博尔赫斯（Jorges Luis Borges），喜欢休谟（David Hume），喜欢不可知论，因为我觉得生命是如此脆弱"③，并认定自身流淌着"信骨血，信宿命，信神信鬼信上帝"④ 的血液。

换言之，厚重的宿命意识使得先锋作品在神秘的"虚"化世界之中构筑了"前定"的"实"之力量。而这种前定之"实"又为某个超现实的力量所左右，作品便具有了宿命的意味。现实世界发生了什么，是灾难还是幸福？结论早已预设，情节的预兆与人物的预感又混杂在一起形成宿命的谶语。

特别注意，先锋小说越在"虚"之世界肯定宿命的"实"之力量，就越会关注生命的内部逃离眼前的现实，以此寻找最为真实的生命意义。如此艰难痛苦的创作过程亦如《悲剧的诞生》所写："通过个体的毁灭，我们反而感觉到世界生命意志的丰盈和不可毁灭，于是生出快感：肯定生命，连同它必然包含的痛苦和毁灭，与痛苦相嬉戏。"⑤ 因此，在有关人性缺席、意识缺失的机械行为背后，先锋小说中的这种必然性必定直显。即便在二十世纪九十年代的创作转向之后，宿命的先锋言说也并非消失，而是将命运之力的无情化作一道更为实际的图景线，通过类似"善与恶的混合常态"反衬人性的光辉。这种特别的创作方式正如海德格尔所说，悲剧是将苦难的命运场景作为人类从平淡走向崇高的转折点，在与宿命苦难无法分离的生活常态下，历经坚韧、隐忍、反抗等多种生命姿态完成命运的承担。因此，九十年代转向以后的先锋小说家，他们的宿命表达虽然已不

① 余华：《我能否相信自己》，第 171～172 页。
② 洪治纲：《余华评传》，郑州大学出版社，2005，第 35 页。
③ 格非：《决定命运的成绩单》，《剑南文学》2007 年第 6 期。
④ 《马原散文》，浙江文艺出版社，2001，第 222 页。
⑤ 〔德〕尼采：《悲剧的诞生》，周国平译，作家出版社，1986，第 5 页。

再那么显性，但他们又是将宿命或者厄运的形式中必不可少的坎坷化为生命流逝背后无法躲避的岁月凄苦。在这一刻，宿命的书写已然不是一种技巧，而是一种自觉，即命运不再是情节有意的安排，而是苦难的真身。

需要指出的是，先锋小说家视西方现代悲剧意识为母体，却将中国传统宿命的表现形式注入其内，这就使得作品内部不仅具备传统审美的文化气息，而且形成了一种全新的宿命意识表现：一方面，先锋小说作家关注的并非中国传统悲剧意识求得生存价值的训诫，而是宏观感性发展的多元方向；另一方面，先锋小说作家亦善用西方哲学思辨，将存在、社会与历史三者之间的思考整合为"一种宿命式的辩证"。基于第二点，先锋作品的宿命观在本质上是靠近西方的，但它又以中国传统审美为外在为表现。这一点正如詹姆斯·乔伊斯基金会对余华先锋小说所做的评价：

> 你的中篇和短篇小说反映了现代主义的多个侧面，它们体现了深刻的人文关怀，并把这种有关人类生存状态的关怀回归到最基本最朴实的自然界，你的作品则反映了自然实体的生存状态，它们既不是圣洁的，也不是耸人听闻般的，它们只不过是一种类似于天气般的存在，一种存在于宇宙当中的原始经验。①

换句话说，先锋小说无不割裂历史传统与具体社会环境的联系，在封闭的文学空间肆意喷洒神秘的气息。与此同时，人物心理活动的缺席以及自身行为完全受欲望的掌控，使得隐匿在似是而非的故事情节背后的宿命观裸露出来，由此产生极为强烈的隐喻功能。可以说，先锋小说是在看似"虚"或"像"的"表"的背后，暗喻"实"或"是"的"里"；例如，在余华的小说《活着》中，文本叙述了一系列的死亡事件，如父亲、母亲、儿子、女儿、妻子、女婿、外孙等亲人一个接一个离福贵而去。可是，死亡又是不可预料的、无法避免的，死神的频繁光顾让人觉得生命唯有剩下被动接受的悲哀。因此，小说中福贵的苦难人生不

---

① 余华：《我胆小如鼠》，上海文艺出版社，2004，第4~5页。

只是一个"虚"，作者实际想说的是生命该怎样面对苦难，如何承担苦难的命运之"实"。

但是从意识归属层面来看，先锋小说的"虚"隶属于现代意识，"实"却属于后现代思维范畴，这是因为先锋文学在堆砌"虚"之表象的背后，实则是完成寻找"实"的目的。可是，时刻存在于虚无当中的"实"又很难找到明确的意义与价值取向；也许，只有在不断构建"虚"的过程当中，我们才能把握"实"的意义。这样的宿命式先锋之作自然成为一种边建构边解构，边堆砌边拆解的后现代主义思维创作模式。从这个意义上讲，如此抽象的先锋文学大都是以"沉默"的现代大众与极具包容性、解构性的宿命之间的相互配合来实现的，这必将导致后现代主义内部的"实"之宿命成为"沉默"大众"虚"之存在的真实生活策略。

在现代社会，"沉默"不仅是人类生存的异化标签，也是自我存在的虚化表象。如此身不由己的"虚"之状态正如乔治·瑞泽尔（George Ritzer）在《后现代社会理论》（*Postmodern Social Theory*）一书中指出的："沉默是大众以退出的方式所作出的反应，沉默是一种策略……他们（大众）取消了意义。这是一种真正的权力……基本上他们吸收了所有的系统并且将它们折射在空无之中。"[①] 在这个层面上，"沉默"已经成为存在的"权利"，而"沉默"本身又意味着自我解构的"权利"，成为"虚妄"。由此，"沉默的内在矛盾性逼迫着存在成为一种宿命"[②]。

中国先锋小说家一直以来都站在"沉默"的大众视野与立场之上进行创作，在书写"沉默"的内在矛盾的同时，也已认同某种披戴宿命意识的创作自觉。虽然，传统悲剧研究认为，"超越"才是悲剧的本质，"即使在神祇和命运的无望抗争中抵抗至死，也是超越的一种举动"[③]，但大众的"沉默"体认与中国传统文化的亲密契合，赋予先锋作品浓厚的人文主义关怀，并以此获得精神层面的广泛认同。实际上，它是将困境转变为更具诗意化与哲学化的现代寓言，在肯定"沉默"的矛盾，认定虚空的"沉

---

① 〔美〕乔治·瑞泽尔：《后现代社会理论》，谢立中译，华夏出版社，2003，第157页。

② 〔美〕乔治·瑞泽尔：《后现代社会理论》，谢立中译，第157页。

③ 〔德〕卡尔·雅斯贝尔斯：《悲剧的超越》，亦春译，第26页。

默"背后，思索苦难之真，发现苦难之实，寻求生命的意义与价值，以及产生悲剧的人生态度。这样的结论亦如北村在一次采访中所说的："对苦难的揭示是我的小说承担的责任。……但我说悲剧和悲观绝不是一回事。"① 另外，从现代审美上讲，传统悲剧尤其是西方传统悲剧是在人与神、人与命运对抗中所体现的"美"；而先锋小说中的人被天命全权左右，陷入生存困境中的审"丑"，这引发了当今对生命焦虑的悲剧性审视，这一点亦如尼采所讲的："丑比美深刻……所以，美是肤浅的。丑则刺痛感官，引起思考，在痛苦与厌恶的交织中获得精神的真实。"② 两者可谓殊途同归。

格非认为，在《塞壬的沉默》中，歌声是塞壬的隐身衣，塞壬的歌声既是宿命又是慰藉。塞壬的意象是卡夫卡小说中最为核心的意象，世界或命运的本相大多是以它饰物的一面呈现在我们的眼前。③ 这里，他所理解的宿命必然是由那些不起眼的"饰物"所引发的。也许，正是偶然的频繁出现才让鲁侍萍与她的女儿"恰巧"在周家做事；俄狄浦斯"偶遇"并杀死了自己的父亲；美狄亚（Medea）"邂逅"伊阿宋（Easun）……如果没有一个个"恰巧"的偶然，悲剧的情节和结局亦不会如此震撼人心。相似的偶然情节亦在印证沈从文一度的言论："我们生活中到处是偶然，生命中还有比理性更具势力的'情感'，一个人的一生可说即由偶然和情感乘除而来。你虽不迷信命运，新的偶然和情感，可将形成你明天的命运，决定他后天的命运。"④ 甚至晚年的沈从文也对自己的人生发出这样的感慨："浮沉半世纪，生存亦偶然。"⑤ 从悲剧创作上来讲，亚里士多德也曾指出，只有偶然才能满足命运悲剧"突转和发现"⑥ 的内在情节要求，才能产生震撼人心的悲剧力量。

关于偶然的宿命，备受西方现代主义思潮洗礼的先锋作家表现得尤为

---

① 林舟：《苦难的书写与意义的探寻——对北村的书面访谈》，《花城》1996 年第 6 期。

② 引自贾晓鹏《艺术哲学的点滴思考》，《山西师大学报》（社会科学版）2008 年第 12 期。

③ 参见格非《文学的邀约》，清华大学出版社，2010，第 26 页。

④ 《沈从文文集》第 10 卷，花城出版社，1984，第 267 页。

⑤ 《沈从文文集》第 10 卷，第 359 页。

⑥ 亚里士多德：《诗学》，陈中梅译，第 89 页。

激进，热衷在创作中构建大量与宿命截然相反的人与事，并且随着故事情节的不断深入以及偶然事件的频频引发，先锋小说作家又将偶然背后的某种必然力量逐步凸显，不知不觉引领读者步入宿命的歧途，由此完成"背反加回归"的叙事结构。

例如，在余华的先锋小说《鲜血梅花》，当今国内学者大都认为"《鲜血梅花》的写作处于八十年代先锋派的尾声，是余华小说创作的转折点"①，是余华回归现实的标志性写作，但我们从叙事结构的角度来看，《鲜血梅花》是将以往直白的宿命隐藏于平淡无奇的偶然事件之下。该小说虽以"阮海阔为父报仇"为叙事的明线，却以胭脂女、黑针大侠等人手刃阮海阔杀父仇人为暗线；而明、暗两条叙事主线的"错位"导致了江湖快意恩仇在无法感知的范围内进行，以此将主人公推出核心事件之外而沦为故事的配角。因此，"离奇"在这部小说，与其说是人生的偶然，不如说是命运的必然。小说中得知大仇已报的主人公阮海阔甚至觉得整个事件的不可思议，同样意识到"莫名其妙地走上""再度违背自己的意愿而走近""神秘地错开""无法走向对岸""却走向"② 等偶然背后所掩盖的宿命。而在后来，他的人生旅途与其说是"复仇"，不如说是"逃避"更为贴切。生命懦弱如斯，可宿命的力量似乎更加强力，在人生选择的交叉路口，命运也借他人之手完成了复仇的使命。

其实，不止余华的这部作品如此，格非的先锋小说《大年》亦是如此。在《大年》这部小说中，袭击丁家大院的消息提前被一名顽童获知。他打算告诉父亲，父亲"碰巧"正受痔疮的折磨；他又将此事告诉母亲，母亲却是个哑巴……接二连三的偶然事件使得原本可以摆脱的悲剧再难更改。此外，苏童的《我的帝王生涯》《米》，格非的"江南三部曲"、《隐身衣》，吕新的《抚摸》，洪峰的《瀚海》《东八时区》，等等，都在文本内部频频制造偶然事件。这不仅增添了神秘与诡丽，而且让生命在不可抗拒的宿命之下显得更加的脆弱，仿佛代表死亡与厄运的"饰物"就摆在我

---

① 吴义勤、刘永春：《先兆与前奏》，《解放军艺术学院学报》2003 年第 1 期。
② 余华：《鲜血梅花》，作家出版社，2012，第 1~29 页。

们的必经之途，等候着那些"鲜活的祭品"。可悲的是生命越在宿命的罗网中挣扎，也就越快走向死亡，自我价值也越发地轻薄。难怪有学者指出，自己在阅读先锋小说的过程总感觉有"一种湿流流、粘乎乎"①的油腻之感。

随着西方现代主义表现技巧的不断深入，先锋小说虽将宿命隐匿于无形，故事的延续与发展也看似并非为某种显性力量所掌控，但正是在人类随机选择背后的相同悲惨结局，再次裸露作家不变的宿命认知。

在格非那里，他偏爱运用诗化的语言与特殊的叙事结构将"单线"的叙事轨迹断裂、拼接、组合，使得"人生多项选择"最终归为"命运归一"，最终形成"由多到一"的命运叙事模式，其目的是用来考察人类命运的最终指向。例如，在短篇小说《镶嵌》中，作家格非为主人公韦利与张清这对新婚夫妇设置了三个选项：选项一，与公公住在一起，张清痛苦至极，时刻盼着公公早死；选项二，两人住在岳父岳母家，韦利经常遭到歧视，家庭矛盾时有发生；选项三，两人出去租房，恰逢歹徒入室抢劫，杀死韦利，强奸张清。在三个看似完全割裂的人生选项中，作品重叠出现了相同的饰物与相仿的细节，如"看球赛""韦科长的病""鱼子酱"等。实际上，这些表面看似无关痛痒的点缀在文中起到促使生命轨迹发生转折的重要作用，产生相互指涉的假象，不仅导致读者的"期待视野"混乱、模糊，而且迫使读者将注意力放置在三个故事孰真孰假的判断维度之外。因此，作家格非看似在小说中设计了一道多项选择题，实则却在故事结尾隐喻了世间关于生命、生活、生存三者之间的"归一性"。而这种"由多到一"的叙事结构在他的其他作品中同样有所体现，如在《赝品》中，生活的泥泞迫使三对男女都具有赴死的宿命；"江南三部曲"中，秀米、谭功达、谭端午，子孙三代偶遇花家舍，由此引发不同的精神期盼，到头来终究是对命运的一次次妥协。

而这种命运模式在马原的作品《冈底斯的诱惑》显得更加的隐晦与复杂。该部小说首先设置了三个阴差阳错的偶然事件：其一，藏人穷布猎熊

---

① 摩罗：《冷硬与荒寒：当代中国文学的主要特征》，《文论》1998年第10期。

时却发现狩猎的不是熊（第1、3、6、7、9节）；其二，陆高与姚亮看天葬时遭到拒绝（第4、8、10节）；其三，藏民顿珠、顿月两兄弟与尼姆的爱情故事，最后三人不知所踪（第11、12、13、14节）。在这三条呈现碎花状的叙事结构内，马原不止一次运用他的"拼图哲学"，试图表达结果与欲望相左的"同一答案"，体现他关于生命存在与人类发展最为底层的思索。这种宿命般的思索同样出现在他的《叠纸鹞的三种方法》《四个女人的三个阶段性想法》《拉萨生活的三种时间》等其他作品之中。

值得一提的是，由"人生多样选择"到"命运归一"的封闭式宿命结构在洪峰的《和平年代》中却被赋予无限的延伸性与开放性。在该作品中，两代人、两国人的身上都存在由不同偶然之路走向相同归途的场景：段和平"阴差阳错"重新踏上段方的老路，爱德华"身不由己"重复秦朗月的人生。换句话说，该作品针对的不仅仅是几个人物，也不再是过去与现在。我们有理由相信，未来即将成长起来的段忘，他的命运也将在看似多项的选择面前，偶然选择祖辈延续至今的相同宿命。

二　相似轮回，生命意义的不同指涉

曾经，神秘主义给予我们智慧的启示：智者虽以"天人合一""心物相示"的方式认识宇宙的幻变，却无力改变什么。所谓的偶然也不过是必然的细枝末节，人类只是生命轮回中弱小的一极。于是，天地间芸芸众生任其摆布，稀里糊涂踏上命运的舢舻颠簸彳亍。在当代中国，偏爱审视生命悲剧的先锋小说家，他们在赋予作品"天残"悲剧意识的同时，同样对命运轮回道出"时来天地皆同力，运去英雄不自由"的宿命认知。

有趣的是，与其他先锋作家相比，余华对命运轮回之思，更赋有音乐性。这一点正如尼采曾经在《悲剧的诞生》中引用叔本华《作为意志和表象的世界》（*The World as Will and Representation*）中的第52节论述音乐的一整段文字："音乐不同于其他一切艺术，它不是现象的摹本，或者更确切地说，不是意志的相应客体化，而是意志本身的直接写照，所以它体现的不是世界的任何物理性质而是其形而上性质，不是任何现象而是自在之物。"① 尼采不仅赋予了音乐特殊功能，"提供了先于一切形象的至深内核，或者说，事物的心灵"②，而且将音乐与悲剧联系起来：

> 我们把音乐直接理解为意志的语言，感到我们的想象力被激发起来，去塑造那向我们倾诉着的、看不见的、却又生动激荡的精神世界，用一个相似的实例把它体现出来。另一方面，在一种真正相符的音乐的作用下，形象和概念有了更深长的意味，从这些自明的、但未经深究便不可达到的事实中，我推测音乐具有产生神话即最意味深长的例证的能力，尤其是产生悲剧神话的能力。神话在譬喻中谈论酒神认识，现在我们设想一下，音乐在其登峰造极之时必定竭力达到最高度的形象化，那么，我们必须认为，它很可能为它固有的酒神智慧找到象征表现。可是，除了悲剧，一般来说，除了悲剧性这个概念，我们还能到别的什么地方去找这种表现呢？③

与其他先锋作家相比，余华对命运的轮回之思，更具有自己的"暴力感"的特点与"音乐感"的优势。这正如陈思和对他的评价：

> 余华小说作为一个整体笼罩着无以排遣的恐惧与忧虑，作者几乎完全回避了世俗流行的话题，只是用一双未卜先知的眼光阴沉沉地打量着这个世界。从对残酷本性的挖掘到对宿命的探究，他所揭示的末日感完全不同于西方世纪末文学的狂热与绝望，而是充溢了东方智慧式的静穆内省。④

不知出于有意还是无意，在最新出版的《音乐影响了我的写作》《间

---

① 〔德〕弗里德里希·威廉·尼采：《尼采全集》第1卷，周国平译，中国人民大学出版社，2011，第106页。
② 〔德〕弗里德里希·威廉·尼采：《尼采全集》第1卷，周国平译，第363~364页。
③ 〔德〕弗里德里希·威廉·尼采：《尼采全集》第1卷，周国平译，第107~108页。
④ 转引自余华《中国当代作家选集丛书——余华》，第2页。

奏——余华的音乐笔记》两部散记中，余华同样记录了自己在二十世纪末聆听交响乐时，内心润生酒神般的情感经历。他也由此以交响乐重复变调为叙事特征①，创作了最为离奇的先锋小说——《此文献给少女杨柳》。

这部小说可以分为四次相似但又不同的轮回叙事。在第一次叙事当中，"我"以散步者的身份出现，在桥洞中偶遇外乡人，却被告知烟市炸弹的传闻与杨柳眼角膜移植到外乡人的故事。在第二次叙事中，"我"依然以散步者的身份出现，虽然没有遇到外乡人，但回到家中的自己内心却凭空出现一个"女人"。多日后，对于"二人世界"早已腻烦的"我"不得不改变夜间散步的习惯，在白天散步，却再次遇见外乡人，听闻杨柳将眼角膜移植到"我"身上的怪事以及烟市有炸弹的传闻。第三次叙事中，"我"以外乡者的身份出现，自己横遭车祸，杨柳的眼角膜被移植到"我"的身上。而在后来的一次偶然相遇，"我"从老渔民口中得知烟市埋有炸弹的传闻。第四次叙事，"我"成功拜访少女杨柳家，并获知她并没有死于车祸，自己出门再次遇到外乡人又聊起烟市有炸弹的传闻。比较这四次循环叙事，我们不难发现这部小说除了我与杨柳的奇怪关系以及炸弹被埋在烟市的传闻为两件不变的事实之外，其他情节都在不断地发生变化，产生扭曲。

该作也不似马原的《冈底斯的诱惑》纯粹并置几个毫无关联事件。从这些方面来讲，作者余华是在似断非断、似连非连的情节设定中，完成了故事的创作。如此玄妙的叙事结构与含混的精神指向必定引发国内研究者的关注。当学者大都从单纯的叙事学角度阐释该作关于隐藏时间的淫巧标准②的时候，笔者认为单纯于技巧上对先锋小说所做的西化探讨，这本身就容易忽略作家创作的精神探求与思维寻断。文中的杨柳命运已经脱离了自我生命意识，这个孤独的生命更似乐谱当中的"主音符"：无论随后的情节如何离奇变化，人生轨迹怎样的大起大落且呈现多少种变化与曲折，该作品始终围绕着"杨柳之死"这个"主音符"进行演奏的。因此，当命

---

① 参见余华《音乐影响了我的写作》，作家出版社，2012，第8页。
② 参见吕作民《时间和虚构的真实——解读〈此文献给少女杨柳〉》，《社会科学战线》2010年第3期。

运判定杨柳死亡或者毁灭的时候，无论她有多么的善良、美丽，无论她具备多少次的轮回与复生，这位姑娘都将在"主旋律"的"变奏"中走向死亡。在此基础上，烟市被埋炸弹的传闻又可视作以"次旋律"的方式揭示了人类关于未知世界长久以来的恐惧心理。在该作品中，那颗渺无踪迹的炸弹也就成为命运的象征，暗示着生命无法改变自我终局必将走向"爆炸"的命定。总之，《此文献给少女杨柳》这部小说是以"主、次二旋律"的四重演奏的叙事结构完成了命运的轮回，指明生命的在劫难逃以及人生往复背后的命定，而这样的认识也恰好印证余华"握住的其实都是文学中的恒常部分……叙事的中心倾斜到人物的命运上"[①]的创作评价。

同时，在余华的第一部长篇小说《在细雨中呼喊》中，叙事结构亦与《此文献给少女杨柳》存在一定的相似性。在这部小说里，作者首次关注家族的命运悲剧，以孙光林的自我成长为视角，通过叙事碎片的螺旋式排列，书写孙家四代之间的暴力家族史。无论在主题、叙事还是人物塑造等方面，该部小说均体现了余华对传统的认同，颠覆文学界关于余华以往先锋文学创作特点的定义。

更为重要的是，该作首次凸显主体的内在精神与情感变化，宣告对二十世纪八十年代作品的离别，以"直指本心"——显在的内心叙事创作方式——追问命运与生命的永世轮回的悲剧主题。在这里，作者不再简化、堆砌人类的苦难与宿命式的死亡，而是对家族命运悲剧的孤独与绝望进行深层构筑，通过"我"——孙光林的内在与外在的思考、活动，取代以往简单行动符码，对该小说所承载的人物与作家之间的悲剧意识与悲剧情感进行丰富与深化。这正如作家余华本人指出的：

> 一本关于记忆的书。它的结构来自于对时间的感受，确切地说是对已知时间的感受，也就是记忆中的时间。这本试图表达人们在面对过去时，比面对未来更有信心。因为未来充满了冒险，充满了不可战胜的神秘，只有当这些结束以后，惊奇和恐惧也就转化成了幽默和甜

[①]　余华：《朋友》，江苏文艺出版社，2003，第244页。

蜜。这就是人们为什么如此热爱回忆的理由，如同流动的河水，在不同民族的不同语言里永久和宽广地荡漾着，支撑着我们的生活和阅读。因为当人们无法选择自己的未来时，就会珍惜自己选择过去的权利。①

　　具体而言，小说中的众多具体叙事均对时空进行了模糊化处理，我们只能从"1965年的时候……"以及后来叙事中显现的"那年我六岁"等时间段，推断事件发生的顺序。例如，冯玉青事件发生在"有一年夏天"，在"那个夏日的中午"弟弟死去。如果将故事与人物彻底断裂，该小说便产生多个富于变化且结局相似的"命运协奏曲"，例如，"孙光明的故事""孙广才的故事""祖父的故事""苏宇的故事""鲁鲁的故事"等，这些都可视为"劫数难逃，死期已至的锁闭，是死亡不断播散，往返撞击的同心圆"②。

　　只不过这一次创作，作家余华并没有将"孙光林"塑造成麻木、孱弱、无知的"沉默的大多数"。在作品中，偶然撞见继父与阿姨在偷情，看着他们的慌张无措，掩盖了自我的欣喜；"我"不小心碰碎收音机上的小酒盅，竟然直起身板胁迫体壮如牛的王立强，拙劣的对抗中明显带着稚气。"只要稍微不那么绝望，就是难得的快乐了。我们这个小小的主人公真正有一种西西弗的精神，加缪称之为悲剧。"③

　　当然，喜爱交响乐的先锋作家不止余华一人④。曾经，格非在《褐色鸟群》这部小说中，同样演绎了"追踪叙述的本性而过于玄奥"⑤的命运四重奏。《褐色鸟群》的第一重奏是通过"眼下"的叙述时间为坐标，讲述"我"在白色公寓巧遇"棋"的故事。第二重奏是以多年后为时间坐

---

① 余华：《在细雨中呼喊》，意大利文版自序，海南出版社，1998，第3页。
② 李洁非、杨劼选编《寻找的时代——新潮批评选萃》，北京师范大学出版社，1992，第112页。
③ 陈晓明：《论〈在细雨中呼喊〉》，《文艺争鸣》2007年第8期。
④ 参见《格非作客搜狐聊天实录》，作家在线，http://cul.sohu.com/s2006/9304/s246246630/，2006/11/10/19：05。
⑤ 陈晓明：《表意的焦虑——历史祛魅与当代文学变革》，中央编译出版社，2004，第95页。

标，诉说"我"与穿栗树色靴子的女人再次相遇，她却不认识"我"的离奇故事。第三重奏则以"我"与穿栗树色靴子相逢后的某天深夜为时间坐标，她跑来寻求我的帮助，不久之后，"我"与她结为夫妻，可在结婚当日，女人突发脑溢血而死亡。第四重奏再一次续接"眼下"的叙述时间，"棋"听完"我"的故事告辞，"我"却期待着能与"棋"再度重逢。数年过后，当"棋"再次与我相遇，她竟然声称不认识我，自己也不是那个叫作"棋"的姑娘。其中，两次与穿栗树色靴子的女人邂逅，两次与名叫"棋"的姑娘偶然相遇，但是，这四次叙事的结局又以"我"与女人的相离为终结。神奇的消失，突然的死亡，有意的离开，必然的陌生……可以说，这部小说的生命轨迹以不同的方式在不同的世界中上演，注定了"我"与灵魂的侣伴——穿栗树色靴子的女人，与生活的伴侣——"棋"（谐音为妻，或者喻为人生棋局中的棋子）彼此分离的定数。这样的人生结局也如文中的"棋"所说："故事始终是一个圆圈。"[1]

如果从这个层面来看《褐色鸟群》这部先锋作品，我们会发现作家是在看似通过有限之延伸、无限之循环的叙事游戏，致力消除生命的内在精神与生命的记忆，否定了生命存在的真实与需求，并在欲望无法满足的矛盾下，道明人生无法逃脱外力的常态。整篇小说恰如卡夫卡的《城堡》，抵达城堡的路程在无限的延伸，人生时刻重复相同的命运，等待生命的只有无底的深陷与往复的沉沦。

与余华等作家不同，格非另有一种玄学意味的创作倾向。如在《锦瑟》这部小说中，行文中多处使用"预述"的叙事技巧，以暗示为主，用来营造神秘、幻象的情境，烘托宿命多重变幻的氛围：

一种不祥的预感使他立刻就感到透不过气来。[2]

早在几天之前，他独坐窗前，夜读《锦瑟》的时候，就好像预感

---

① 格非：《褐色鸟群》，《格非文集》，人民文学出版社，2000，第97页。
② 格非：《锦瑟》，《格非文集》，第234页。

到了一种前所未有的恐惧。这首诗他已经读过无数遍了，可每次读来，都忍不住潸然泪下。在他看来，李商隐的这首诗中包含了一个可怕的寓言，在它的深处，存在着一个令人无法进入的虚空……①

可怕的命运就在按照自己的规则有条不紊地粉碎着自己的梦想，它连续不断地击打着他的身心，不使他有丝毫喘息的机会，终于使他形销骨立，气息衰微。②

过度的激动使他不禁潸然泪下，同时他也隐约感觉到一丝沉重的不快，按照他惯有的经验，巨大的快乐背后总是蛰伏着一种潜在的危险。③

人物的命运在格非小说中总是如此，作品中主人公的每一个行动的动机都被它的结果颠倒，为命运所预知。四个冯子存游弋在苦难的人生四重奏中，都为无法道明的主音符——宿命所束缚。在魂牵梦绕的命运演奏之下，生死同步循环往复。

如果说梦是冯子存的存在方式，那么时间就是命运的神祇。虽有国内学者认为该部小说与博尔赫斯的《圆形废墟》（*Las Ruinas Circulares*）的叙事结构大抵相同，但在本质上，《锦瑟》与博尔赫斯不太知名的小说《接近阿尔莫塔辛》（*The Approach to Al-Mu'tasim*）更为神似，只不过其主人公冯子存是以相同的身份体验不尽相同的人生罢了。

作为先锋小说的领头者，马原曾经大方地承认自己对宿命意识的执着，"我比较迷信。信骨血，信宿命，信神信鬼信上帝，该信的别人信的我都信。泛神——一个简单而有概括力的概括"④，"宿命意识很早就渗入

---

① 格非：《锦瑟》，《格非文集》，第 239 页。
② 格非：《锦瑟》，《格非文集》，第 256 页。
③ 格非：《锦瑟》，《格非文集》，第 256 页。
④ 《马原散文》，第 222 页。

我心里,这也许是我最终成为小说家的关键"①。

这个时常标榜"我是那个叫马原的汉人",进入宗教氛围厚重的藏地并生活将近七年,逐渐将汉人的猎奇心态转换为理解与接受、认同与欣赏藏民族这种将宗教、神话以及迷信杂糅在一起的崇尚神秘事物的原始意识。如果抛下马原所谓的"叙事圈套"与"元小说"等先锋小说创作技巧,我们更能体会到作家马原从未改变的宿命内核。

> 我知道这是命数。他们六个人本来该有另外的命运,他们的将来绝对不应该那么惨。我认定这与那次没玩一把的扑克牌局有关,我相信如果那个除夕平安无事过渡到天亮的话,每个人的命运都将会重新写过,会是另一种结局,也许会皆大欢喜。我深信那局没开始就结束了的扑克牌已经在预示那几个未来才发生的故事。②

也许,正是藏传佛教的生死循环、无生无死的宿命论使得作家马原与藏民一起对轮回产生极为真实与强烈的认同,将现有的事物视为佛学玄秘力量所引发与促成的表象。当这块神奇的土地再次产生无法解释的神秘事件时,生活其上的人们自会道出天地间最为终极的神秘力量。如在马原的《黑道》中,"我"与矮子老桑聊天,"我信劫数。劫数你懂吗?""该我今天死我怎么也躲不过去,不该我今天死我怎么也死不了。都是命"③;在《康巴人营地》里,"我开始意识到我不该逆着人流;可是我不后悔绝不后悔。这是我的命数,我都知道"④;在新近出版的《牛鬼蛇神》中,作者频繁使用那句口头禅"人犟不过命";等等,这些都是作者借人物之口传达对世界轮回力量的肯定以及对根深蒂固宗教的认知。可以说,人生轨迹早已为上天所注定,现世之人都生存于轮回当中,因与果所造成的生死区隔的苦难并不能让灵魂消逝。生命只有在宿命的牵引下,一次次地经历六道

---

① 《马原散文》,第167页。
② 胡河清:《马原论》,《当代作家评论》1990年第5期。
③ 马原:《黑道》,《爱物:马原文集》卷三,作家出版社,1997,第16页。
④ 马原:《康巴人营地》,《爱物:马原文集》卷三,第127页。

轮回中的苦难。也正因为如此，西藏人对死亡的淡定以及对灵魂不灭的坚定在传统殉葬方式——天葬中得以很好地展现。天葬是具有一套严格、完整、庄重的祭祀仪规，它本身就在诉说身死灵在、轮回之内灵魂不灭的理想。

在《冈底斯的诱惑》当中，虽然汉人们对藏地天葬充满了好奇，但天葬的神圣与庄严是禁止外人观看的。而到了《喜马拉雅古歌》中，路巴猎人为诺布父亲举行天葬的场景，令诺布热泪盈眶。他不是哀伤哭啼，而是为其父亲在宿命力量的支配下，肉体生命虽走上尽头，但灵魂升天不灭，将进入下一界轮回而喜悦、激动。马原的小说以这样的情节为我们传达神秘藏地特有的生死之观与宿命意识。马原自己也时常出现在小说当中，与小说人物一起把生命的存在交给了自我心中的神，把所有的一切交付给宿命来安置。冥冥之中，宿命对每个人、每件事早已安排妥当，在这样的神秘空间内，等待生命的是神秘，是沉寂，更是藏地宿命力量支配下的生命传奇。

先锋作家扎西达娃其藏族身份早已决定了自身创作不仅在叙事层面反映现代主义的特质与技巧，而且在文字背后折射出藏传佛教情怀和世间永无停止的轮回。例如，在其《西藏，系在皮绳扣上的魂》中，琼通过结绳扣的方式计算时间对电子计算器毫无艳羡之心。时间与历史在这里不再体现为现代社会随处可见的液晶屏幕上的数字，而是成为"琼"手中结下的一个个绳扣。在这里，每一个圆形的绳扣象征着一次轮回，当"我"代替塔贝，琼跟在我后面，我们一起往回走，时间从头算起，流浪的宿命将再次循环。

也许有人会问，逃逸是否意味着人类可以摆脱宿命、掌握自我？在先锋作家那里，我们所得到的答案永远是否定的。他们认为，人生轨迹无休止地重复构筑、演绎永恒不变的轮回，不论在现代主义哲学当中，还是在传统东方的审美意识形态之内，这样的神话都不会被彻底打破。但是，逃逸是中国历史文化长存的一种精神，这一点正如有人指出的，中国文学中存在着一种"隐逸精神"。而所谓的"隐逸精神"实际上正是逃逸文学或是所谓山林文学中体现的逃避古代帝国皇权，远离宫廷，保持自己的独立思考和感受的一种不合作精神。

因此，先锋作家在赋予其创作作品悲剧性意蕴的同时，还对企图逃脱宿命与轮回的生命产生了极为独特的描述与深刻的思考。如在苏童的《仪式的完成》中，那个学者来到某地，了解"拈人鬼"的民间习俗。在村民的协助下，"拈人鬼"的盛大仪式能够有条不紊地进行。但在抓"人鬼符"的环节中那位学者自己却抓中"人鬼符"；按照当地习俗，他应白布裹身，弃于龙凤缸内，被乱棍打死，他不得不选择逃跑。故事的奇异之处就在于逃跑中的学者终将无法脱离宿命，他的尸首再次躺回那口龙凤缸中，用生命完成了古老的祭祀。

在《灰呢绒鸭舌帽》中，弥留中的父亲为老柯留下一顶灰呢绒鸭舌帽，临终前的那一句"这顶帽子很好，留给你戴吧"，就此成为老柯一生无法逃脱的宿命：老柯三十五岁就已秃顶，他的头发、他的生活都被父亲和帽子宿命般地掌控着。当他要把帽子传给儿子的时候，儿子跑开了。能逃得掉么？老柯临死之前微微地摇头，这顶帽子早已成为"一种宿命，一个恶意的符咒，使父子两代都不能逃脱它的纠缠"①。

在《妻妾成群》中，姨太太们安逸地生活在"陈家大院"却又困顿在"陈家大院"，最终也只能死在"陈家大院"。选择背叛或者出逃，最后的结局依然是沉降于"陈家大院"中；《米》中的五龙因天灾逃入城市，一个偶然的机会与织云结婚并由此发迹，但终究免不了人生的漂泊。逃亡赋予生命更为深刻的苦楚与失落，逃亡者越是用力挣扎，越像命运织网上俘获的猎物，也就越发地苦痛。人失去了掌握自身命运的主动权，一切只能交由宿命这个不知名且不能为人所了解的事物。

而在苏童创作的其他小说中，逃亡又可分为两种：一种是肉体上的逃亡，如《河岸》中的库文轩从"岸"逃上到"河"上的放逐，《外乡人父子》中的童震逃跑于异乡，《红粉》中跳车逃走的秋仪，等等；一种是精神上的逃亡，如《蛇为什么会飞》《我的帝王生涯》等。通过这两类逃亡的书写，苏童旨在表明人们无不是在不遗余力地进行着生命的逃亡。当费

---

① 王尧、林建法编《苏童王宏图对话录》，苏州大学出版社，2003，第92页。

尽心力、千辛万苦才站在出口处时，人却悲哀地发现出口竟然是入口，这就意味着进去人物的命运千差万别，其结果只有一个——永远在逃亡。虽然，苏童赋予了这些人物顽强旺盛的生命力，且完全不同于莎士比亚作品中那些天生带着一股忧郁气质的悲剧主人公，但他们有相同的结局，即逃脱不了命运的安排。这一点正如作者在《米》的序言中所指出的：

> 我想这是我第一次在作品中思考和面对人及人的命运中黑暗的一面。这是一个关于欲望、痛苦、生存和毁灭的故事，我写了一个人有轮回意义的一生，一个逃离饥荒的农民通过火车流徙到城市，最后又如何通过火车回归故里，五十年异乡飘泊是这个人生活的基本概括，而死于归乡途中又是整个故事的高潮。我想我在这部小说中醉心营造了某种历史，某种归宿、某种结论。①

事实上，不仅苏童、余华亦是如此。在《难逃劫数》之后的半年，他创作乐更令人匪夷所思的《世事如烟》。这部小说更能体现先锋小说有关逃亡的宿命认知。关于这一点，余华曾经坦言：

> 《世事如烟》是我人生中美好的往事，是我年轻时曾经有过的梦幻迷离的生活，那时候我相信故事和人生都是不确定的，它们就像随风飘散的烟一样，不知道会去何处，也不知道会在何时再次相遇。迷一样的生活，月光般清的世界，还有阵阵战栗的感受，隐藏在背后的是我写作的激情和想象飞起来了。②

在《世事如烟》中，众多小说人物虽与《难逃劫数》拥有相同的死亡结局，但在错综复杂的逃亡叙事结构下，《世事如烟》在先验、怪诞的命运征兆内，四处挥洒死亡与宿命的气息：司机做了一个噩梦，害怕恐惧的

---

① 苏童：《米》，序言，江苏文艺出版社，1996，第2页。
② 余华：《我没有自己的名字》，http://www.chinawriter.com.cn/56/2006/1228/1835.html，2006/12/28/15：56。

心理迫使他与母亲登门造访算命先生求得免灾之道。当他在驾车路上果真看见一位身穿灰衣服女人的时候，按照算命先生的解决之法，用钱买下这女人的外衣，铺在车轮下，碾了过去，期待用这件灰衣服蒙蔽宿命的眼睛，替主人遭受生死劫难。但是，一无所知的女人看着地上的衣服，觉得扔掉实在可惜，便再次穿上，这就导致自我的死亡。宿命的轮回无法逃避，偶然的机会下，司机又参加了灰衣女人儿子的婚礼。在这场婚礼上，因为与"2"的一场意气之争，在厕所里结束了自己的生命。到此，宿命轮回的痕迹变得便清晰起来：司机为了逃避死亡的宿命，却在无意中"害死"了灰衣女人。但宿命又让他再次出现在死去女人儿子的婚礼上，完成了自我生命的终结。可见，逃亡背后的命定是以人物之间互动为因果，所有人无法左右自我的命运，本身不但没有具体的名称，只是一个命运的符号，而且更像是命运循环链条上的一个环节，始终无法挣脱死亡本身的束缚。

　　同样，北村笔下的小说似乎都与死亡、逃跑、轮回存在着不解之缘。如《黑马群》讲述了生命的追寻与失去，《逃亡者说》刻画了全家逃亡的命运回环。进入二十世纪九十年代后，他所创作的《卓玛的爱情》依然意蕴永无穷尽、持续不变的逃亡怪圈。如果我们将北村的逃亡故事看作叙事学层面的先锋试验的话，也许未免太过狭隘，他后来由此逐渐发展出"神性写作"，这种写作方式与技巧也只是他宿命观念的外部标示。因为，在北村眼里，逃亡是没有缘由的持续状态，是人类自我生存的真实书写，是对命定的认识与表达。也许，读者很乐意看到逃亡后对肉体幸福与灵魂自由的幻象，但先锋小说的确是在书写人类无法逃离致死命运的恒常。难怪在回忆二十世纪八十年代自我创作心灵轨迹的时候，北村说，我"惊奇地发现每一部小说的主人公竟然无一例外地死去，没有一个漏网，这个局面立刻使我面无人色"①。

---

①　北村：《我的大腿窝被摸了一下》，《花城》1993 年第 3 期。

第三章　认识与改造："地缺"的先锋延伸

步入现代后，随着"上帝已死""信仰失落了"此起彼伏的喧嚣声，以及人类社会快速发展现状的异化，西方哲学家与美学家不得不再次思索现代世界是否还有悲剧，现代悲剧的本源又是什么。面对这样一个复杂而宏观的现代难题，德鲁·塞西尔·布拉德雷曾经认为现代悲剧：

> 是对整个体系或秩序的神话式表现，在这种体系或秩序中单独的人物仅仅构成一个毫不足道和微弱的部分；这种体系或秩序看来远远比他们自己更能决定他们的天生的气质、他们的境遇，以及通过气质和境遇，决定他们的行动，这种体系或秩序是这样地包罗万象和错综复杂。他们简直差不多无法理解或控制它的活动，它具有十分明确或固定的性质，不论它那里发什么变化，必然要产生另外一些变化，并不顾及人们的愿望和懊悔。①

这种不顾及人类愿望与懊悔，无法为人理解却又十分明确或固定的性质，在我们看来，正是生活在世界中的人类本应具有的整体性。但是，人类意识的自我分裂以及通过这种分裂的视域看待整个世界，这样的行为就会造成世界在人类精神层面的瓦解，割裂了人与世界的广泛联系，由此在精神层面产生关于"世界残缺"的悲剧意识（"地缺"的悲剧意识），得出有关存在孤独与生命荒诞的结论。这甚至逐渐影响并局限了人类自身在现实世界当中的意识行为，导致了精神与肉体两个层面的"残缺世界"

---

① 引自古典文艺理论译丛编辑委员会编《古典文艺理论译丛》第 3 卷，第 56 页。

对生命的禁锢。

同时，现代社会的加速发展以及人类摆脱以往宗教神学的统治等客观因素，又会致使人与世界二者之间的关系疏离，再次给予异己力量支配现代人的可乘之机。然而，人类个体又无法改变这种现代与"后现代状况"①，孤独、苦闷以及所有理性、自由都是虚假的结论也让人类再次拥抱荒诞。

换句话讲，在社会历史发展的各个阶段，人类不论通过怎样的方式触碰这个世界，都将导致自我关于外部认知的残缺与陌生感，并且被这样的外部世界挫败与拘囿，由此产生的文学创作亦会通过荒诞与孤独这两条最为贴近生命存在本质的表现途径，述说"地缺"的必要性。

第一节　荒诞的世界

一　荒诞与东西方传统悲剧

回首西方文学，我们会惊奇地发现，荒诞早已贯穿十九世纪中叶至二十世纪西方整个文学主潮，甚至成为西方现代文学以来"一个重要的文学现象"②。作为"地缺"悲剧意识的主要表征之一，荒诞非但没有局限在西方文艺发展的某个特定历史阶段，而且自打悲剧诞生那一刻起，人类便有了对荒诞的多层次体验。

古希腊时期，西方人对众神的怀疑与抱怨源自受命运作弄下追求与生存之间永无契合的苦闷：人类选择了神、拥护了神，期望好运，永得庇护，可命运与神并不能够给予人以眷顾。他们越是遭受现实的苦难就越是求助于神的帮助，但换来的只有沉默或者残酷的神谕。人类无法理解，不知所措，在这种理想被现实世界绝对压制的客观事实面前，荒诞自溢于创作。例如，在遥远的《荷马史诗》中，作为众神惩罚之下的孤胆英雄，西

① 〔法〕利奥塔尔：《后现代状况》，车槿山译，南京大学出版社，2011。
② 柳鸣九主编《二十世纪文学中的荒诞》，湖南教育出版社，1993，第1页。

西弗唯有将巨石推到山顶方能重获自由。可巨石的沉重超乎想象，每一次的努力都会功亏一篑。绝望的西西弗只有继续日复一日、年复一年的悲剧性活动。终于有一天，当他感到巨石在推动下发出一种磅礴的动感之美，当苦难与自我真正合二为一的时候，诸神便不再让巨石从山顶滚落下来。

关于这个朴素而经典的神话，我们可以轻易地发现其背后的荒诞意蕴：作为悲剧中反抗世界的英雄，西西弗身上不可否认带有经典悲剧的崇高性，"他的热情之多一如他的苦难之大。他对神祇的轻视，对死亡的憎恶，以及对生命的热爱，使他赢得这种不可言喻的处罚；他必须拼命做一件无所成就的事情。这就是对人世热爱所必须付出的代价"①。但是，这个悲剧的终结并非源自生命自我反抗的结果，而是出于世界的固定旨意。②在这个意义上，古老的神话以寓言的形式深刻地预见西西弗每一次的反抗与努力都是徒劳的。可是，悲剧的终结也并非来自反抗的结果，甚至"这种典型的无意义的悲剧行为，到了西方现代存在主义大师加缪那里，则被视为人类与世界之间荒诞关系最为直接的重复性表露"③。其中的缘由就在于当今的西方现代人亦如西西弗，他们日复一日重复着机械式的劳作："起床，有轨电车，四小时办公或工厂打工，吃饭，有轨电车，又是四小时工作，吃饭，睡觉；星期一、星期二、星期三、星期四、星期五、星期六，同一个节奏，循着此道走下去，大部分时间轻便自然"④，人类时刻处于狭小与残缺的物质与精神世界中，穷尽一生。

一个哪怕可以用极不像样的理由解释的世界也是人们感到熟悉的世界。然而，一旦世界失去了幻想和光明，人就会觉得自己是陌路人。他就会成为无所依托的流放者，因为他被剥夺了对失去的家园的记忆，而且丧失了对未来世界的希望。这种人与他的生活之间的分

---

① 舒远招：《人生的冲突——加缪思想透视》，《法国研究》1989年第1期。
② 参见古典文艺理论译丛编辑委员会编《古典文艺理论译丛》第3卷，第56页。
③ Tom Jones, "Character and Action," in R. P. Draper ed., *Tragedy*: *Developments in Criticism*, p. 145.
④ 柳鸣九、沈志明主编《加缪全集》第3卷，河北教育出版社，2002，第75页。

离，演员与舞台之间的分离，真正构成荒诞感。[1]

即便作为人类守护者的天神，那又怎样？埃斯库罗斯的《被缚的普罗米修斯》（*Prometheus Bound*）还不是在书写神的溃败：

> 宙斯让克拉托斯和皮亚两名仆人，即"强力"与"暴力"，把普罗米修斯拖到斯库提亚的荒山野岭。在这里，他被牢固的铁链锁在高加索的山岩之上。他直挺挺地吊着，无法入睡，无法扭动身体。每天，一只恶鹰去啄食被缚普罗米修斯的肝脏，肝脏被吃掉多少，很快又恢复原状。悲剧性的反抗日复一日地折磨着他，直到赫拉克勒斯为寻找赫斯珀里得斯碰巧来到这里。他看到恶鹰在啄食可怜的普罗米修斯的肝脏，便取出弓箭，把那只残忍的恶鹰从这位苦难者的身上一箭射落，解放了普罗米修斯。[2]

但是，重获自由的神灵仍要佩戴一枚高加索山岩的戒指，时刻提醒自己所曾遭受的"地"之惩戒。换句话说，当人类试图突破世界秩序求得自由的同时，世界为了稳固其地位，必将对人类施以更加严酷的打击。

如果说荷马、索福克勒斯与埃斯库罗斯的命运悲剧是对人类与现实之间荒诞关系一定反映的话，那么到了欧里庇得斯那里，我们看到的是对诸神打击人类生存的批判与质疑。例如，在《海格力斯》（*Hercules*，又名《赫拉克勒斯》）中，安菲特律翁就质问宙斯放下保护儿子海格力斯的职责，悲剧诗人在剧中发出"如果诸神不做任何卑劣的事情，那么他们并不是诸神的感叹"[3]。当处于文明初期的人类发现自己以往尊崇的命运不再惩恶扬善，众神亦不再主持公道与正义，生存从此变得苦不堪言，生命唯剩下接受苦难的默然权利时，书写生命的悲剧与空无必将带有荒诞的原始

---

[1]　〔法〕阿尔贝·加缪：《西西弗的神话》，杜小真译，第6页。

[2]　〔德〕古斯塔夫·施瓦布：《希腊神话故事》，赵燮生、艾英译，长江文艺出版社，2006，第3~4页。

[3]　肖厚国：《古希腊神义论：政治与法律的序言》，上海人民出版社，2012，第23页。

气息。

这种无法突破人生抉择所造成的宿命结局又在埃斯库罗斯著名的悲剧三部曲"俄瑞斯忒亚"中得到完美展现。在该作品中，主人公虽然义无反顾地选择了行动，选择了神性，可结果终将以惨痛为代价。以现代存在主义哲学理论来分析，自我（人性）与他人（神性）两者选其一的命题本身就会带来荒诞。在该剧中，俄瑞斯忒亚就在弑母还是流放的问题上，体现了选择背后所导致的惨痛的结局：选择暴力，他将遭到复仇女神的追杀；选择流放，自己亦会饱尝一生的无根之痛。同样，对于克吕泰墨斯特拉（Clytemnestra）而言，杀死或顺从阿伽门农，其结局均为凄惨：选择前者必有生死反抗的悲绝；选择后者又会带来一生无法忍受的苦痛，甘愿沦为他人而"自欺"。可是，在行动与不行动这两个人生选项上又必须二选一，实际上，他们没有发现也没有思索到突破"地缺"的第三条出路。

假如不去选择，是否意味摆脱了残缺的世界，远离了由它产生的荒诞？答案同样是否定的。进入欧洲文艺复兴时期，在莎士比亚的性格悲剧那里，人类最为可怕的境遇正是抉择行为本身的意义丧失。哈姆雷特两难的境地是他精神空间中的重大障碍：一方面，他无法决绝，因为复仇将背叛家族、摧毁信仰；另一方面，又不得不去复仇，自己知晓放弃或者妥协又意味着自我对肮脏世界的认同，忽略了生命的意义。看似疯癫的行为正是他对残缺的现实世界看得太清的结果。面对复仇，他看到了"选择与否"背后所承载的"荒诞命题"。可以说，报仇只是一种事后的补偿，甚至有时连补偿都不算。他失去的不仅仅是一位父王、一位母亲或者整个家族，他所遗落的还有对人性的美好期盼，对生命与未来的美好向往。恰是时刻在犹豫，时刻保留选择权，他因此失去了生命突破的最佳时机，最终在时势的逼迫下，走上索然无味的复仇旅程。

其实，与哈姆雷特一样，作家莎士比亚对人生光明的憧憬业已破灭：人生选择不是我们想要怎么样，而是我们在狭小、残缺的精神与物质世界之内能够怎么样。抉择前的荒诞在于结局的非确定性，抉择后却是结局的非完满性。所以，哈姆雷特的"犹豫"为荒诞的发生保留了太多的哲学可能：一方面，选择放弃意味着生命永久停留在生命的表面，失去了寻找生命价值的深层机会；另一方面，它虽能够保留生命发展的诸多可能性，却失去即将转变为现实的机遇，同样产生存在的缺失感。事实上，不止哈姆雷特，我们所有人都将处于选择的徘徊之中，选与不选以及如何选择的问题本身就已成为一种尴尬的荒诞。

这种由固定选择所产生的荒诞或多或少地存在于西方的每一部悲剧作品中，只不过有时以较为潜隐的形式存在而已。例如，在二十世纪西方荒诞派戏剧发展时期，塞缪尔·贝克特著名的戏剧《等待戈多》最为典型，剧中放弃选择就是一种消极的生命状态，它虽不与历史、文明共同产生，却同步消亡，这也意味着精神化的"地缺"成为"一种贯穿于人类历史全过程的基本感觉方式与思维方式，……代表着人类感觉与思维过程中的怀疑与否定的倾向，与肯定及证实的倾向相对立"[①]，甚至"在悲剧的终点，我们感到喜剧存在的可能性"[②]。由此，现代悲剧中的生命再也没有了对抗荒诞的勇气，唯有在自欺的等待中完成跨越"地缺"机遇的消解。这种取消人物行动，消除存在意义的西方现代文学现象亦如米兰·昆德拉所言：

> 当上帝慢慢离开它的那个领导宇宙及其价值秩序，分离善恶并赋予万物以意义的地位时，堂·吉诃德走出他的家，他再也认不出世界了。世界没有了最高法官突然显示出一种可怕的模糊：唯一的神的真理解体了，变成数百个被人们共同分享的相对真理。就这样，诞生了现代的世界和小说，以及与它同时的它的形象和模式。……人们发现，物因为自身意义的被消解而成为莫名之人。[③]

于是：

> 在荒谬的精神看来，世界既不是如此富于理性，也不是如此富于

---

① 柳鸣九主编《二十世纪文学中的荒诞》，第43页。
② W. I. Thompson, "Freedom and Comedy," in *The Tulane Drama Review*, 1965（9）：218.
③ 〔捷克〕米兰·昆德拉：《小说的艺术》，董强译，生活·读书·新知三联书店，1995，第5页。

非理性。它是毫无理由的，但这并不是问题的全部。胡塞尔的理性最终成为没有界限的理性。而相反，荒谬则确定了理性的种种局限，因为理性不能平息焦虑。克尔凯郭尔从另一角度确认，只要有一种局限就足以否认理性，但荒谬并没有走得那么远。在荒谬看来，这种局限针对的不仅仅是理性的种种野心。非理性的主题就像存在理论所设想的那样。荒谬，其实就是指出理性种种局限的清醒的理性。①

不过，生命存于这个世界，总是以己之见所选择的，他/她自会轻易地忽视自我与外界之间的联系，产生"地缺"的悲剧意识。作为世界的一分子，生命在选择的同时就意味着对整个世界进行割裂，自我成为所寄居世界的一部分。由此，认为做出正确选择却对结果感到困惑与不解的人类，自然得出生存无意义的荒诞结论。面对人与世界的二元矛盾，也许只有跳出自我的局限，才能厘清人与世界的关联：世界可以击垮一个人，一个国王，一个神灵或者一位英雄，但世界不会摧毁所有生命。作为世界一分子的人类，他们在做出选择的同时，必定面临世界所带来的成功与失败。唯有在历经无数的得与失之后，生命方能逐渐清醒，明确自我的存在价值。因此，存在才是生命最为重要的命题，哪怕是古希腊悲剧式的存在也是以生命的光辉铸就自我的存在。正如加缪指出的，神灵甚至人类对待残缺世界中的荒诞所采取的态度是值得肯定的，假如仅仅停留在荒诞的意识上，人就会陷入忧郁与软弱的困境中。唯有反抗能够带来行动，并以具体的行动来对抗世界的恶意，才是"我反抗故我们在"的奥义。

作为余华文学创作启蒙的"外国导师"卡夫卡，他同样是一位试图通过文学改变现实的"狂人"。在他看来，"只有一个精神世界而没有其他存在的事实夺去了我们的希望而给我们以确切性"②，真正的艺术家应该给世人"另一副眼光，以便通过这种办法改变现实。所以实际来说，他们是反政府分子，因为他们要求改变现状"③。并且，悲剧自打出现那一刻起便是

---

① 石敏敏：《希腊人文主义：论德行、教育与人的福祉》，上海人民出版社，2003，第79页。
② 林骧华主编《卡夫卡文集》第3集，安徽文艺出版社，1997，第248页。
③ 叶廷芳：《现代艺术的探险者》，花城出版社，1986，第99页。

思考存在价值的艺术形式，这就意味着，悲剧、存在与荒诞三者之间不再是相互抵制的关系。悲剧与荒诞首先都反映了存在，而悲剧又容纳了荒诞，将它视为一个因素包裹在自己的精神内核中，就像一个系统所包含的部分那样。所以，荒诞非但影响不了悲剧的崇高本质，而且从未限制生命对存在的深思；拿萨特的话来说，二者都是“在任何年代，在任何人身上，为人文精神敢于完全献身”①。

当然，地之悲剧中的荒诞体验绝非西方人所独有，在被王国维视为中国悲剧经典的《红楼梦》中，跛足道人的《好了歌》同样道出人类无法摆脱的世间困局。随后，白话小说的兴起，鲁迅创作的小说如《狂人日记》中的“吃人”，《阿Q正传》中阿Q不准姓赵，《故事新编》对悲剧英雄的消解，等等，都在不同程度、不同侧面揭露了中国现代小说的荒诞意念，由此成为五四小说现代性的重要一环。此后，荒诞意念在文学创作中发展迅速，也更加成熟，如巴金的短篇小说《狗》就更具卡夫卡《变形记》的荒诞韵味。在该篇小说中，“我”是一条狗，当“我”在大街看到另一条狗时，便屁颠屁颠地跑过去，紧紧地抱住它，跟它扭在一起，它咬“我”，“我”也咬它。可“我”对同类的亲热却遭到狗主人的毒打。这时，“我”才明白，以前“我”得意地认为自己是一条狗或者狗一类的东西，现在才知道“我”连一条狗都不算。与《变形记》相比，浓重的荒诞感流露于自我认同的缺失之中，甚至在感情色彩上，《狗》更具个性化的变形特征。之后，宗璞的《我是谁》等荒诞小说与荒诞剧作接踵而来。但是，他们的作品只是将荒诞作为艺术表现的技巧与功能借以发挥，在放大、夸张处理对象的背后，凸显人性与社会生活中的负面因素，从而达到批判现实的目的。

随着现代化进程的加快，中国数千年传统文化在现代精神文明的影响下，产生了巨大的转变。物质利益在日新月异的社会进步中急速膨胀，导致国人陷入精神困境。当代世界中种种对立、不和谐的因素天然成为中国

---

① Jean-Paul Sartre, "Existentialism Is a Humanism," in Stephen Priest, ed., *Jean-Panl Sartre: Basic Writings*, London and New York: Ronfledge, 2001, p. 227.

当代作家审视生存状态的重要途径，从而将荒诞作为表现主题并接受二十世纪八十年代大量涌入的西方思想，俨然成为中国当代文学创作中十分重要的能指对象。在这样的社会背景与文学思潮之下，卡夫卡、博尔赫斯、马尔克斯、加缪等人的荒诞作品无疑引发先锋作家的共鸣。他们从西方现代文学之中敏锐体悟到生命对现实世界所持有怀疑与否定的倾向：

> 尽管我对这些作家的叙事方式感到浓烈的兴趣，并受其影响，但我并不认为这些作家、作品背离了传统与现实，他们的努力只不过是对正在悄悄延伸之中的现实与传统作了更为深刻、准确的把握。对存在本身的深刻的怀疑和追问以及小说在打破旧的以"戏剧冲突"为核心的形式之后所建立起来的新的和谐，一直是我在阅读这类作品时常常思考的两个问题，尤其是后者，它引发了我思考汉语小说在表现上新的可能性的最初契机。①

一次采访当中的余华同样追忆了二十世纪八十年代的创作历程，认为卡夫卡对他的影响实在是太深了："最早在《世界文学》上读过他的《变形记》，印象深刻，过了两年，我买到了一本《卡夫卡小说选》，重新阅读他的作品，这一次时机成熟了，卡夫卡终于让我震撼了。"②

但先锋作家并非简单复制西方现代文学的表现式样而是深入其精神内核，即便在先锋小说的创作初期，因为"任何一种方式的借鉴不仅存在着技巧的简单和变相的移植，而且受制于接受这种技巧的心理基础"③。换句话说，对西方现代主义文学的认同与吸收是建立在自觉的心理之上的，作家自会清醒地采取相应的对策。如此现象亦如北村所指出："小说应该有一个明显的或表层的故事形式，更深刻的东西应该是沉在底下的。所谓'形式的意味'是现代小说的叙述结构之下的，而不是浮在表面的。如果

---

① 格非：《欧美作家对我创作的启迪》，《外国文学评论》1991 年第 1 期。
② 余华、杨绍斌：《我只要写作，就是回家》，《当代作家评论》1999 年第 1 期。
③ 格非：《欧美作家对我创作的启迪》，《外国文学评论》1991 年第 1 期。

你在小说的外部大搞形式,而使读者产生一种心理分析的愿望,小说就失败了。"① "艺术是有意味的形式。我想,艺术活动就是人在寻找自身与外部世界的作家相处形式(与此同时也必然发现人与外部世界的最糟相处形式)。"② 于此,荒诞作为"地缺"悲剧意识产物的重要组成部分,它已不再是一个概念,一种技巧,一层表现,一类批判,它是在挖掘现实的艰难行进中,与本土文化元素、传统文学特质相结合,共同发现当前人类社会生存的狭隘本质。

二 荒诞意象与荒诞空间

陆一帆曾经指出:"悲剧必须以人的严重苦难为结局。"③ 受西方"地缺"悲剧浸染的先锋小说,它们亦以对世界荒诞揭示而蜚声文坛,这是因为:

> 现代主义艺术家普遍意识到人类生存的"苦难"问题。"苦难意识"不仅是作为艺术家对生存内省意识的理论概括,作为进入生活内部的思想导引;而且作为历史的自我意识,那是人类生存不屈的自觉表达。人类的生存忍辱负重而历经千辛,正是通过"苦难"人类才意识到自己的存在,"苦难"是生存深化的确证,因而也是生存不可超越的真实根底。生存的超越恰恰是在对"苦难"的意识里所达到的永恒伸越。④

而在人生苦难的荒诞构建之内,先锋作家同样选择了两条极为差异化的创作之路:一条是将反常的荒诞意象置于正常的自然世界,通过隐在的方式道出残缺世界对于生命的现世作用;另一条则将荒诞的力度增强,由

---

① 李其纲、格非、方克强、邹平、吴洪森、吴俊等:《小说本体与小说意识》,《上海文学》1989年第6期。
② 史铁生:《读洪峰小说有感》,《当代作家评论》1988年第1期。
③ 陆一帆:《新美学原理》,广西人民出版社,1983,第275页。
④ 陈晓明:《现代主义意识的实验性催化——"后新潮"文学的"意识"变迁》,《当代作家评论》1989年第3期。

此构造某种反常且稳定的荒诞空间，用以考察它对内部生命的影响。不过，作家不论选择哪一条创作之路，对于其中的生命而言，这必将是一场场可怕的灾难。

在《文学理论教程》中，童庆炳将"意象"定义为具有广阔范围的内涵，认为文学中的意象"专指一种特殊的表意性艺术形象或文学形象"[①]。这句话如果反过来讲就是将意象视为艺术作品中具有"特殊意蕴"的隐在。因此，对世界与存在抱有荒诞认识的先锋作家，他们同样在正常的小说世界内部投放反常的表意之象，用以承载荒诞的特殊意蕴。即便中国文坛中有学者认为，先锋作家关于荒诞化的局部努力是为了体现世界整体性的荒诞；但是，我们依然可以认为，作为客观事物荒诞意象化表现的先锋小说，同样是在局部象征艺术内部迸发的；并且，局部意象化的事物更能丰富作品的哲学内涵，提升艺术欣赏的趣味。

所以，我们有必要分析先锋小说内部的荒诞意象，但目的并不在于研究艺术表现的庞杂而是在作品内部搜寻频频出现的相似意象，挖掘作家对世界荒诞认知的趋同表现。因为，这些不曾为学者重视且看似是正常的事物，它们实在传达先锋作家关于反常世界的认知。

先锋小说虽然出现过数量众多、彼此相异的自然意象群类，呈现了文学世界的广博与世间的无垠，但在林林总总的意象内部，最为频繁的要数雨的意象。往日温婉清润、迷蒙空灵、寥落孤寂的中国传统审美特质的雨进入先锋小说内部却变得十分可疑。它除了偶尔烘托凄冷迷离的境遇之外，先锋作家还从多个角度诉说了雨意象作为残缺的世界对人类精神与肉身所施加的双重压迫。

首先，南方特有的梅雨不仅拉开人与世界的客观距离，呈现光怪陆离迷惑之感，而且随着情节的推进，雨之世界也迫使人类的活动处在"无序的状态"之中。这一点在格非笔下得到了极为全面的展现。他的每一部小说几乎弥漫着潮湿、迷蒙的雨气息，浸润着南方特有的雾气，一些神秘事件又总是与雨水相连，氤氲中吹来阵阵荒诞的气息：

[①] 童庆炳主编《文学理论教程》，高等教育出版社，1998，第200页。

可是外面这么大的雨……到处是溪水汇集的哗哗声。在飘摇的灯光下，我看到刚才老头睡过的那堆干草上深深的窝痕，心中掠过一丝胆怯。①

这天，萧像是梦游一般地走到了杏的红屋里去。……雨是深夜下的……②

我轻轻地拨开门闩，大风扑面直灌进屋来，我一连打了好几个冷战。那个女人站在雨中……③

特别是在格非《雨季的感觉》中，沉闷、烦恼、恐惧、担忧、渴求、刺激等一系列内在感觉都是在雨浸扰下所产生的精神幻象，雨犹如一块让世人遗忘现实的隔板，在生命努力探求因果的事件当中，起到阻击与破坏的作用，造成世界在主体意识层面的残缺，迫使客观与理性变得模棱两可。这种对雨的荒诞书写，正如法国哲学家福柯（Michel Foucault）曾经指出的：“水质是一种晦暗的无序状态，一种流动的浑沌，是一切事物的发端和归宿，是与明快和成熟稳定的精神相对立的。”④

其次，雨意象又时常与死亡事件同步出现。例如，在苏童笔下的《城北地带》中，美琪的死亡与鬼魂的再现都是在雨夜；《一桩自杀案》中，女工李抒君死前，天空飘着绵绵愁雨；《死无葬身之地》中的一个雨夜，众生暴毙；《追忆乌攸先生》中，乌攸先生被人陷害，毫无理由被处死的时候，天空下着小雨；《迷舟》里的萧去了一趟榆关，回来时被警卫员开枪打死在晨雨中；《边缘》中，“我”举家搬迁到麦村时，天一直下着雨，父亲亡灵在雨中时隐时现；《傻瓜的诗篇》则说出了雨与人物之间的隐秘

---

① 格非：《青黄》，《戒指花》，春风文艺出版社，2007，第66页。
② 格非：《迷舟》，《戒指花》，第23页。
③ 格非：《褐色鸟群》，《戒指花》，第54页。
④ 〔法〕米歇尔·福柯：《疯癫与文明：理性时代的疯狂史》，刘北成、杨远婴译，生活·读书·新知三联书店，2003，第10页。

联系，即突降的雨水不仅预示着他的命运的某种巨变，也多少代表了他内心模糊而复杂的愿望；《欲望的旗帜》中的贾兰坡也是死在一个暴雨如注的夜晚，他的尸体因为那场大雨的浸泡而增加了分量；《相遇》则讲述了1903年当英国远征军进军西藏时，雨季中大主持的悲壮之举；《山河入梦》里的谭功达因为一场大雨而丢掉了县长的职位；《青黄》中，多年前的"我"与老手艺人借宿麦村，忽降大雨，半夜里老人不知所踪，多年以后疑问终于解答，但老手艺人对梦游的解释模棱两可，令人心存疑惑。

余华的小说也注意对雨意象的描写，如《在细雨中呼喊》的开头："1965年的时候，一个孩子开始了对黑夜不可名状的恐惧，我回想起了那个细雨飘扬的夜晚……"接下来便是耐人寻味的句子："屋檐滴水所显示的，是寂静的存在，我的逐渐入睡，是对雨中水滴的逐渐遗忘。"[1] 这些都是将雨与生命之间"无序、流动、混暗"的非理性因素画上等号，成为先锋小说把握现代残缺世界的一种特殊表达方式，并"在一种奇怪的节奏中完成叙事的向前推移"[2]。

但与格非、苏童等人作品当中对雨意象描述相比，余华作品中的雨虽迷离的成分少些，但可象征的意味更多些。雨在他的笔下与血的意象相似，成为一种被赋予悲剧性、暴力化的外在图标。例如，瓢泼大雨迫使柔弱的柳生鼓足勇气爬上绣楼，发生一段与众不同的古典爱情（《古典爱情》）；大雨与暴涨的河流冲毁木桥，诱导阮海阔再次踏上命运的征程（《鲜血梅花》）；突降的暴雨成为日军屠村的客观诱因（《一个地主的死》）；等等。在二十世纪九十年代初余华创作的先锋小说《夏季台风》中，雨与地震二者的"联合作用"迫使人类时刻处于荒诞的境遇：地震即将来临，为人类带来废墟，给生命带来苦难。人类要躲避自然灾害，挣扎中寻找生存的契机。逃出房屋或者搬进简易棚，成为生命逃离灾难境地的暂时凭借。可随后接踵而至的梅雨又让草垫糜烂，蚊虫倾巢而出。人类无法忍受，屋外的世界同样可怕。犹犹豫豫躲回屋的人们时常感到屋角会突

---

① 余华：《在细雨中呼喊》，作家出版社，2012，第5页。
② 陈晓明：《移动的边界》，湖北教育出版社，2000，第142页。

然摇晃起来。就这样，生命一直处于两难的境地：当一种灾难（地震）减轻的同时，另一种苦难（梅雨）则得以加强。此时的世界已非"上帝在此处关上了门，就会在别处开一扇窗"那般仁慈与理性。世间万物以人类无法理解、无法预见的固定规律有条不紊缓慢地行进。可以说，在先锋小说中，雨之多变意象不仅冲淡了追求理性与自我存在的客观线索，剥离事件的原貌，产生混沌、模糊与失实，而且在世界所赋予的强力下笼罩、压迫、破坏人类的现实生存。实际上，世界对人类的惩罚到底是什么，已无关紧要！梅雨、飓风、地震、海啸毫无差别，重要的是它们的降临，关键是它们对人类无从选择、无法逃脱的荒诞设定。

当然，除了雨的意象外，还有阳光、云霞、夜晚、迷雾、风雪等诸多自然意象出现在先锋小说作品当中，它们共同完成了对人类生存客观世界的描绘与时空背景的设置。先锋小说作家如此悉心地描绘种种自然意象，并非旨在回归古典或者彰显文采。如果必须为这些自然意象的实在意义下一个结论，那便是：它们不仅影响小说的形式、文本的结构，帮助先锋作家完成对叙事圈套、叙事空缺等策略的设置，而且在混沌、断裂、交错等现代主义叙事特征构建之中，促进自我与真实、生存与世界之间无法触及、阴差阳错的荒诞体味。

与多内涵的雨之意象不同，作为空间意象的代表——路，则寄寓更加明确的意义与功能指向，即悬置、定格人类的生存状态，唆使生命一直处于"在路上"，并时刻囿于无果的荒诞终局中。这一点正如余华曾经坦言的："以往那种就事论事的写作态度只能导致表面的真实以后，我就必须去寻找新的表达方式。寻找的结果使我不再忠诚所描绘事物的形态，我开始使用一种虚伪的形式。这种形式背离了现状世界提供给我的秩序和逻辑，然而却使我自由地接近了真实。"① 也许，余华对世界的荒唐反思使得《十八岁出门远行》中的路变得如此的荒谬：在作品中，十八岁的"我"被父亲认为"应该认识一下外面的世界"②，便被赶出家门。可是，夜色即

---

① 引自王德威《伤痕即景 暴力奇观》，《读书》1998 年第 5 期。
② 余华：《十八岁出门远行》，《世事如烟》，作家出版社，2012，第 9 页。

将来临，眼前的道路起伏高低，似乎每个高处都在引诱我一路奔跑。征程过后又意味着再一次的虚无，眼前还是那条崎岖的马路。可以说，人生在这部小说就像"我"寻找居所的旅途，一次次地追寻，一次次地攀爬，所得到的却是深深的失望与落寞。而两个高处之间更加"令人沮丧"且拥有无尽"弧度"的路也在寄寓一生所要迎接无法逃脱也无从索解的荒诞。

关于"人在旅途"最为玄妙的荒诞演绎是在余华的另一部小说《古典爱情》中。需要指出的是，当国内诸多学者就此部著作不约而同纠结于叙事结构与先锋转向等宏观问题之际，我们从"地缺"悲剧意识之中有关世界（"地"）的因果变迁这一独特视角再次分析，必将有新的发现。此部小说不仅突破了余华早期人物的简单塑造与空白书写，而且暗藏中国传统阴阳化合的世界循环理论。具体来讲，我们所寄寓的世界并没有所谓的进步与退后，它就像八卦中那两条阴阳鱼以首尾相连的方式缓缓旋转，以此暗示世间的循环往复才是历史与世事的必然。可人类无论做出怎样努力都无法改变世界的稳固步伐，历史终将再次走回原点。于是，该小说中的柳生三次踏上"大道"，时代同样更迭了三次，一次富庶，一次萧索，一次繁荣。世间总是这样，人生更是无常，存在也就意味着经历人与世间两者关系的不断变化。而该小说中那条土黄的"大道"也就成为柳生乃至整个人类历史发展的象征：路边争奇斗艳、富丽堂皇的花朵，暗示着人类曾经拥有过的美好。美好却总是来去匆匆，不久之后，社会再次进入萧索没落、暴力血腥。但生命总能在血腥之上再次建立起更加美好的文明秩序与富强社会。也许，柳生早已认清了"地"之永无休止的荒诞变迁，在起起落落的人生背后，我们方能感受世间的变化循环，才能发现人类存在的无限悲怆。

一直"在路上"同样在莫言《筑路》中的那一条不知通向哪里也不知何时才能完工的"路"中有所体现。该篇小说蕴含了更多的关于荒唐岁月里人之悲剧性存在的隐喻。北村也把人生在世比作"在路上"，在不少作品中，他都勾画了一些失去信心、颓废消沉之人。如在《施洗的河》中，通过刘浪充满罪孽的生活，作者意在揭示人性之恶与世间疾苦，突出生命追求的轰毁与无法解脱的痛苦。而这些生命的状态又是人类"在路上"寻找自身意义与价值取向的真实灼痛，"我们都在走路，需要知道目的地；我们也在打仗，必须胜券在握才行，这就叫信心。而人类所有苦难都是信心危机带来的苦难"①。因此，"在路上"不仅成为一种虚空的行为，而且成为一种不再负载任何意义的"空转"。

格非偏爱思考存在主义哲学问题，在他笔下，路不仅承载了生命空无的意象，而且被赋予人生在残缺世界中广义的"迷途"意蕴。如在《青黄》中，一生都在寻找"什么是青黄"答案的"我"最终陷入迷乱；《夜郎之行》中，开始走上避世、禁欲道路的"我"渐渐迷失生存的方向；《湮灭》里，金子精神幻灭、身体出逃；等等，可以说，路对于这些人物，虽然是沉默的，可他们投入全部的激情去寻找，其结果是仅能窥探其连接世界的一隅，生命的勃发又迫使自己不可遏止地冲向迷路。这种共同的怪象在二十世纪九十年代格非的《人面桃花》中得到全面的展现，当千帆过尽，饱尝家破人亡、事业尽失之痛、避居自苦时，秀米同样慢慢体会到无限迷途带给有限人生的一种荒诞滋味："她觉得自己就是一只花间迷路的蚂蚁。生命中的一切都是卑微的，琐碎的，没有意义，但却不可漠视，也无法忘却。"②

路的意象也进入不事张扬的扎西达娃小说中，并且他将独特的"寻找文化认同"与生命"在路上"进行融合、表现。如在《西藏，系在皮绳扣上的魂》中，塔贝的一生都"在路上"并笃定寻找自我的精神家园。但是，他的结局着实令人唏嘘，塔贝误将奥运会的广播当作神的声音，这是给人一种荒诞的感觉。

此外，关于先锋小说的荒诞意象，王洪岳指出：

中国先锋文学中的荒诞与西方现代派中的荒诞有一致之处，两者都对社会重压所造成的异化怀有强烈的憎恶，以至于不得不用非理性的方式加以表达。大致有三个层面：第一是用荒诞的形式表现严肃的

---

① 北村：《活着与写作》，《大家》1995年第1期。
② 格非：《人面桃花》，上海文艺出版社，2012，第288页。

主题（例如宗璞的《我是谁？》），第二是用传统的形式表现荒诞的主题（例如冯骥才的《啊！》），第三是用荒诞的形式来表现荒诞的主题（例如徐晓鹤的《院长和他的疯子们》）。①

这段话虽有一定道理，但并不能概括先锋小说所有荒诞的特质。我们认为中国先锋小说与西方文学在认识与表现荒诞的角度与维度上存在明显的差异：西方现代主义的荒诞，总体上讲，是一种本体论哲学化思维的外显，而中国先锋作家对荒诞的思考，更多以本土传统思域当中的怪诞与诡异为根基，并非将荒诞作用于艺术维度的当代表现。因此，中国先锋作家笔下没有什么荒诞表象是需要避讳的。他们甚至掩着鼻子搬来粪坑，自然而有目的地采取极端写作的姿态。并且，污秽的粪坑意象不仅与丑陋、肮脏的人性存在对接，而且将"生于粪坑、死于粪坑"这样的故事模型安插在众多先锋小说内部，以此揭开看似正常的生活皮相之下渺小、恶心、毫无意义的存在，并通过丑的审美意象提升小说的批判力量。

例如，北村的《家族记忆》是围绕大粪生意而展开的。在邱家与康家反目成仇的初期，粪便就被视为"金钱如粪土"的反讽意象，毫无价值的粪便与价值连城的黄金画上等号。粪便也由此成为人类自我物质欲与金钱欲的原罪。随着故事情节的推进，原本敌不过康家的邱家突然在政治上得势，便残忍报复对手，致使康家上下十几口人几乎死绝。可以说，康家人的死亡是由粪便（金钱、物质）所致的。而该篇小说中作为粪便的积攒聚集之地——粪坑，也已是超越现实世界污秽之地的具体表象，被作者赋予对人性贪婪的无尽批判。因此，粪坑在这部小说中被赋予了三个层面的意象含义：其一，现实世界层面的恶心之象；其二，物质世界层面的金钱之象；其三，精神层面的异化之象。而在普遍体验激烈竞争的背后，我们自会指认作者对物欲横流、人性异化的残缺世界犹如对待粪便一般的恶心与唾弃。

---

① 王洪岳：《中国先锋文学的荒诞意识和死亡意识》，《郑州轻工业学院学报》（社会科学版）2003 年第 4 期。

在莫言的《酒国》中，丁钩儿作为一名优秀侦察员被派到酒国，调查"红烧婴儿"一案，不想自己却被灌醉，诱骗吃下红烧婴儿，随后又被小偷扒窃，最后淹死在粪坑中。苏童的《米》中，早晨两个掏粪工在百货公司后面的厕所里发现五龙，他们认识五龙，但无法把粪坑里那个血肉模糊的男人和称霸城北多年的五龙联系在一起。在格非的《褐色鸟群》，穿栗树色靴子女人的丈夫夜里从酒馆回家，途中意外的死亡，他又偏偏死在粪池旁。残雪的《黄泥街》中，黄绿的粪水渗过水泥墙根慢慢地淌到街上。余华《一个地主的死》中的王香火被日本兵杀害，父亲死在村前的茅坑中；《活着》中，福贵家产输给龙二，福贵的爹又恰恰在村口厕所中去世；《在细雨中呼喊》中，作者硬是把粪坑中的死亡写得炉火纯青：孙广才在一天夜晚酒醉后跌入粪坑淹死。而粪坑的故事并没有就此结束，酒鬼罗老头误认孙广才的尸体是头淹死的猪，捞上来后又骂骂咧咧地一脚再次将尸体踢回粪坑。

在众多与粪坑有关的虚构情节中，先锋小说作家有意将生命与排泄之物相勾连，让读者品味生命存在的恶心与渺小。但这种欲望外化、人物异化的厌恶表达又是借由西方存在主义思想的直接传承，且经萨特的哲学观提炼后成为当代人类普遍"恶心"的生存方式的。萨特小说《恶心》在对残缺世界一切厌恶的生命感受背后，发现了存在的关键、厌恶的关键，并以此表达存在主义关于世界与人二元之间的基本思考，产生对现代人类无法理解世界荒诞的厌倦感。同样，先锋小说通过对粪坑的具体描写，以夸张和唐突的方式象征"地缺"之中人性异化的一面，同样表达对现实对象的厌恶。可以说，中国作家发现粪坑这样的象征捷径是对西方存在主义哲学独辟蹊径的理解。①

讨论完几个颇具代表性的荒诞意象后，继续拓展关注视野的我们必将会有新的发现，如某些作家的一系列先锋小说作品中存在一种极为稳定的"精神空间"。而这种荒诞的稳定"精神空间"首先出现在西方文学中。1922 年，艾略特创作的现代主义长诗《荒原》就是以荒原为精神象征的，

---

① 参见胡西宛《先锋作家的死亡叙事》，第 112 页。

它反映了当时人类意识东西方世界的荒凉、腐朽、堕落等负面特质，饱含整整一代人对西方社会的批判与绝望。

在同一时期的现代中国文学中，文学巨擘鲁迅虽没有目睹世界另一端的社会巨变，但作为一名文艺思想界的先锋，针对中国当时危机起伏、凄惨衰败亦如荒原的社会败象，同样创造出具备本土特质的"精神空间"——"铁屋子"，正如他在《呐喊》自序中所指出的："假如一间铁屋子是绝无窗户而万难破毁的，里面有许多熟睡的人们，不久就要闷死了，然而是从昏睡入死灭，并不感到就死的悲哀。现在你大嚷起来，惊起了较为清醒的几个人，使这不幸的少数者来受无可挽回的临终的苦楚，你倒以为你对得起他们么？"① 而这种关于残缺世界"稳固"的荒诞认知一进入残雪的视野便产生了强烈的共鸣。在残雪所有的作品当中，我们几乎都能找到与鲁迅"铁屋子"相仿的意象，即有关现实残缺世界在意识层面的精神反映——"荒诞小屋"。例如，"黑屋子"（《天堂里的对话》Ⅱ），"想象中的空屋"（《天堂里的对话》Ⅲ），"铁笼子"（《天堂里的对话》Ⅳ），"阁楼""院子"（《阿梅在一个太阳天里的愁思》），"空旷的黑屋"（《旷野里》），"潮湿的仓库"（《雾》），"海边的小屋"（《海的诱惑》），"街道"（《黄泥街》《五香街》），"走廊"（《种在走廊上的苹果树》），"小镇""作坊"（《小镇逸事》），等等。可以说，残雪创作中的重复表现不仅暗示这是一块与她思想同构之地，而且将"地缺"悲剧意识下"封闭""压抑"的人类感受表现得淋漓尽致。

需要说明的是，与鲁迅的"铁屋子"相比，残雪悲剧意识中的这所"荒诞小屋"又有所不同。首先，残雪无意正面启蒙读者冲破现实的禁锢。由此，这座小屋中的人类远比鲁迅"铁屋子"中的人物更加的渺小与龌龊，几乎所有的生命都不具备"梦醒的意识"，而更像卡夫卡笔下的格里高尔主动退回自己的内心，习惯"闷死"在狭小的物质空间里。其次，来自屋中他者的窥视，从某种意义上讲，又会形成另一层次令人窒息的精神围困。于是，"屋中人"再难保持平和的心境，只会更加的惊厥、焦虑、

---

① 鲁迅：《呐喊》，自序，人民文学出版社，2001，第5页。

猜疑，最终成为彻头彻尾的精神病患者。如在《山上的小屋》中，总爱盯着我神经兮兮的母亲和妹妹，夜晚绕着屋子奔跑变身为狼的父亲；将窗户捅出无数个洞眼的小偷；等等。"他人"地狱般的窥探时刻侵害我的神经，提心吊胆的生活亦迫使我产生幻想无数。总之，残雪的创作不仅剥离了现实的空间，而且通过丰富的想象，暧昧地诉说对于这个精神残缺世界恶心甚至悖论式的感悟，并以人类怪诞的感觉、错乱的行为表达人与人之间无法突破隔阂、无法解决冲突的"地"之悲剧。

当然，在每一位先锋作家作品那里，我们都能够找到与残雪"荒诞小屋"相似的空间，例如，苏童的"枫杨树街"系列小说、"香椿树街"系列小说，余华的《在细雨中呼喊》《世事如烟》《难逃劫数》《此文献给少女杨柳》，莫言的《生死疲劳》，格非的《夜郎之行》《迷舟》《锦瑟》，以及二十一世纪初的《人面桃花》，等等。其中格非的《人面桃花》对此颇有传神的表达："'我不知道自己要做什么，除了死。'秀米道。……'那是因为你的心被身体囚禁住了。像笼中的野兽，其实它并不温顺。每个人的心都是一个小岛，被水围困，与世隔绝。就和你来到的这个小岛一模一样。'"①

在诸多先锋作家之中，唯有残雪的每一部小说都在重复与其说是相似，倒不如视为"同一"的荒诞空间。虽然，相近的作品并不利于文学思想的突破与文学作品的创新，但正是她一直坚守在荒诞文学的精神高地，一遍遍重构无法突破的"荒诞小屋"，我们才能够有机会深刻体验人与世界（"地"）之间无法用理性根除的悖谬感，才能认真挖掘与残雪紧密相连的"荒诞小屋"在现实世界的比衬，这亦如诗人王小妮曾经的感叹："不可再现，对于历史学考古学，可能是困惑，而对于文学，它恰恰是空间，张力，容量，个性和创造。不真实的真实，就是诗意的空间，这空间可太大了。"② 可以说，"荒诞小屋"是一种极为深刻对过往世界的洞见。

---

① 格非：《人面桃花》，第 99~100 页。
② 王小妮：《小说的当下性和诗意》，《当代作家评论》2005 年第 6 期。

如果我们认为残雪对世界的认识是一个整体、封闭式的"荒诞小屋"，那么进入孙甘露的小说，他在叙事上的丰富的现代技巧又迫使世界在人类的意识内部，完全落入无法对接的开放性指涉。先锋作家是以激进的现代主义进行创作，让我们从残雪关于人类生存精神枷锁与存在恶心本质的荒诞体验中挣脱出来，随即掉入孙甘露打破"所指"与"能指"固定关系当中的，并在赋有无限意义的开放的世界之内体验无法把握自我，无法掌握现实最为直接也是最为根本的意义所在。由此，与其他作家相比，孙甘露作品中的人物更似浮萍，他们既可以诗意地随波逐流，又可以浏览大千世界，虽处于无限的可能性中，却找不到自我与世界之间最紧密、最牢靠的生存土壤。例如，在《访问梦境》中，"我"在丰收神的带领下，拜访橙子林与剪纸院，但随后的几十个段落之间没有任何的因果关联。作家将沿途收集的趣闻逸事戏谑性地编成可供行吟的断章残卷，使得读者无法理解小说所构筑世界的内在逻辑与明确的意义，陷入无法厘清的思维迷惑。小说碎片化的情节完全打破了现实主义的理性书写，呈现人类意识层面的世界残缺的真实性。孙甘露亦借小说人物之口道出，在这种迷宫里，"我"的理性是无所作为的，只能为自己遐想的冲动所驱使，在悲观的侥幸中择路而行。[1]

实际上，从小说的题目，我们就能断定作品因果之间所搭载的不确定性，而这种不确定性也是作家所要转达的一种演绎化的荒诞概念。它阐述了人类虽存于世界，但关于周遭事物无法全面认识，只能在支离破碎的感性中确立自己位置的通理而已。

另一个颇为有趣的现象在于，即便面对完整的小说情节，先锋作家也偏爱在作品中留下明显的漏洞。格非就曾指出，如同卡夫卡的作品，现代主义作品有意打破"传统小说所精心构筑的'现实世界和力图模仿它的想象世界'的界线，像卡夫卡的作品一样，用一种貌似认真明晰和实事求是的风格掩盖其中的秘密"[2]。而这种秘密在小说叙事结构中是以"留白"的

---

① 参见孙甘露《访问梦境》，重庆大学出版社，2015，第14～66页。
② 朱寿桐：《通向博尔赫斯式的"第二文本"》，《文学评论》2006年第3期。

方式告诉读者：世界作为异己力量的恒在，无论人类做出怎样的选择，都注定沦入无意义的荒诞结局中。这样的先锋小说作品数量众多，如马原的《拉萨河女神》《叠纸鹞的三种方法》《拉萨生活的三种时间》《上下都很平坦》《冈底斯的诱惑》《虚构》《希玛拉雅古歌》，格非的《迷舟》《蚌壳》《青黄》《隐身衣》，苏童的《园艺》，余华的《西北风呼啸的中午》，莫言的《红树林》，等等。

三 承担荒诞与超越荒诞

存在主义大师曾不断向我们揭示，生存在孤立无援的荒诞世界上，人类自身的意志与行动的结果往往陷入悖谬，而这样的结果正如加缪所说："是根据存在于他的动机和等待着他的现实之间的不成比例来断定的，是根据我能抓住他的实际力量和他企图达到的目标之间的矛盾来断定的。"①因此，面对荒诞的图景，先锋小说作家同样选择了"一分为二"的应对策略。关于上文提及的反常意象，先锋作家通过行为与结果的反差，即悖谬的方式表现生命的悲剧；且其中的一批先锋作家在构筑荒诞空间的同时，还惯以人物重复的悲剧性行为，指明生命目的与结果之间的悖论恒常。也许，通过正常世界刻画反常，书写悖谬，或者在稳定的"荒诞空间"中突出生命无意义的重复行为，此二者本身就与荒诞意识存在着某种暗合：一方面，人的目的与结果反差越大也就越能体现人与世界相分离，突出其背后的荒诞合理性，激发人类自我的反思；另一方面，人类无休止的行动越荒诞越能够揭开这个世界之异己的普遍性与真实性。因此，从这个意义上讲，先锋小说作家选取特殊的人物故事情节，实际是对残缺世界多种荒诞特质的刻意囊括：

　　总的看来，先锋写作不再逃避生存苦难、精神困境，迷恋于形式技巧，而是转向关注人类精神的沉沦与拯救过程，并由此获得了一种独立的精神品格。先锋作家并不像同时期的新写实小说那样，困惑于

---

① 〔法〕阿贝尔·加缪：《西西弗神话》，沈志明译，第29页。

形而下的世俗生活，迷失在散文化的生活流中。①

事实上，人类有目的的行为与世界无意义的结果，此二者之间由于断裂、疏离所产生的悖谬早在马原早期作品中已经得到很好的表现。例如，《白卵石海滩》讲述了二十世纪七十年代抗震救灾的故事："我"花费尽六小时从残垣救出一名女子。由于口渴，这名女子跑去水源保护地饮水而不幸污染水源的故事。在该篇小说中，女子虽被救灾者救出，却因其行为导致保护水源污染，最终被夺去生命。夺去她生命的动机又是为了拯救生命。由此，行为与结果的矛盾成为一种悖谬性的存在。同样，在格非的《风琴》中，该小说虽以抗战历史为题材，作者却无意于宏大的历史叙事而在书写人类的意识与行动结果之间的悖谬状态：王标抗击日本鬼子，却伏击了乡人；赵谣本意是在救助乡人，最终又成为鬼子残杀抗日军队的帮凶；冯保长想方设法保护家乡，却让游击队走进敌人的埋伏圈……可以说，作品中的每个人都从自身利益出发，都在竭尽全力推动事情向意愿的方向发展。可是与生命疏离的世界早已违反了所有人的初衷，甚至走向了希冀的反面。"洒下麦种，却收获了一袋芝麻。"② 在该篇小说中，王标母亲所说的这句话似作者以悖谬的方式演绎世界的荒诞：它时刻困扰着人，以强大的力量束缚、作弄于人，逼迫生命时刻处在一种后悲剧的风格当中。③

需要指出的是，当这种世界中的异己力量一旦滋生于精神内部，所感受到的荒诞必然震颤。在余华《一九八六年》中，历史教师的身份暗示着他是民族历史经验的研究者与传授者。在他的心里，那些酷刑是历史的暴力与罪恶的象征。特定历史时期的来临，历史教师通过逃避来保护自己的尊严，可最终不得不付出人格破碎、精神分裂的代价；但是，对人戕害的描述只是小说作家关于残缺世界与人性苦难思考的第一重悲剧。十年后，当社会历史中有关刑罚的知识在历史教师脑中无意识地喷薄而出时，他自

---

① 张学军：《中国当代小说中的现代主义》，第226页。

② 格非：《风琴》，《唿哨》，长江文艺出版社，1992，第45页。

③ 参见陈晓明《〈风琴〉——后悲剧时代的抒情风格》，《文学自由谈》1992年第2期。

然将周遭的事物视为刑具，现实中人类的行为都可以用刑罚来定义，社会也因此成为一个无尽的刑场。而他又迫不及待地希望主持一场"终极审判"，将过往所受的迫害与凌辱统统揭露出来。这样最为惨烈的第二重悲剧就此出现：当压抑的生命意识无法排泄时，只能调转到对自我身体的戕害。实际上，这种自虐本质与鲁迅笔下狂人的自吃十分相似，不论是施刑者还是受刑者，都是人类自身。在社会历史中，人类对暴力的迷恋，无数次的屠杀，最终都将指向人类自我的罪恶。《一九八六年》中的历史老师正是以这样的方式，承担了自我、他人甚至全人类的罪恶，他那从容的自戕表演意味着生命意识与行为结果形成反差，亦是暴力欲望与行为掌控异常悖谬的荒诞构建。

当然，这样的人物在二十世纪九十年代以后的众多先锋小说中同样存在，如莫言《檀香刑》中的赵甲就是这么一个具备悖谬人格的悲剧人物。他是个杀人不眨眼、冰冷恐怖、"满清第一"的屠戮工具。可人与工具还是有区别的，人更具有本能欲望与情感诉求的存在。正因为如此，赵甲对现实世界有着相当惊人的清醒认识："干咱们这一行，一旦用白公鸡的鲜血涂抹了手脸之后，咱就不是人啦，人间的苦痛就与咱无关了。咱家就是皇上的工具，咱家就是看得见摸得着的法律。"① 可以讲，多年以来的杀戮已经消磨掉大部分的人之属性。正如文中赵甲所承认的："自从把那个有着冰雪肌肤的女人剐了之后，男女的事儿就再也做不成了。……太监是用刀子净了身，但他们的心还不死；咱们虽然还有着三大件，但咱们的心死了。"②

但是，他对现实还留有一丝清醒，期待着自己的职业生涯能有一个完美的收场，也盼望子承父业再次拔得"姥姥"的头筹。于是，他处心积虑、虚张声势，敢与官爷叫板；行刑中，谨慎小心，不敢有丝毫怠慢；为了栽培儿子，他演示最令人发指的人间暴力——檀香刑。可意志与结果还是陷入截然相反的悖谬：檀香刑之所以得以完满地执行并不在于赵甲的功

① 莫言：《檀香刑》，上海文艺出版社，2012，第276页。
② 莫言：《檀香刑》，第210页。

劳，而是惩戒人——孙丙，这个戏子自我心甘情愿的就义。作为刽子手的父子二人，原本是杀人者最终却沦为被杀之人，双双毙命在行刑的天台上。檀香刑与其说是对他人的酷刑，倒不如视作对自我异化存在的终结审判，赵甲为之一生的努力竟然成为自我殉葬的坟墓，如此矛盾的人生书写怎能不让读者体味到生存于残缺世界中所需承担的荒诞与悖谬？

此外，如果说《十八岁出门远行》表现了年轻人在成人世界中重复追求存在意义的荒诞悲剧话，那么余华在1995年出版的《许三观卖血记》则让《十八岁出门远行》中重复的荒诞性变得更加具备现世感。余华认为，这样的创作转变是"作为作家，主观上总是想往前走，总是想变化"①，"变化是基于作家本人对自己比较熟练的写作方式的一种不满或慢慢产生疲惫感"②。因此，《许三观卖血记》可以说是余华荒诞性重复技巧的"总体现""总狂欢"。该篇小说虽没有体现更加深刻的哲学认识，但是以人类生存的真实与客观心境丰富了荒诞的多元内涵。例如，当六十多岁的许三观浑身"又痒起来"准备再次卖血，希望通过这样的仪式再次犒劳自己的时候，医院却不要他的血了。于是，这位已过花甲之年的老头子哭了："以后家里遇上灾祸该怎么办。"③篇末看似很随意的一笔实际在告诉读者。当人类为生存于这个世界所需付出沉重代价的时候，荒诞也在逆流向上逐步消磨人类肉体与精神的力量。在这篇小说中，卖血本是一件痛苦的差事，可在许三观这样的普通老百姓眼中，却成为获得某种荒唐快感的途径：卖血可以证明身子骨结实，可以赚钱，可以补胖姑娘的身体，可以救儿子，等等。从这个意义上讲，该作品中本性善良的老百姓屡屡搜寻苦难与死亡的另类解决途径，富含了作家关于异化世界生命存在的双向思考：生命在承担荒诞的同时，也将被这个世界荒诞地同化。这一点正如美国批评家理查德·休厄尔（Richard Sewall）所指出的：

---

① 余华、张英：《不衰的秘密文学》，《大家》2001年第2期。
② 余华、潘凯雄：《新年第一天的文学对话——关于〈许三观卖血记〉及其它》，《作家》1996年第2期。
③ 余华：《许三观卖血记》，作家出版社，2012，第276页。

在劝善喜剧和讽刺作品中的人物：我思索，所以我存在。在建功立业的人（史诗）：我行动，或者征服，所以我存在。敏感的人（抒情诗）：我感受，所以我存在。信仰宗教的人：我信仰，所以我存在。悲剧人物则以受难表现：我受难，我情愿受难，我在受难中学习，所以我存在。[①]

此外，由于生命意义的缺席解构了悲剧精神的重复书写，这样的情况同样在余华的其他小说中大量出现，如咖啡店里的两次杀人案是重复的（《偶然事件》）；母亲唠叨自己骨头要朽断了是重复的（《现实一种》）；每次自戕前，历史老师喊出刑法的名字是重复的（《一九八六年》）；疯子在河边杀人是重复的（《河边的错误》）；福贵一家人相继死掉同样构成重复行为（《活着》）；等等。余华对小说中的抽象化重复行为有着很深的体悟。《活着》乍一看完全是一篇写实之作，颇具传统现实主义的风貌，但细细品味之后，我们会发现它的抽象性。作者对事件和背景进行了一定程度的简化处理，在简化处理的同时又运用了重复的手法，如一个个人物的死亡构成了情节重复循环，因此其整体情节虽是具象性的，却带有隐喻性的悲剧色彩与荒诞的象征。

需要指出，这些荒诞象征的重复与鲁迅的《狂人日记》中的悲剧性重复虽然存在书写表现上的相似，其笔下的人物甚至比鲁迅创作的"狂人"更具有某种反省精神与批判思维，但先锋作家对人物形象单一性灌输的背后，其作品所承载的意义却在不断流失。换句话说，鲁迅是以不完整的人物建立了完整的悲剧内涵，而先锋小说家却在勾勒完整人生背后留下了空白的意义。也许先锋小说中的很多重复行为其本身的目的正是如此，徒劳的结果散布在残缺世界的每一个角落，令人无法抗拒也无法挣脱，在无意义的困局当中时刻异化自我，这样自然起到对异化世界、异化之人的警觉作用。

[①] Richard Sewall, "The Vision of Tragedy," in Robert W. Corrigan ed., *Tragedy: Vision and Form*, California: Chandler Publishing Company, 1965, p.35.

那么，人类选择重复性逃离时，生命又会处在怎样的境地中呢？作家苏童为我们书写了人类另一种重复行为的悖谬结局。无论是《逃》《妻妾成群》《我的帝王生涯》等精神逃亡的作品，还是在《罂粟之家》《1934年的逃亡》等身体逃亡的小说，逃亡本身并没有带来任何的生存转机与命运转变。无论跑到哪里或者精神即将叛离至何处，行动之后所产生新一轮的恐惧与绝望必将以同样的方式扭曲人类的肉体甚至灵魂。换句话说，逃离中的人类非但没有获得慰藉与自由，而且失去了曾经拥有过的珍贵东西——青春、时间、爱情、家庭、健康等。于是，无休止的重复逃亡以逆向的方式包含无意义与无解的暗喻，让人发出像陈三麦逃到天边也逃不掉的呼喊。

而在苏童创作的其他主题先锋小说中，如《1934年的逃亡》《米》（灾难主题），《我的帝王生涯》《红粉》《罂粟之家》（政变主题），《妻妾成群》《平静如水》《逃》《桑园留念》《黑脸家林》《你好，养蜂人》（生命无常主题），等等，揭示了生活本身是一种无意义的重复常态。这一切正如《离婚指南》中的杨泊所说的："我做了所有的努力，然后眼睁睁地看着它们成为泡影，事情一步步走向反面。"①

但是，重复行为背后的荒诞只是作家悲剧意识的一部分。随着创作的转向，二十世纪九十年代先锋小说作品逐渐以长篇小说为最，且在逐步摆脱西方现代主义关于存在负面观感的同时，融合中国传统悲情悲剧的创作特点。这种新走向鲜明地体现在余华的小说《活着》中。在该篇小说中，作者不再直接书写死亡的血腥场景，而是更加注重无法摆脱苦闷的老百姓所能承受的超越荒诞的生命力量。余华指出："福贵是属于承受了太多苦难之后，与苦难已经不可分离了，所以他不需要有其他的诸如反抗之类的想法，他仅仅是为了活着而活着。他是我见到的这个世界上对生命最尊重的一个人，他拥有着比别人更多的死去的理由，可是他还活着。"②

因此，"活着"不仅意味着生存的淡泊与对荒诞的承受，而且饱含对

---

① 苏童：《离婚指南》，《红粉》，上海文艺出版社，2013，第77页。
② 余华：《我能否相信自己》，第219页。

悲苦的超越：福贵的一生历经沧桑，现实世界并没有让他自怨自艾，"活着"就是为了生存，为了存在本身。即使家人相继而去，福贵也依然在孤单的生命旅途中努力前行。"活着"也由此成为作为存在者的自我存在的途径。虽然，这与西方经典悲剧存在本质的不同，但更加丰富，因为"活着"本身也就意味人存在于世界的"双重意义"，即一方面能表现生命的崇高感，另一方面也反映为了生存而选择卑微的逃避。因此，我们不得不钦佩福贵，佩服他一生所经历的超乎寻常的折磨。在这个多灾多难的世间中，他一次次顽强地绽放生命的花朵，如法国存在主义大师加缪眼中的西西弗一般：

　　他无声的全部快乐就在于：他的命运是属于他的。他的岩石是他的。同样，当荒谬的人深思他的痛苦时，他就使一切偶像哑然失声。荒谬的人知道，他是自己生活的主人。我把西西弗留在山脚下！我们总是看到他身上的重负。而西西弗告诉我们，最高的虔诚是否认诸神并且搬掉石头。他也认为自己是幸福的。这个从此没有主宰的世界对他来讲既不是荒漠，也不是沃土。这块巨石上的每一颗粒，这黑黝黝的高山上的每一颗矿砂唯有对西西弗才形成一个世界。他爬上山顶所要进行的斗争本身就足以使一个人心里感到充实。①

　　事实上，这种小人物式的悲剧式反抗早在西方二十世纪六十年代就被认可。这一点正如阿瑟·米勒所说："等级在如今的社会早与以往云泥之别。"② 普通人更能表现现实、复杂且具有普遍意义的悲剧。

　　福贵身上那种淡然的仿如西西弗式的生活态度以及对人生荒诞犹如普罗米修斯式的高度忍耐力，都是从本土民间文化当中提炼出来的，是在告诉我们人该如何承受世间的异化、疏离与苦难，讲述人该怎样承受悲苦。

---

① Albert Camus, *The Myth of Sisyphus and Other Essays*, trans. by Justin O' Brien, Vintage; Reissue edition, 1991, p. 78.

② Arthur Miller, "The Tragedy of the Common Man," in R. P. Draper ed., *Tragedy: Developments in Criticism*, p. 169.

因此，对荒诞的双重表达也就成为余华为生命存在于这个残缺的世界所寻得的最新结果。他认识到现代世界中真正能够体现生命与力量的，不再是愤怒的进攻，不再是为作品人物做绝望的"呼喊"，因为"过去我的理想是给世界一拳，其实世界这么大，我那么小的拳头，击出去就像打在空气中一样①。残酷的现实迫使作家创作转向去发现本土民间的正面元素：老百姓身上的坚韧与宽厚。这才是能够超越荒诞并与荒诞匹敌的中国化的单纯而伟大的力量。因此在西方，德国《柏林日报》也对《活着》做出极高的评价："我们从农民福贵身上获得的安慰是一种美好的感觉……本书的价值无法用任何评论的词语来形容，'伟大'这个词在这本书面前也显得渺小。"②

第二节　生命的孤独

自尼采指出"上帝已死"后，西方人类发现在这个讲究归属的世界里，我们失去了个人的情感、立场与意志。用存在主义哲学创始人索伦·克尔凯郭尔的话说，残缺的世界迫使人类丢失了自我的存在，成为"孤独个体"，"孤独才是这个世界上唯一的实在"③。而作为真正的人——"孤独个体"的最基本的存在是人的存在本质，当这种潜在的使人胆战心惊的心理状态让人感到自己与世隔绝，处于一种无依无靠的厌烦、忧郁和绝望中的时候，荒诞就产生了。由此，挖掘生命的孤独本质也就成为西方现代文学最为重要的母题之一。当中国二十世纪八十年代的先锋小说作家以西方现代思潮为取向不遗余力地构建荒诞的同时，有关生命内在的孤独思虑也从未放弃。

---

① 余华、潘凯雄：《新年第一天的文学对话——关于〈许三观卖血记〉及其它》，《作家》1996 年第 3 期。
② 引自赵宇《困境中的坚守：〈活着〉的主题探究》，《短篇小说》（原创版）2013 年第 30 期。
③ 〔丹〕索伦·克尔凯郭尔：《克尔凯郭尔文集》第 2 卷，京不特译，中国社会科学出版社，2009，第 26 页。

一 孤独：东西方传统悲剧的核心

加拿大批评家诺思罗普·弗莱（Northrop Frye）指出，悲剧的核心是主人公的孤独，悲剧所表现在孤独命运中的异化是对存在与荒诞世界之间矛盾与冲突最为直接的关照。[①] 换句话说，失去与世界（"地"）的联系成为孤独的个体是可悲的，这总让人失去正常的判断力与感知力，甚至让人更加歇斯底里。也许，当今社会中的人类大都习惯属于一个团体，一片区域，一个社会，这样才能让自己感到慰藉与省心，但偏爱思考、向往自由的生命必将孤独地寻找存在的理由。可惜的是，其结果不是进入一个全新的困境中，就是徒劳一场。在孤独中寻找又在孤独中失落，已经成为现代人类的一种精神上的宿命。[②]

> 人企图确立其位置，或冲破束缚进入自由，结果却发现自己只是进入了新的牢笼而已；人落入了无法逃避的困境中，努力的结果也跟一事不干的结果一样，完全是徒劳一场并最终走向死亡。在大多数的荒诞作品之内，人永远孤独，囚禁在其主管的牢笼里，无法到达其他人那里。[③]

悲剧也就在孤独的抗争中诞生，由此成为一种走向精神与肉体的双重劫难。回溯《荷马史诗》就可知，那些骁勇善战、谋略过人的奥德修斯（Odysseus）、赫克托尔（Hector）、阿喀琉斯（Achilles）等，他们身上大都沾染挥之不去的孤独宿命。到了埃斯库罗斯的"俄瑞斯忒亚"三部曲中，阿伽门农杀女祭风的英雄行为，妻子克吕泰墨斯特拉的杀夫决断，儿子俄瑞斯忒亚为父报仇，这些也都是在孤苦的困境中完成伟大的超越，让读者认识到人世间的恐惧与存在的悲悯。在希腊经典悲剧中，对自我存在孤独且具有强烈反抗精神的人物出现在埃斯库罗斯的《被缚的普罗米修

---

① 〔加〕诺思罗普·弗莱：《批评的剖析》，陈慧等译，百花文艺出版社，1998，第25页。
② 参见〔法〕阿贝尔·加缪《西西弗的神话》，杜小真译，第35页。
③ 〔美〕罗伯特·阿·马丁主编《阿瑟·米勒论剧散文》，陈瑞兰、杨淮生译，第75页。

斯》中。由于违背了神的意志，为人类盗取火种，普罗米修斯备受众神的惩罚。他被捆绑在高加索山岩之上，孤独且每天忍受恶鹰啄食肝脏的痛苦。但是来自身体与精神的双重苦难并没有让普罗米修斯消沉、沮丧，反而激起他对众神之首宙斯的仇视与决绝："宙斯的王权不打倒，我的苦难就没有止境。"①

步入现代后，关于人类存在的思索，西方哲人与思想家从未忽视孤独。埃里希·弗洛姆（Erich Fromm）指出："在现代社会，个人刚从曾经使生命具有意义和安全的所有束缚下解脱出来，就陷入了孤独、无权力和不安全之中。我们已经看到，人是不能忍受这种孤独的，作为一种孤独的存在物，人是无力与外部世界抗衡的。"② 加缪通过唐璜、演员、征服者、作家、西西弗等不同性格与能力的人物原型比较，再次佐证世界的荒诞内核与个体孤独之间的本质关系。他甚至认为，现代人的荒诞感本身就是一种"离异感"，因为"荒诞从根本上讲是一种离异。它不栖身于被比较的诸成分中的任何一个之中，它只产生于被比较成分之间的较量"③。从这个角度讲，孤独不仅仅是单独的生命体验，它既不存在于人之中，也不存在于世界之内，而是介于二者的共同表现，它是人与异化世界冲突背后的感性认知与体验，亦可视为联结二者的纽带。正是人与世界两者之间关系的"离异"，使得人类产生了世界在意识层面的残缺，由此发现自我存在的孤独并用冷静与真诚的眼光打量这个荒诞的世界。总之，是孤独发现了荒诞，而在荒诞的作用下又使得生命变得更加的孤独。

因此，在世界中艰难行进的悲剧式人物，他们的精神与肉体同样涵盖了孤苦的境遇与超越孤独的自由，就像诺贝尔文学奖获得者加西亚·马尔克斯所说，孤独是一个永恒的主题。也许，对现代人孤独内核的多种表现，我们不应停留在他享誉世界的《百年孤独》（*One Hundred Years of Solitude*）上，他的其他作品如《没有人给他写信的上校》（*No One Writes*

---

① 〔古希腊〕埃斯库罗斯等：《古希腊戏剧选》，罗念生译，人民文学出版社，2008，第32页。

② 〔美〕埃里希·弗洛姆：《逃避自由》，刘林海译，国际文化出版公司，2002，第331页。

③ 〔法〕阿贝尔·加缪：《西西弗的神话》，杜小真译，第6页。

to the Colonel)、《恶时辰》(In Evil Hour)、《巨翅老人》(A Very Old Man with Enormous Wings) 等，都体现了孤独包裹下现代人的生存现状。被中国先锋小说作家竞相效仿的孤独行者——卡夫卡也曾说过："在我的感觉中，我是没有亲戚的。"[①] 卡夫卡的一生都在渴望孤独，可他又害怕完全的孤独，尽管孤独是他生存"唯一的目的"，产生过很强的诱惑，但他依然惧怕"强烈地热爱着的东西"，因为惧怕孤独与热爱孤独的双向煎熬就"像磨盘一样把我碾碎了"[②]。这种企图打破孤独却又无法实现的精神状态亦是他笔下悲剧性人物最为根本的生存情况：《变形记》中的格里高尔，《审判》中的约瑟夫·K (Joseph K.)，《地洞》(Burrows) 中时刻担心有人入侵领地的鼹鼠，《城堡》里无法融入乡村生活的"K"，等等。事实上，与小说中的人物一样，卡夫卡是在孤独中生存，在孤独中思考，又是在孤独中追求，孤独中死亡，他从未摆脱孤独的此在，他亦与西方现代文学作家一样，未曾发现自我与他人及与世界和谐相处的至善之途。

　　与西方文学相比，关于孤独的悲剧意识书写，中国本土文学缺席了近三十年。在那段特殊时期成长起来的一批先锋作家，如马原、残雪、莫言、余华、格非、苏童、北村，甚至更早的刘索拉、徐星等人，他们经历自我成长的创伤与孤僻的童年记忆，已然对当时千篇一律的文学创作感到厌烦。

　　当现实主义的文学写作渐行渐远时，他们有幸遇见了卡夫卡、博尔赫斯、加缪、马尔克斯等人的孤独书写，在西方文学中寻得恰如其分的表现途径。其实孤独意识长久潜伏于中国文学的历史长河，因此当中国先锋作家在突破以往社会宏观表象将视点聚焦于个人之际，他们所理解与表现的孤独实际上是一种西方悲剧精神与中国本土文化特质相结合的产物。按照王富仁的说法，中国文学中的悲剧历来表现为一种悲情悲剧，这是因为：

　　　　从悲剧意识而言，中国文化的悲剧意识不是更少于西方文化，恰

---

① 〔德〕克劳斯·瓦根巴赫：《卡夫卡传》，周建明译，北京十月文艺出版社，1998，第211页。

② 〔德〕克劳斯·瓦根巴赫：《卡夫卡传》，周建明译，第170页。

恰相反，全部中国文化几乎都是建立在人类的这种悲剧意识的基础之上的，都是建立在人与宇宙、自然、世界的悲剧性分裂和对立的观念之上的。悲哀，是中国所有文化的底色，但在这个底色之上，中国文化建立起了自己的乐感文化。这种乐感文化是通过抑制激情、抑制悲剧精神的方式建立起来的。我认为，正是这种悲剧意识和悲剧精神的分化以及二者之间的复杂组合方式，带来了中国悲剧美学特征的复杂性，同时也带来了全部中国文学审美特征的复杂性。[①]

但在我们看来，中国的悲情悲剧与西方的崇高悲剧的区别，不仅仅如王富仁所言，是两种不同美学风格的差异，实际上，它们还是两种不同人生观念与世界观念。它们不仅决定了艺术家如何表现世界，反映人生，同时决定了艺术家怎样感受与评价世界。虽然，悲情悲剧和崇高悲剧都是在人类的悲剧意识的基础上建立并发展起来的，但二者有着不同的思考向度。[②] 崇高悲剧反映了黑格尔所说的生命理性与尼采所言的求生意志相结合的悲壮性内涵。而悲情悲剧则主要诉说弱者受到强者的欺凌和压迫，不得不承受的人生命运，是唤起关于存在的根本认识，生命的怜悯为主要艺术手段的文学样式。

可当面对众多庞杂繁复的先锋小说的时候，我们觉得先锋小说是在借鉴西方现代主义表现形式的基础上，通过"形而下"的大量书写吸引读者进入新奇的生命体验的。这不仅符合尼采的"求生"意志，完成生命苦难与荒诞的映射，而且将孤独感觉之下的每个场景、人物、细节都拴结在一起，使得生命有了与悲剧对话的"权利"，"新的价值与意义，将生命与死亡、创造与毁灭、欢乐与痛苦交织在了一起，生命的一切内涵都在临近死亡的一刹那中以悲剧交叠于一起的方式获得了最深刻、最丰富、最使人心魂激荡的解说"[③]。

---

① 王富仁：《悲剧意识与悲剧精神（上篇）》，《江苏社会科学》2001 年第 1 期。
② 参见王富仁《悲剧意识与悲剧精神（下篇）》，《江苏社会科学》2001 年第 2 期。
③ 张清华：《选择与回归——论莫言小说的传统艺术精神》，《山东师大学报》（社会科学版）1991 年第 2 期。

正如意大利的哲学家、美学家维柯（Giovanni Battista Vico）所说，儿童在认识世界、感知事物时所表现的模糊式、直觉式的特点，与生命最为初始和最为真挚的原始人有着共同的诗性思维。他亦认为："诸异教民族的原始人，即正在出生的人类的儿童们，就以这种方式根据他们自己的观念，创造了万物——原始人由于他们强壮而无知，却凭完全肉体方面的想象才创造出事物……他们以惊人的崇高气派创造了事物。"① 同样，先锋小说作家也借孩子、女人、疯子、老人等边缘人物的更加纯真的生命视角与纤细、敏感的心理特征，把握世间的真实，还原生命的孤独色彩。

二 孤独的灵与孤独的肉

余华《在细雨中呼喊》中有一句"再也没有比孤独的无依无靠的呼喊声更让人战栗了"②。在这个细雨连绵，甚至对孩子来说是阴沉、冰冷、恐惧的世界里，"呼喊"表达了幼小心灵意欲摆脱孤独的真切愿望。可是突破孤独的人生究竟在哪里，这只是个模糊的意象与概念，也许只是一条不知所终甚至一直孤单下去的人生之路。而世界的纷扰会让人失去纯真，习惯麻木，忘记孤独。正是先锋小说作家对孩子的内转书写才能让我们再次体验生命伊始便被抛入孤独的永恒悲剧。

法国哲学家加斯东·巴什拉（Gaston Bachelard）指出："孩子的孤独比成年人的孤独更隐秘……他的孤独不如成年人的孤独那样具有社会性，那样与社会形成抗衡。"③ 恰是孩子的真挚体验才让先锋小说作家以真实的感受为切口，书写生命中最为原始的孤独之困。虽然，孩子们的孤独往往是"形而下"的，我们很难将这种无意识行为提升到"形而上"的哲学高度。但是，只有纯真才更具纯粹，才能为人类普遍存在的悲剧性意义与精神感受所容纳，更容易成为孤独意识的原始样本，并以此召唤生命的尘封记忆。另外，通过"形而下"的方式体验苦难也将中国本土现代文学对父

---

① 〔意〕维柯：《新科学》（上），朱光潜译，商务印书馆，1989，第44页。

② 余华：《在细雨中呼喊》，第5页。

③ 〔法〕加斯东·巴什拉：《梦想的诗学》，刘自强译，生活·读书·新知三联书店，1996，第135页。

权的批判性意识糅入其内。

其实，早在五四时期，鲁迅曾经发出了"我们现在怎样做父亲"的追问，并期待父辈们中能有人站出来"肩住黑暗的闸门"①，放孩子们到宽阔光明的地方去，由此开辟反抗父权文化的启蒙主义的新文学思路。而在先锋小说作品内部，对于孤独生命来自父亲的苦难书写同样走到了极致，先锋小说用悲剧这面多棱镜去观照孩子孤苦困境，发现了长辈是稚嫩一代悲剧性生存的根源之一。

作为部分承接五四精神的先锋小说，关于生命来自父辈苦难的认知同样刻画入微，如罗伟文指出："先锋作家在大量的文本中言说和发泄着对父辈的极度不满。这种言说受到西方非理性主义哲学的影响，特别是非理性主义对人生不确定性及人性自身的本体怀疑，正适合了面临信仰危机的中国先锋作家的认知模式。"② 先锋小说同样用信仰危机来审视孩子的孤苦困境，我们自会发现生命悲剧的孤独根源。

例如，莫言曾经在《饥饿和孤独是我创作的财富》一文中隐晦地提到："每个作家都有他成为作家的理由——我为什么成了个这样的作家……我想这与我独特的童年经历有关。……当我成为一个作家后，我开始回忆我童年的孤独，就像面对着满桌子美食回忆饥饿一样。"③ 可以说，作家的童年那段挥之不去的孤独经历，以逆向的方式孕育了其对周围超凡的感知能力，作家也以此将这种超验感悟淋漓尽致地表现在作品当中，让生命触碰到在物质与精神极度匮乏时的残缺世界中，父辈对下一代幼小生命的孤苦折磨。《枯河》中的小虎被爸爸踢飞上天，自己发现父亲和哥哥像用纸壳剪成的纸人，在血红的夕阳中抖动着，后来又被支书的皮鞋猛踹，听到肚子里有只青蛙叫了一声，身子又一次轻盈地飞了起来。苦难与独特感觉合二为一的刻画令人感到一股来自父权冷意的切肤之感；《拇指铐》中，八岁的小男孩阿义被大人铐锁在松树上。遭受极度折磨的阿义感受到

---

① 鲁迅：《我们现在怎样做父亲》，《鲁迅全集》第1卷，第135页。
② 罗伟文：《先锋小说与"五四"文学的审父意识比较》，《江西社会科学》2004年第5期。
③ 莫言：《饥饿和孤独是我创作的财富》，《小说的气味》，春风文艺出版社，2003，第43页。

地狱般的煎熬：各式各样的鬼怪，有的从树上跳下来，有的从地下冒出来……在他身体周围，咿咿呀呀地唱着歌，不停地跳跃着，有的竟然跳到他的身上，附在他的耳边，用蚊虫般细弱的声音问他一些话，有的啃他的耳朵，有的咬他的鼻梁，有两只盘腿坐在他的手腕上，啃那两根被锁住的拇指，咯咯吱吱，像兔子啃冰冻的胡萝卜一样；在《爆炸》中，父亲马蹄铁般的手臂挥舞起来的灼热，凝固地悬在我与父亲之间墙壁上的暴力体验……总之，这些作品通过声、光、色、形等"形而下"的狂欢形式，道出了父辈对孩子的恶意、冷漠以及孩子自我幼小心灵理解下的孤绝与凄苦。

这种无法与人倾诉的"失语"状态又在莫言笔下众多的哑巴与傻子的"外在"人物形象再次被披露。如《枯河》中，仿如哑巴的小虎，《秋千架》里的三个哑巴孩子，《透明的红萝卜》中的哑巴黑孩，《丰乳肥臀》中时常躲在母亲身后患有恋乳癖的上官金童，等等。他们无一例外地成为中国困难时期乡村中的落寞儿童，又都时刻处在"儿童与父亲""边缘与中心"二元对立模式之下的弱势境地中，并通过孩子的眼光即一种边缘视角来映射生活，消除以往世界中父亲神圣的权威，揭开谎言、暴力、冷酷、恶意之下被蒙蔽的个体最为真实的孤独与苦难。

受塞林格（Jerome David Salinger）的《麦田里的守望者》（*The Catcher in the Rye*）等小说的影响，苏童的中篇小说《舒农或者南方的生活》也是如此，"父亲和丘美玉就在他身边做爱"，舒农被父亲用绳子捆住，耳朵被棉花塞住，眼睛被蒙住，经历了无数个夜晚，自己依然感觉到一股"强烈的蓝光刺穿沉沉黑夜"[①]。偷情所引发的孤立、伤害下一代的暴力行径，同样出现在格非的《蚌壳》《敌人》《背景》以及余华的《在细雨中呼喊》等中的幼儿身上。可以说，这些作品不约而同地采用内视角的方式披露父亲的罪恶，道出成长中的无助与凄苦。

此外，在余华《四月三日事件》中对父母、社会心存畏惧的"我"；《十八岁出门远行》里滞留在报废汽车中的少年；残雪《狮子》中感觉所

---

① 苏童：《舒农或者南方的生活》，《苏童作品精选》，长江文艺出版社，2011，第163页。

有事物将被狮子吃掉的泥；吕新《一个孩子的传说》中，那个得不到任何温暖与乐趣且常在压抑的气氛中时不时远眺期待亲戚到来的红鼠；等等，对这些"异样"的儿童的描写，都是对成人世界给孤独个体负面作用的有力控诉，先锋小说正是以幼小生命的独特感觉，反映了存在的孤独、无助、苦痛与迷茫。

当然，人在残缺世界当中所产生的不仅仅只有孤独感，而由孤独产生的恐惧感也是悲剧意识密切关注的问题之一。如果说儿童的孤独感大多含有经验性成分的话，那么他们的恐惧感则体现在对世俗世界负面、模糊化的感知上。余华的《命中注定》中就出现过这类超验性情节。六岁的刘冬生和陈雷在汪家旧宅外玩耍，傍晚时分，空无一人的旧宅中传出一个孩子呼喊"救命"的声音，刘冬生听出竟是陈雷的声音，但陈雷自然没有发声。当这喊声第三次响起时，两个孩子落荒而逃。三十年后，陈雷死于汪家旧宅中，再次印证所谓的"命中注定"。格非在《边缘》中也曾写过此类灵异事件。自从幼年目睹父亲的惨死后，"我"常在月明星稀的晚上看见父亲的身影悄无声息地走进我的房间。一天晚上，在阁楼上睡觉，"我"听到有女人唤自己的名字，便下楼到一间堆放杂物的仓房去察看，看到父亲身穿金黄色的衣裳在油灯前修理挂钟，且还和"我"进行了简单交谈；第二天，母亲发现"我"睡在仓房里。从此"我"患了梦游症，常在半夜到旷野里游荡。幼儿的这一类感知可以用幻觉、梦境来解释。可是，先锋作家却存心不做任何分辨，更愿意让读者在这种情境内部获得惊悚、震颤甚至某种体悟。① 我们自会想起《简·爱》（Jane Eyre）与《呼啸山庄》（Wuthering Heights）中的类似情节，勃朗特姐妹以此为书中人物的精神和感情状态营造特定的氛围，但先锋作家用之来表现人在童年时期根深蒂固或与生俱来的恐惧感。因此，《命中注定》并没有出现害怕的怪异形象；《边缘》中的"我"亦没有受到父亲亡魂的惊吓，而且和他有问有答。这是因为儿童的恐惧感与孤独感是相伴而生的，属于广泛意义上的灵魂不安与精神战栗。

---

① 参见胡西宛《先锋作家的死亡叙事》，第38页。

在中国人的传统观念中，超验往往是对人的某种暗示，具有可以联想到的象征意义，亦可作为寓言来解读，它往往会制造神秘诡异的气氛、渲染恐惧感，为读者延展体悟与理解的空间。由此可见，先锋作家表现孤独儿童的恐惧，是对世界深邃难测的朦胧感悟，透射人类心灵深处的悬念状态，这亦是人类关于世界和命运固有的恐惧和忧虑。[①]

如果说恐惧感是生命开始的附加体验的话，那么弃绝行为则为成人孤独生命当中的极端反映，因为它来自对世界不利状态的生命刺激。在余华的长篇小说《在细雨中呼喊》中，对祖父孙有元的临终之前的描写就是典型的一例。早年的孙有元在外闯荡，何等的英勇、浪漫：他曾在大年初一扛着父亲的尸体与人打架；也因冒充医生而亡命天涯，还在逃亡途中捡回来一个老婆。可一到晚年，孙有元不但摔坏了腰，卧床不起，靠两个孩子轮流照顾，而且精神上也衰朽了。一方面，他面临生命终结的威胁；另一方面，自己还要经受情感上的打击——儿子的斥骂、家人的白眼，他只能靠追忆老伴度日。面对即将到来的死亡，泪水表达了他对人世的留恋；为了维持生命，争得一口饭吃，他要小聪明，利用孙子进行最后的挣扎；对亲人的无情与羞辱，他没有资格愤怒，甚至没有资格悲伤，因为他要依靠别人苟活，他只能微笑着面对，这是他的无奈之举；一旦接受了死亡结局，一切感情都消失了，一切努力都白费了，一切计划都搁置了。在儿孙制造骗局，假装为他做棺材的时候，孤独的他面对精神残缺的世界只剩下了无生气的绝望。[②] 他甚至要儿子扎几个稻草人放在房屋周围，把自己的灵魂吓走，主动流露弃世的念头。在被埋葬的过程中，苏醒过来的经历是人世间给他的最后一击，随后他就表现彻底的沉沦："他像是一袋被遗忘的地瓜那样搁在那里。我们听到了他垂头丧气的嘟哝：'还没死，真没意思。'"[③] 面对无可避免的老死结局，孤独的孙有元表现了弃绝行为的全部

① 胡西宛：《先锋作家的死亡叙事》，第37~38页。
② 胡西宛：《先锋作家的死亡叙事》，第43页。
③ 余华：《在细雨中呼喊》，第183页。

过程。同时，作者也从侧面加强了这种弃绝效果，孙有元的自暴自弃让孙子们联想到一头牛，他们觉得爷爷死前的神态和村里一头行将被宰的牛极其相似：

> 刚开始我和弟弟一样无知地认为，水牛并不知道自己的命运。可是我看到了它的眼泪，当它四脚被绑住以后，我就看到了它的眼泪，掉落在水泥地上时，像雷阵雨的雨点。生命在面对消亡时，展现了对往昔的无限依恋。水牛的神态已不仅仅是悲哀，确切地说我看到的是一种绝望。还有什么能比绝望更震动人心呢？①

这种由死亡导致弃绝的垂暮老人，在先锋作家笔下人数众多。除孙有元外，还有小孤儿国庆楼下那位古怪的老太太，吕新《抚摸》中的"我"，格非《敌人》中的赵少忠，《边缘》中的仲月楼和《隐身衣》中的主人公，等等，"这些人物在生命将尽之刻，深刻地体验到绝望，认识到自己存在的真相，触摸了日常生活中不愿面对或者疏于思索的荒诞问题"②。面对死亡揭示的层层含义，似乎可以说，生命经常通过死亡的事实得到解释。生命终局中的弃绝行为其实是生命体验的常态，正如格非《边缘》中那位年轻而冷酷的母亲对垂死的父亲所说的："忍着点吧，人人都有这么一天。"③

对于世界中人类的孤苦，先锋小说作品是全方位对其进行探查与展示的，无论是关注人物内在精神世界，还是关注与他人、世界之间的隔膜状态，这些都会涉及异化世界与人性的诸多因素。先锋小说对人类孤独精神处境的客观反映，也从侧面让我们体验到先锋作家所处世界的一种相似的感悟和共同心境。先锋作家与其作品人物相似，都处于生命孤独的共生状态中，他们也借此反映自我对于以往世界的悲剧意识，体现对于人的精神状况的关注。

---

① 余华：《在细雨中呼喊》，第172页。
② 胡西宛：《先锋作家的死亡叙事》，第44页。
③ 格非：《边缘》，上海文艺出版社，2013，第135页。

需要指出，对这种毫无反抗的孤独处境当中的内在精神的书写，是与传统悲剧中力量的爆发点存在相悖之处的。在传统悲剧当中，外部世界的冲突与人物关系中的冲突，其根本价值就在于展现人精神世界中的冲突。当展示了生命绝境与人性极境的时候，就达到了鲁迅所说的"将人生的有价值的东西毁灭给人看"或者德国著名哲学家舍勒（Max Scheler）所说的"悲剧的产生在于某些价值的毁灭"①，也就能再现"历史的必然要求和这个要求事实上不可能实现之间的悲剧性的冲突"②。特别是主人公身处绝境所表现的不妥协的反抗精神和不可战胜的悲剧情境，使得人类超越了死亡，也超越了自己。精神在肉体的毁灭中升华，悲剧主人公的苦痛与内心冲突提升了欣赏者的存在意识，点燃欣赏者的激情，使得他们发现自身的意志与力量。③

可是，二十世纪八十年代以来关于生命的弃绝与人的精神苦难——困境、弃绝、孤独、恐惧等主题的先锋书写显然受到西方存在主义的影响。因此，先锋小说追求的不再是传统的悲剧意蕴与悲剧风格，与之相对，也不再行经情节和性格的阐释之途，而是绕过人物性格，绕过悲剧激情，直达智性的体悟，采取了"截弯取直"的表现策略，它可能产生理性维度的痛苦与震颤，却不见得催人泪下，这也是阅读先锋小说之后最为普遍的审美体验。④ 就先锋小说作家个人而言，现实中的一切假的、丑的、恶的且人们习以为常的立体的形象，占据了现实世界中的大部分席位，而立志创新、求变、求存真理的先锋小说作家们则被迫处于艺术的边缘位置，处于孤独无助的境界中。换言之，他们始终处于孤独的悲剧意识之中，因为他们是小说创作的先锋。

三　孤独中的反抗

除了书写孤独的体验与弃绝行为外，先锋小说还对孤独中的反抗有所

---

① Max Scheler，"On the Tragic," in Robert W. Corrigan ed., *Tragedy: Vision and Form*, p. 3.
② 《马克思恩格斯选集》第 4 卷，人民出版社，2012，第 213 页。
③ 胡西宛：《先锋作家的死亡叙事》，第 152 页。
④ 胡西宛：《先锋作家的死亡叙事》，第 154 页。

涉及。由于相对儿童，成人自我生命力更加充沛、旺盛，这使得他们拥有更加显性的力量，能够在孤绝中完成生命的悲壮之举，由此展露酒神与日神的悲剧精神。因此，世界在意识层面的残缺使得主体认识到自我孤独的存在并在不同的先锋小说作家那里完成了分化。而这种分化反过来讲，亦能再现先锋小说悲剧话题最为个性化的剖析与表达。

刘心武曾指出："任何父辈都只是无限人类延续中的一个环节。审父意识也即是人类的自审意识，这是一种悲壮的自省。人类时刻意识到自身的恶，自身的丑，自身的不完善，自身的卑鄙和龌龊，人类便有希望处于最善最美最新最洁的境界中。"[①] 批评家郜元宝也曾认为："审父和弑父一直是当代中国小说一个隐蔽的主题。"[②] 因此，将目光落于现实与精神双重意识层面上，我们就会发现父子之间悲剧性的关系十分复杂，绝非解构、质疑、否定那么简单。而"审视父母"与"对抗父母"的悲剧行为本身就在于改变"子"的人生，如果没有了这样的目的与追求，文学创作自然毫无意义。因此，当幼小的生命感受到父辈强加于自身的苦难后，先锋小说就在这个层面反映了拥有原始生命力的儿童的反叛与异样，突出了寻找突破"地缺"之境的崇高期盼。

例如，在莫言的短篇小说《透明的红萝卜》中，作家塑造了一个异常孤独的儿童，一个饱受父亲虐待、兄弟欺凌的黑孩，可他身上却有承受痛苦的超常能力，既能光着身子对抗寒冬，也能徒手抓起烧红的钢钻，或是为了寻找那个奇异无比的红萝卜，拔光菜地也毫不言累。从这个意义上讲，儿童对父母的反抗力量都是发自内在的、天生的。拿莫言自己的话来说，黑孩身上那种纯真却又倔强的叛逆性格寄寓着他对幼小生命反抗父权悲剧的礼赞，因此死亡让他们如精神的幽灵压迫在人类和宇宙之上，死使他们成为一种不容忽视的存在。不仅如此，余华《在细雨中呼喊》中拥有孤苦童年的孙光林；格非的《傻瓜的诗篇》中，有毒杀生父的莉莉；北村的《施洗的河》中，八岁的刘浪就想杀掉父亲，开口的第一句话就是"我

---

① 刘心武：《地球村·审父·自剖》，《当代》1986年第4期。
② 郜元宝：《拯救大地》，学林出版社，1994，第125页。

不给你吃"①;等等。此外,在莫言的《枯河》中,小虎与村支书的女儿打赌爬树,因为爬得太高从树上摔下来,不幸砸伤了支书的女儿,因而遭到父亲的毒打。在父亲"打死你也不解恨"的暴虐中,小虎高喊着"狗屎"直到付出了生命的代价。诸如此类,儿童挑战、反抗父母都是一种天生的素质,黑孩和小虎那种纯真而又倔强的叛逆性格寄托着作家对于孤独的幼小生命反抗父权悲剧的礼赞。这些孩子似以微弱的一己之力对抗成人世界的荒诞与父权的伦理。这样的写作毫无疑问是在原始力量驱使下有意识所做的对父权的跨越式阐释。因而,生命的意义并没有因死亡或失败而沦落、丧失,恰恰相反,"残缺"的反抗才能彰显生命的完整意义。

先锋小说作家虽然一度试图借助孩子完成幼小生命反抗父权的悲剧,但在大多数情况下,他们更善于借用儿童对孤独的感知来表现在面对冷漠父权与残缺世界时所滋生的无力与恐惧。如果说对幼小生命异样力量的表现可以视作正面构筑对抗的话,那么由孤独产生的无力感,则不仅反映了对陌生化世界的整体性感知,而且体现了在符合生命成长基本事实情况下对悲剧精神的消解。这就意味着纯粹的孤独反映与内在的反抗意识只是一种迫于世界压抑于意识层面的存在罢了,而由孤独精神状态所引发的无助与无力却成了生命主体照射下残缺世界中最为基本的现代悲剧元素。如在余华的《四月三日事件》中,作者将人类面对死亡所产生的病态心理全部投入那个即将满十八岁的主人公身上,由此主人公产生了种种恐怖的幻觉。这部先锋小说能让人联想起鲁迅的《狂人日记》,因为都是精神病人的人生记录。在《狂人日记》中,鲁迅痛切体悟到唯黑暗与虚无乃实有,其笔下的"狂人"依然对抗吃人的社会,敢于勇猛地质问吃人者,敢于狂言:"要晓得将来容不得吃人的人,活在世上。"② 可以说,在鲁迅的悲剧意识当中,"狂人"是个极为复杂的悲剧主体,也因此成为一个苦难者,一名反抗者,一位觉醒者。而在余华的《四月三日事件》中,"我"只是一个四面楚歌、无助与焦虑的年轻人,只会孤独地逃避世界对待自我的邪恶。

① 北村:《施洗的河》,花城出版社,2016,第232页。
② 《鲁迅全集》第1卷,第430~432页。

余华《河边的错误》中的那位疯子同样消解了鲁迅的《狂人日记》与《长明灯》中具有崇高悲剧精神的人物形象。当然，消解崇高又是与社会、历史变革密切相关的。面对大众文化取向的新变化与时代的发展，现实世俗世界已不再庇佑悲剧精神，受西方现代主义与中国社会现实转变的影响，先锋作家"注定属于'迷失'的一代。——即丧失了'自我'的一代"①。由此，他们在书写生命赞歌的同时，很少怀有一种对生命、对社会的敬畏感与使命感；自身的成长记忆以及改革开放以来现实环境的巨变，让他们缺少直面光辉的重构自身价值的勇气。在文化意义与世俗现象交错互存的时代中，也许只有"在"与"不在"能成为唯一值得思考的母题。这导致十九世纪巴尔扎克的豪言壮语"我粉碎了每一个障碍"在先锋小说作家面前，演变成了卡夫卡的"每一个障碍粉碎了我"②。可以说，这是先锋作家对自我悲剧意识及其笔下的人生所做的最好诠释。

先锋作家选择儿童来表现孤独生命恐惧等超验的反悲剧心理与行为，这在笔者看来是一种由自我悲剧意识所引发的且完全是一种深思熟虑过的创作意识。人们认为对于世界异己力量的恐惧多产生自人类初始的生命经验，所以在儿童身上表现得尤为真切和剧烈。在理性的成人世界中，成年人尤其是来到生命终点的老年人饱尝了人世的甘苦，付出了所有的努力，明白了自然规律，认可了宿命的观念，因此在面对死亡时会抱持一种较坦然的态度。随着精力的衰退，老年人会产生一种辗转人世的疲惫感，甚至会滋生出长眠的愿望，对死亡的恐惧感会越来越淡。也有人认为，老年人身体器官退化，活力减少，身心机能、思想判断能力逐渐丧失，生的欲望和死的恐惧也随之弱化，其实是一种自然的生理现象，不能完全视为经验和修养的结果。③

儿童的情形则大不一样，当这些年轻的生命目睹人世间的变故、衰老和灭亡之时，当联想到自身生机勃勃的生命将来也会面临同样结局时，自

---

① 罗伟文：《先锋小说与"五四"文学的审父意识比较》，《江西社会科学》2004 年第 5 期。
② 〔奥匈〕弗兰兹·卡夫卡：《卡夫卡全集》，总序，叶廷芳等译，河北教育出版社，1996，第 17 页。
③ 参见胡西宛《先锋作家的死亡叙事》，第 39 页。

然而然地会产生真诚的痛感与恐惧感。所以儿童身上表现的对死亡的恐惧，是人类对死亡的本能的恐惧，是一种普通的人生感觉。① 对于这样的人物的选取与对死亡恐惧心理的刻画，在反面解构了传统悲剧当中作为英雄自身所必备的生命强力感与精神无畏感。无论是在人物的外在身体与内在精神的选取，还是在经典悲剧最为背反的方向选取，抑或是在人物行为当中，我们都能看到一系列符合人物特征所表现的懦弱、逃跑、麻木等反悲剧的行为。而这样的反悲剧行为既是符合人物年龄事实的，还是中国先锋作家有意识的选取结果。②

　　总之，先锋小说的创作正是通过具体描写儿童与世界互动时的孤独状态、恐惧心理以及无法对抗世界的反悲剧行为，构筑了贴切外部世俗世界的真实情况，这种创作方式既给先锋小说作家表现与发挥西方现代主义文学技巧预留了足够的空间，也是给先锋小说作家从自我"地缺"悲剧意识维度中找到了反悲剧性、无悲剧精神的艺术表现捷径。但这种捷径存在某种遗憾，正如南帆所言：

　　　　这批小说已经同古典式的悲剧相距甚远。人们无法从这些先锋小说之中觉察到古典的崇高或者悲壮，无法觉察到个人对于命运的不屈反抗以及最终失败；相反，先锋小说中的悲剧主人公毫无分量，他们如同一片凋零于秋风之中的树叶：他们的失败乃至死亡常常是轻易的，无缘无故的。这使先锋小说的悲剧失去了社会学或者心理学的深度。③

　　例如，在苏童的《狂奔》故事的结尾，小孩"榆"看见一个木匠在公路上出现，高叫着"我怕"便沿着公路狂奔起来。人类精神与力量在这个弱小的生命体上早已失去了往日悲剧的崇高光环，在类似"阿尔扎马斯的恐惧"（Fear of Arzamas）书写当中，作家以人物孤独与恐惧的心理构架迎

---

① 参见胡西宛《先锋作家的死亡叙事》，第 37~39 页。
② 参见胡西宛《先锋作家的死亡叙事》，第 154 页。
③ 南帆：《再叙事：先锋小说的境地》，《文学评论》1993 年第 3 期。

接"后悲剧时代"① 的来临。

但是，作为特殊、极端、个性、开放的小说流派，先锋小说作家却无法完全摆脱传统的审美意识形态。在一些二十世纪八十年代甚至小说创作转向以后的文学创作中，我们依然能够发现反抗孤独、超越苦难、调转虚无走向崇高的先锋试验作品。

《悲剧的诞生》中的酒神与日神是一对核心概念，尼采指出，作为"宙斯腐腿"之意的酒神狄奥尼索斯，他象征着"生命的狂放"，因此酒神的精神也就意味人类自诞生那刻起所具有的享受生命、追求自由、打破人与人之间的一切界限，人性走向自然、原始、自由，仿佛酩酊大醉的生命状态。这种不是叫人逆来顺受无所作为，而是一种抓住不放斗争到底的精神，在莫言的先锋小说《红高粱家族》中得到了深刻的本土性再创造。

对于莫言精神故乡——高密东北乡，其内在象征的核心便是一种能够放纵生命，满足自我性欲，不达目的誓死不休的"酒神空间"。在这部浓酒飘香、英雄豪爽的作品中，我们不仅能够体验到尼采所说的解除生命一切的束缚，回归生命原始状态的酒神精神，而且能够追忆中国四大名著《水浒传》中一百单八位好汉气冲霄汉、龙骧虎步的英雄风姿，甚至能够联系到酒神与苦难交融的癫狂。酒也因此成为消除苦痛的不二法宝，如"对酒当歌，人生几何"，"酒不醉人人自醉，千杯饮尽刘伶愧"，"葡萄美酒夜光杯，欲饮琵琶马上催。醉卧沙场君莫笑，古来征战几人回"，等等，可以说，中国本土的酒内涵、酒意蕴已经与痛苦的、放纵的人生体验紧紧地联系在一起。在这一点上，这是与尼采论著中"酒神精神"与"酒神状态"的内涵同构的。

在莫言《红高粱家族》等一系列刻画"山东高密东北乡"的悲剧作品中，激荡、壮烈的酒神精神在"我"的祖先身上得到至深的表达，酒使他们性情豪爽、侠肝义胆、临危不惧、视死如归，酒也使他们放浪形骸、醉生梦死、腐化堕落、唯利是图。酒让他们放弃庸人自扰的苦闷与悲伤，用生命拥抱孤独的存在。正是因为有来自酒神的精神与力量，小

---

① 陈晓明：《〈风琴〉——后悲剧时代的抒情风格》，《文学自由谈》1992 年第 2 期。

说中"我""父亲""祖父""祖母""罗汉大爷""恋儿"等孤胆英雄身上的性格缺陷容易忽略，关注世代拼杀与努力繁衍的生命光辉，忘记孤苦的境遇，唤起人生的热爱，点燃生命的激情："他们杀人越货，精忠报国，他们演出一幕幕悲壮的舞剧，使我们这些活着的不肖子孙相形见绌。"① 如此的感叹无疑表达对孤独困境人类悲剧精神强烈的召感："没有悲剧英雄会选择中庸之路，也没有任何的悲剧英雄为了苟且偷生而放弃自己的人生目标。"②

另外，女性在孤独中的反抗同样是莫言力争表现的一面。中国文学史中不乏富有悲剧精神与反抗意识的女性形象，如本著前文所讲，社会悲剧兴起时期的"娜拉"们，曹禺笔下的四凤与繁漪，王安忆小说中的王琦瑶、郁晓秋，等等；但在莫言笔下，女性却有独到之处，如果说以往中国文学作品中，女性的抗争是机敏的、智慧的话，那么在莫言笔下，女性的抗争则带有西方传统悲剧"一通到底"的味道。例如，在《白狗秋千架》中，童年意外毁掉一只眼睛，放弃与"我"长相厮守，最终嫁给哑巴的"暖"；在《食草家族》中，被休后回娘家将自己精心打扮，气得四老爷金疮迸裂几乎跌翻在地的四老妈；在《白棉花》中，因爱情破灭寻找自由的方碧玉；在《丰乳肥臀》中，为承担家庭负担出卖肉体、一脱惊人的四姐；在《檀香刑》中，"狗肉西施"孙眉娘；《金发婴儿》中的紫荆；《天堂蒜薹之歌》的方金菊；等等，以往女性的淳朴善良、美丽宁静的人物形象都被抛离很远；作为生命强力与欲望不止的酒神化身，她们早就卸下温婉可人、楚楚可怜的假惺惺模样。生命的怒放让她们甩开臂膀在孤独、狭隘的生存空间中奋力博斗，为自己拓出一片幸福的天空。她们对生命的执着和对目标的渴望实与欧里庇得斯笔下决绝不屈、突破极限的美狄亚极为相似。她们都在释放一种让所有人为之震颤的力量，而这股力量跨越了一切人性与环境中固有的缺点，突破了孤绝的樊篱。这一点正如别尔嘉耶夫（Nikolai Alexandrovich Berdyaev）指出的，内心的强大才是宇宙最为不可忽

---

① 莫言：《红高粱家族》，南海出版社，1999，第26页。

② Henry Alonzo Myers, *Tragedy: A View of Life*, New York: Cornell University Press, 1956, p. 138.

视的存在，作为个体的人之所以成为世界的杰作，绝非身体的力量，而是精神力量的恩赐。缺少了精神力量，人怎么可能突破自然力量的循环？自我乞求他人的怜悯与关怀，这本身就是一种卑微的求生之欲，是生命力量逝去之后的孱弱，是无法承担苦痛的讨饶。同样，崇拜生命强大意志力的尼采也曾认为，一个真正意义上的人是需要拥有完整的人格与强健的生命力的，每当被别人同情，他/她都感到阵阵的道德恐慌，因为"它剥夺了一个人的全部美德。对谁表示同情就是对谁表示轻蔑……不是在恐惧与怜悯中解脱自我，也并不是在危险的激情内燃放生命的烈火净化自我……对于一个强大的令人畏惧的灵魂来说，怜悯是可鄙的和没有价值的"①，"伟大的幸福正是战胜巨大痛苦所产生的生命的崇高感"②。关于不断向旁人重复自我的悲惨遭遇，求得别人宽慰的心理，尼采有过精辟的论述：

> 别人的不幸如何陶冶我们的性情。——某个人遭到不幸，同情者来到他的身边，让他最充分地感觉到他的全部不幸，最后他们终于走了，洋洋得意，满载而归：不幸者的现实的悲剧以及他们自己的仅只是可能的悲剧使他们沾沾自喜，让他们度过了一个愉快的下午。③

因此，莫言小说中那些敢于在孤独中直视死亡、承担苦难，且带有精神韧性的女性悲剧形象，唤起了生命的尊严，让人对生命产生了敬意与振奋之情；这些女性形象"以自身拥抱无尽的欢愉进入并超越无尽的恐惧与怜悯，在毁灭之中完成悲剧性欢乐的诉说"④，因此她们成为先锋小说中的"酒神"。

与那些本土现当代文学作品中等待别人同情与怜悯的弱势群体人物形象比较起来，这些拥有着内心强力的女性形象显然具有非同寻常的意义。

---

① 〔德〕弗里德里希·威廉·尼采：《曙光》，田立年译，漓江出版社，2007，第18页。
② 周国平：《尼采在世纪的转折点上》，新世界出版社，2008，第54页。
③ 〔德〕弗里德里希·威廉·尼采：《曙光》，田立年译，第159页。
④ Friedrich Nietzsche, *The Birth of Tragedy*, trans. by Francis Golffing, New York：Norton, 1997, p. 45.

因此，悲剧人物应"以自身拥抱无尽的欢愉进入并超越无尽的恐惧与怜悯，在毁灭之中完成悲剧性欢乐的诉说"①。

除了酒神，尼采在《悲剧的诞生》中集中论述了日神的定义。同样作为宙斯的儿子，与酒神的恣意放纵截然不同，阿波罗形象代表的是正统的、理性的，是如太阳一般沉稳、庄严、温暖的艺术象征。如此宁静美好的日神形象一进入悲剧中就弥补了现实生活中的不完满，慰藉漫漫人生的疲惫心灵，用美丽的面纱遮掩人生的悲剧面目，让人坚信生活的意义，相信人生值得留恋。

作为阿波罗素朴艺术塑造代表，《荷马史诗》却是一部日神的悲剧，但它塑造的庄严恢宏的奥林匹斯诸神都被精心地刻画在古希腊的殿堂之上，他们不朽的业绩也被雕琢成浮雕来呈现。诸神面目表情栩栩如生，感受到灵魂的安逸与精神的唯美。当处身于如此美妙而又生机洋溢的景象面前时，我们惊讶地发现他们是在尽情享受美好人生。这正是阿波罗的日神精神在起作用，这种日神精神让人在惨淡的生命中也能面朝大海、春暖花开，微笑着憧憬未来，欢快地享受现在。当然，这位太阳之神也表现适度的自制，无粗野式地释放激情，呈现一种大智慧的平静，即使他勃然大怒或神色沮丧时，他的表情亦是如此，总是保持着从容、平淡，给人一种神圣、光辉的尊严。如果说生活中的现实宛如大海的波浪汹涌咆哮，那么阿波罗则仿佛是波涛起伏中的一名船夫，他驾驶一艘小船，孤独、平静，既给人以一种莫名的神圣与尊严，又给人一种愉悦、智慧的自信。

这种掩盖人间极端苦难的形式之美在中国传统文学当中寻找到得天独厚的生存土壤。王国维在《〈红楼梦〉评论》中说："美之为物有二种：一曰优美，一曰壮美。"② 如果西方的酒神式悲剧进入中国后，化为"壮美"的话，那么日神表现的悲剧就为"优美"。而这种类似中国传统审美观感的悲情悲剧同样在先锋转向的作品中得到突现。这一点正如余华在致上海贝塔斯曼书友会会员的信中所指出的：

① Friedrich Nietzsche, *The Birth of Tragedy*, trans. by Francis Golffing, p.45.
② 王国维、蔡元培：《〈红楼梦〉评论》，《红楼梦评论·石头记索隐》，第5页。

很多人告诉我，他们在读《活着》时，眼泪常会不期而至。如果你也遭遇到和他们一样的阅读经验，我想对你说，谢谢。我正是为象你一样善良的人写作。虽然，善良在任何时代都不是会走红的品质，但它是我们的血与肉。我书中的主人公，也都是一些善良的人，他们不断遭遇苦难、失败和死亡。但我绝不是在控诉命运的残暴，相反，我希望你读到的是生命的韧性、力量、爱情、友谊甚至本能焕发的快乐，以及幽默，一切美而朗朗欢笑的东西，它们无视命运的暴决而独自存在。善良的人同情一切苦难，同时也反对假借命运之名的自暴自弃。善良绝不仅仅是悲伤软弱的眼泪，而更应该是对所有美好高尚事物的关怀与肯定。它举重若轻地保护着我们的心灵，在艰难世道里保持热情与希望。①

也许，先锋小说家只有凭借如此真挚的悲悯心态，才能再次思索人生的意义，聚焦终极的关怀，复活精神的家园——乌托邦。

保罗·蒂里希（Paul Johannes Tillich）将乌托邦分为"向前看"（forward looking）与"向后看"（backward looking）两种类型②。我们认为，二十世纪九十年代以来的先锋小说对这两类乌托邦均有所涉及。如果说"向前看"的乌托邦意味着人生的反抗是追求生命终极价值，再现酒神精神的话，那么"向后看"的乌托邦就表现为一种怀旧，一种追忆，一个富于美好的精神还乡，明显慰藉生活的缺陷，填补残缺的心灵，并以积极、美好的日神精神为人类活下去提供希望，就如叔本华所说，既然我们已经降生，那就应该努力活下去。于是，生来敏感的人们如希腊人就用美丽而复杂的神话将这个世界涂抹上壮丽的光辉。人生从此变得美妙多彩，即便是一场梦幻，也要把它做下去。正是如此，苏童的"香椿树街"系列小说中便有了少年的惆怅，格非在他的小说中便有对家乡意象的缅怀，北村在其创作中便有对完美人性的向往，扎西达瓦在

---

① 引自邱明淑《为尘沙打磨的灵魂——余华〈活着〉的生命意识》，《涪陵师范学院学报》2003年第2期。

② 〔美〕保罗·蒂里希：《政治期望》，徐钧尧译，四川人民出版社，1989，第171页。

藏地传奇描绘中便有了宗教意识的升华，等等。其中，格非的《人面桃花》《山河入梦》《春尽江南》三部小说中的追梦人都持有同一个"桃花源梦"，虽然他们并没有超越历史的局限与生命的枷锁，可他们却将美的向往转化为极为坚定的生命姿态。例如，在《人面桃花》中，秀米有如下乌托邦式的想法：

> 想把普济的人都变成同一个人，穿同样的颜色、样式的衣裳；村里每户人家的房子都一样，大小、格式都一样。村里所有的地不归任何人所有，但同时又属于每一个人。全村的人一起下地干活，一起吃饭，一起熄灯睡觉，每个人的财产都一样多，照到屋子里的阳光一样多，落到每户人家屋顶上的雨雪一样多，每个人笑容一样多，甚至就连做的梦都是一样的。①

同样，该篇小说中的"花家舍"的革命人士张季元也有一个乌托邦式的想法，即师徒建立一个世界的大同，坚信"在未来的社会中，每个人都是平等的，也是自由的。他想和谁成亲就和谁成亲。只要他愿意，他甚至可以和他的亲妹妹结婚"②。可以说，小说中的整整三代人都在搜寻这个日神般的家园，虽然它最终只能存于脑海，在面对现实时只能沦为一堆无用的泡影，正如卡尔·曼海姆（Karl Mannheim）指出：

> 乌托邦的消失带来事物的静态，在静态中人本身变成了不过是物。于是我们将面临可以想象的最大的自相矛盾的状态，即：达到了理性支配存在的最高程度的人已没有任何理想，变成了不过是有冲动的动物而已。……当历史不再是盲目的命运，而越来越成为人本身的创造，同时乌托邦已被摒弃时，人便可能丧失其塑造历史的意志，从而丧失其理解历史的能力。③

---

① 格非：《人面桃花》，第 203 页。
② 格非：《人面桃花》，第 163 页。
③ 〔德〕卡尔·曼海姆：《意识形态与乌托邦》，黎鸣等译，商务印书馆，2000，第 268 页。

　　这是因为"当今的时代是一个乌托邦精神已经死亡的时代。过去的乌托邦一个个失去了它们神秘的光环，而新的、能鼓舞、激励人们为之奋斗的乌托邦再也不会产生。这正是我们这个世界的悲剧"①；但是，恩斯特·布洛赫（Ernst Bloch）认为，虽然现代人生存的孤独与苦闷、悲剧精神几乎丧失殆尽，根本没有超越的可能，但超越悲剧的"现代方式"即是再次追求乌托邦，重燃往日日神般的悲剧精神，"只是在我们心中，那光还亮着，因此我们现在要开始着通向它的奇妙的旅程，该旅程通向对我们的正在觉醒的梦的解读，通向对乌托邦的核心概念的实施"②。

　　从这个意义上讲，作家格非与布洛赫的思想极为相似。不论乌托邦是否当今中国文艺界需要再思考、再认识的命题，格非的创作无疑都是对日神精神的再次"招魂"，希望日神的圣洁光辉能在人类内心闪动，让乌托邦的精神家园能在人类心中再次显现，借此让生命鼓起正面的力量，追忆尚未被丢失的美妙理想，步入一个全新的生命征程。因此，"花家舍"一代人溃落、失败了，可下一代人马上接替。失败虽然在所难免，却没人放弃，因为这是日神精神所赋予人类最伟大与最圣洁的使命。

　　对日神精神家园的搜寻，其他先锋小说家也从未停止。二十一世纪以来，回归精神家园的渴望尤为强烈，这也使得先锋作品走出晦暗阴霾的绝望色调，对正能量与希望进行积极书写，虽然这种转向是艰难的、繁复的甚至是痛苦的，但是如余华的《第七天》、莫言的《蛙》、苏童的《黄雀记》、格非的《隐身衣》等都是在残酷的世界中努力探索生命的出路，构筑精神的寄托。

　　此外，中国二十世纪八十年代的先锋小说也从未与寻找精神家园的悲剧意识相违背，只不过因其创作方式的极端造成了思维的定式，迫使先锋小说在那个时代一度忽略对悲剧精神与存在价值的认定和追问。当经历了"内容单一""形式匮乏""内涵欠缺"，以及社会与文化外部转变等一系

---

①　章国锋：《符号、意义与形而上学——伽达默尔谈后现代主义》，《世界文学》1991 年第 2 期。

②　引自张双利《乌托邦与我们——论恩斯特·布洛赫的乌托邦思想的现实意义》，《当代国外马克思主义评论》2004 年。

列蜕变后，先锋作家已然意识到生命正面价值存在的紧迫感与必要性：当生命过多注重物质，灵魂被局限在一个肤浅、狭窄的残缺世界（"地缺"）的时候，人类也就失去了最为深刻与真挚的生命意义。所以，作为形式与精神的双重先锋，先锋作家发出寻求精神价值的呼喊，重燃活下去的勇气。依笔者愚见，在二十一世纪的中国文学创作中，也许先锋作家只有一直呈现思索、追问人类价值的文学作品，才能令读者更加深刻地体悟到孤独与荒诞，获取解决生存问题的精神力量，才能使先锋作家自身完成"先锋"这两个字所赋予的文学使命。

第四章　深入与扩大："人殇"的先锋重拾

陈晓明先生曾就文学与人性之间的关系有过这样一段精彩的论述：

> 文学对人性的探究，也就是对文本自身的探究，是文本自身的表现力的展开和实现。当然没有什么纯粹的人性，人性是被历史化的，并且也是被阶级化的……人性终至于被历史、社会以及意识形态更庞大的概念体系所遮蔽。事实上，文学只关注对人性的特殊性的表达，它要超出社会学和伦理学的范畴。……文学依靠什么？只能依靠艺术表达的力量。而这种力量只能发生在文本之内，在我们进入那样的情境、那种氛围、那种情调时，在我们被文本的描写性力量牵引时，我们的情感认同战胜了理性思考。我们在感动之余，认同了这样的过程。但无论如何，现代人依然是被法与社会学的理念所支配的，我们不会认同结果。不管如何，通奸与杀人的事实结果是令我们遗憾的。那么，作为一个文本的力量，它是真的要让我们接受一个无罪的事实辩护吗？显然不可能。……（文学）把人性的发条拧紧，然后发开，让人性扭曲、变异或向极端发展，最后导致碎片出现。审美表现的能耐就是用这些碎片拼贴出文学的独特意味。说到底，文学的写实是依靠写虚才得以存在，才可能成为文学性的实，至少写虚才能开启文学的秘密地带。也就是说，只有加进文学性的表现手段，文学性的意味，那个最本质的实——人性，才得以成为文学性的内在基质。这个基质如同一个硬核，存留在文学性的情境与意味之中，它的深刻性与神秘性才得以存在。[①]

---

① 陈晓明：《碑、瘤子与乱伦后的谋杀——关于寻找文学的秘密地带的探讨》，《长城》2003年第 5 期。

作为中国当代文学的先驱者，先锋小说作家同样承担了反映人性、批判人性这样一个艰巨的文学任务。如果说先锋小说作为人与命运、人与存在从认识到理解再到反思一系列意识联动的话，那么它们在"内在使然"与"人性缺陷"等问题的态度上，则显示了极为直接的负面因素。

按照洪治纲的说法，先锋小说通过"平面化""表层化"等西方现代文学表现形式，塑造人物的目的是展示人类性格最为真实的缺陷，而这样的书写在今天看来已不是什么哗众取宠、标新立异甚至流于形式，它实际体现了作家以自我感受为中心，以人性负面为导向，在苦难的中国近代百年历史当中，饱含对生命极为深刻的洞见。①

第一节 人性的阴暗开掘

雷蒙德·威廉斯在《现代悲剧》中指出，当代西方悲剧最大的改变是对"邪恶"这一概念的复活；同时，他还强调："悲剧不传授关于邪恶的知识，因为它传授的是关于各种行动的许多知识。……大多数优秀悲剧作品的宗旨并不是揭示绝对的邪恶，而是描述可以体验和经历的邪恶。"② 美国现当代理论家艾布拉姆斯（Meyer Howard Abrams）也曾指出："悲剧不只是为了引起我们对他们的同情和怜悯，而是更多地在同情和怜悯之余把我们引向对社会本身的思考，引向社会对悲剧主人公在性格上的扭曲和异化的思考。"③ 在中国五四时期，鲁迅亦认为："世界日日改变，我们的作家取下假面，真诚地，深入地，大胆地看取人生并且写出他的血和肉来的时候早到了。"④

从这些意义上来讲，不论西方还是东方，也不论在经典悲剧还是现代悲剧中，揭露人性罪恶的文学从未褪色。也许，正是这些"恶"才让人觉得"悲"，也正是作家敢于正视人性的一面，完成对恶纯粹化的认定与指

---

① 参见洪治纲《中国当代先锋文学发展主潮（下）》，《小说评论》2005 年第 5 期。

② 〔英〕雷蒙德·威廉斯：《现代悲剧》，丁尔苏译，第 52 页。

③ M. H. Abrams, *A Glossary of Literary Terms*, Toronto: Thomson Learning, 1981, p. 324.

④ 引自童庆炳《文艺学创新：以 20 世纪中国现代传统为起点》，《北京师范大学学报》（社会科学版）2003 年第 3 期。

涉，才能正视生命的苦难，映射生命的真知，焕发求得生存的激情。

在二十世纪八十年代，中国的先锋小说对性格悲剧更进一步深化，完成了人性缺陷是一种恶性纯粹化顽疾的认定与指涉。通过对人性之恶深刻而又普遍的揭露，先锋作家以极端、看似跨越现实之"恶"，刺激那些往日麻木之人，反映自我对于生命本原内在的忧患认识，在以更为极端的方式表现人类生存的焦灼之中，蕴藏着自我对于人更为哲学化、抽象化的关怀。可以说，与传统悲剧一起，两者是在不同时期、不同地域，选取了不同的艺术表现策略，以不同的深度实现警醒人的目的。

一　欲望的无边书写

北村曾说：

> 人只有残缺的情感，这就是离开神性之后的人性的缺陷。人既没有爱的内容，也缺乏爱的能力。文学离开揭露人性的缺陷就没有什么意义，如果非但不指证罪恶甚至给它一个接受的态度，那就是背德了。至少，诗人必须有哀哭的心。①

这段话至少可以证明这批年轻作家在对生命开辟先锋书写的同时，还涉及了人性最为真实且普遍的负面因素，而这些因素不仅仅是人性缺陷的根本所在，它也是身体与精神、欲望与暴力从未分离的重要因子。

陈思和在《欲望的重新叙述》的前言中将二十世纪中国本土文学中的欲望分为三种：第一种为权力欲，第二种为物质欲，第三种为生命欲。②作为中国的先锋小说，它们首先展示了人类最为基本的生命欲。对此类欲望的审视与思考又是以打破伦理关系为根基的，如在苏童的小说中，《罂粟之家》描述了刘家两代父子三人共享妓女翠花花的故事；《城北地带》讲述了叙德与父亲双双拜倒于金兰的石榴裙下；等等。

---

① 北村：《活着与写作》，《大家》1995 年第 1 期。
② 参见程文超《欲望的重新叙述》，前言，中国社会科学出版社，2009，第 1～2 页。

随着创作的不断深入,作家对人性欲望维度的拉伸同样体现了全面性,如苏童:从娴与母亲男朋友的"伦理乱伦"(《娴的故事》),到红菱与父亲的"血缘乱伦"(《南方的堕落》),到抱玉与表弟媳雪巧的"心心相印"(《米》),再到邹杰对养女难以启齿的"肉体觊觎"(《娴的故事》),等等,事实上,先锋作家是在符合中国传统美学的叙事表层之下,构筑了偷情、乱伦、强奸等肮脏与醒龊的反道德行为,由此将凶猛的性欲从人性的暗角挖出来,生命的力量却在情欲的掌控下急速向深渊堕落。

也许有人会说,苏童的欲望书写过于故事化,可事实是,其他作家也不遑多让,只不过他们对人性欲望的表达显得更加的隐秘与深邃而已。如在格非的二十一世纪之作——"江南三部曲"中,作者借用书中韩六之口,道出:"人的心就像一个百合,它有多少瓣,心就有多少个分岔,你一瓣一瓣地将它掰开,原来里面还藏着一个芯。人心难测,说的就是这个意思。"① 人类的本性总是如猜谜一样被隐隐地包裹在诸多伪装之内,需要大量的心力去揭开人性的"皱褶"。而这种挖掘人性的艰难阅读过程亦能激发读者主动思考、透视最为根本与隐晦的恶性所在,从而心向光明。例如,《青黄》中,小青的孩子与小青的父亲长得"一模一样";《敌人》中的"父亲"赵少忠有令女儿脸红的"事件";《赝品》中,女儿罗冰与父亲罗德辉之间的"秘密"关系;等等。可以说,格非的这些作品与美国悲剧大师尤金·奥尼尔的现代悲剧存在诸多相似之处,两者都是以欲望为始,以悲剧为终的类似西方的"原罪"创作;且二者又是将西方弗洛伊德的性心理分析学说视为人类欲望的根基。因此,即便西方弗氏理论存在着诸多矛盾与分歧,但是大量的事实与病历亦在证明人类偏重欲望的行为,尤其是对性欲的满足,这对当时的西方社会产生巨大的冲击。而欲望的泛滥必然导致人格的分裂,这也必将使得生命走向自我精神与肉体的毁灭。

偏爱探究人性阴暗的先锋作家自然不会忘记这一点,在格非的《欲望的旗帜》中,所创作的人物大都具备"本我"、"自我"与"超我"三种意识之间的矛盾。例如,张末是一个喜爱幻想并注重"本我"的女人。面

---

① 格非:《人面桃花》,上海文艺出版社,2012,第144页。

对现实世界，她不得不接受理性"自我"与社会"超我"力量的指引，虽努力恪守妇道却常遭嘲讽，自己所坚持的理想与信念又时常被"超我"的世界解构、颠覆。可是，她根本的问题在于婚姻并没有满足她久被压抑的"本我"性欲，面对邹元彪的诱惑，她最终还是突破了"自我"的压制与"超我"的缄默，从而获得短暂的狂欢。当欲望如潮水般在身体里退却后，理性的"自我"与道德的"超我"再次袭来时，心中或许只留下最为苦痛的矛盾和深深的自责，就此成为具备歇斯底里症状的人物原型，以负面书写完成了正面与积极人性的构建。

另外，他们的老师贾兰坡的心理矛盾更是代表了当时知识分子关于"形而上"的价值观念无法与"形而下"的原始冲动相抗衡的精神困境。在该篇小说中，这位教授将他的全部梦想寄托在哲学上："倘若没有哲学，人与猪何异？况且猪也未必就不懂哲学。"① 但恰恰是"形而下"的欲望解构了他追求一生的哲学思维，迫使"本我"与"自我"一直处在彼此断裂、隔离的心理状态。一方面，他是位德高望重的资深教授；另一方面，他却与身材丰满的资料员在电影院里偷腥。当剧场飘扬起贝多芬第三交响曲的时候，这位老教授激动得热泪盈眶，疯狂似乎成了他唯一的人生答案。因此，从这些意义上讲，这部小说中几乎所有的人都在"超我"与"本我"的夹击下破碎不堪，他们的内心更像是一座欲望的加油站，"当人类失去永恒信念这一故地之后，内心一定是由像野草一样的生长的欲望来填充"，这也是"人类在信仰、理性、自我的道路上失败之后手中仅存的最后的旗帜"②。但是，欲望又不能让人确立"自我"的存在，反而使存在陷入更加幽暗的惶惑与虚无中。也许，作家格非正是通过欲望外化的写作在该文本当中架空了理性、传统与信仰，暴露了生命最为内在的黑暗。

现实社会虽然长久以来制约人类并适当规训人性之中非理性的因素，以此确保人类行为的正当性，但正如斯宾诺莎（Baruch de Spinoza）指出，

---

① 格非：《欲望的旗帜》，上海文艺出版社，2013，第8页。
② 谢有顺：《最后一个浪漫时代——我读〈欲望的旗帜〉》，《当代作家评论》1996年第2期。

早在十七世纪的西方社会，关于人性欲望与效用的概念已与肉体的本能和物质的支配画上了等号。[①] 中国当代先锋小说正是一些关于性欲与物欲的寓言作品。因此，除了性欲，对于所有生物来说，食欲依然是维持生命延续的基础，但像苏童的《玉米爆炸记》中的主人公兆庚，为了获得几亩耕地，贸然啃掉一百穗玉米丢掉性命的傻瓜则难寻一二。这部小说的荒诞绝非简单地博取读者一笑，玉米实际象征了兆庚性格中那无边无际的物质欲望，在该篇小说的结尾处，玉米的砰然爆炸也以寓言的方式道出企图驾驭欲望却被欲望吞食的悲剧个体。

在莫言的《四十一炮》中，为了不断占有财富，屠宰村村长老兰一方面不断探索注水猪肉的新技术；另一方面又不停地激发群众吃肉的欲望。于是，全村举办了肉食节，目的是将人类对食物的欲望推至极致。在该篇小说中，荒唐情节的铺设无疑是对物欲膨胀的讽喻，而肉食节上食肉中毒的事件也从另一个角度反映了作者对文中社会向物欲加速转型的否定态度。当然，不止富足的食物可以引发人类欲望的膨胀，天灾同样给人类带来表现欲望的机会。如在莫言的《复仇记》中，王先生伸着脖子，翻着白眼，即使快要噎死了，两只手也要死死地抠住猪头肉。从这个意义上讲，种种人间食欲的异象在看似"轻松""滑稽"的笔调下，给人们展示的却是人性中的痛苦和变异。

除了性欲、食欲，我们在余华的长篇小说《兄弟》中，还可以发现以往苦难的历史让人们积攒了太多太久的物质渴望。大量金钱与商品所引发的"喧嚣与躁动"，让以往备受压抑的现代人企图通过物质欲望的放纵来获得心理平衡。于是，游手好闲的李光头摇身一变成为厂长，虽然后来的物质狂欢让他再次贫困潦倒，可他的身上有着一股赚钱的狠劲，忍辱负重靠着倒买倒卖东山再起。而物欲的充盈又刺激着李光头的性欲。于是乎，他"睡了我们刘镇的女人，还睡了全国各地的女人，睡了港澳台及海外侨胞的女人，就是外国女人他也睡过十多个"[②]，但这些女人都不是处女，中国

---

①　参见〔荷兰〕巴鲁赫·斯宾诺莎《神学政治论》，温锡增译，商务印书馆，1963，第207页。

②　余华：《兄弟》，作家出版社，2012，第544页。

传统的封建礼教思想又让李光头再度疯狂。在他的"倡议"下，刘镇举行了"处美人"大赛，也为李光头使用显微器械观察处女膜提供了宝贵的机会。在文中描述的物欲横流的年代，不仅仅是李光头如此。标榜文艺的"刘作家"穿上了"三岛"的西装，成为李光头的跟班；往日对李光头恨之入骨的李红也心甘情愿地献出自己的身体；"一身正气"的赵诗人不得不向现实妥协。在一片吵闹、混浊的氛围下，各地的群众纷纷涌入刘镇，争看美女的"肉体"：丰润的乳、娇俏的臀、纤纤的腰……可以说，作品中的人类将一切理性与道德埋没在物质欲望的狂欢下，一切都变得模糊不清，唯有感觉才是真实的。而被物质欲望所侵占的人类自此成为欲望的动物，再也不存在什么深度的理解与深刻的思考，更没有什么外在价值所赋予的生命意义。所有灵魂深处的理性，生命形式中的激情，人类精神的高亢，都在文本中的物质社会面前变得弱不禁风，并在浓厚的欲望中慢慢消散。对于这样的文学创作，张新颖与刘志荣说：

> 我们以往谈文学和时代，我这个文学要处理时代的话，对这个时代有一个反省的角度。有的时候知识分子色彩更强一点，我是带一种批判的眼光，或者我要从这个时代寻找什么历史规律等等。"表现时代"和"时代本身"这两个东西有意地拉开了距离。……《兄弟》好就好在，它跟这个时代没有距离，是"内在于"这个时代。①

从这个意义上讲，人类对金钱、对地位以及对权利的急功近利，导致了文本中群像"重利"内涵的加速外显：抢夺日本垃圾西服的刘镇群众，谎称生下李光头儿子的众多妇女，热销的人工处女膜……这种利益化、物质化的群像也让文中宋刚这位善良、独立的"老实人"的存在，成为一种荒谬现象。在文本中，他试图靠苦干拯救自我，挽救家庭与事业，可换来的却是腰残、肺坏，甚至在骗子周游的唆使下，以"隆胸"的方式迎合世俗

① 张新颖、刘志荣：《"内在于"时代的实感经验及其"冒犯"性——谈〈兄弟〉触及的一些问题》，《文艺争鸣》2007 年第 2 期。

的变态需求。从这个现象上讲,长期以来恪守的伦理道德正在逐步消失的理由:为了满足精神空虚与灵魂的浮躁,人类开始体验各种新奇的事物,从此抛弃伦理,放弃道德,忽视理性。面对这样的现实,先锋作家在矢志不渝地追求创作形式的同时,还饱含了对人性关注的热望,以形式来体现他们的创作目的,虽然这并不会让文学创作更加的纯正或者更为超前,但是我们依然能够体验到人性中的种种负面因素,能够看出作家对于人类终极关怀的蛛丝马迹。不论孤独、恐惧、纵欲、焦虑,他们的作品都是以虚构的形式来刺痛读者的神经,给予人正面向前的力量。

即便喜爱为读者展示荒诞悲剧的残雪,其小说作品也充斥了对物欲的控诉。如《最后的情人》全篇充满涌动欲望的波涛,这种欲望的波涛有时明媚,有时幽暗,有时汹涌澎湃,有时安静如镜。在充满勃勃生机的橡胶园中,它如春草一般繁密而旺盛,那数不清舞动的肆无忌惮的蛇群,是它的外部投影。文中的里根先生是一位五十岁的、通情达理且学识渊博的农场主,是女人眼中的绅士,可是这么一位风度翩翩的农场主却时刻受到物质欲望的驱遣和奴役。对领地的扩张是里根追求的原动力,橡胶园不断赢利,使得他可以将周边的几个大农场全部买下来,改成了橡胶园。为了达到扩张的目的,他聘用一名叫金夏、国籍不明的优秀管理人员。"里根先生,依我看,农场越扩大,我们越能安心。"[1] 金夏先生的话充满了讥讽的意味,也是作者对这种荒唐至极的物欲的一种反讽。

另外,重读欧里庇得斯《阿尔克提斯》(*Alcestis*)的命运悲剧,我们依然能够发现人性当中最为自私的一面:日神阿波罗天降神谕,国王阿德墨托斯(Admetus)将不久离世,唯 化解厄运的方法就是找人替他而死。国王天真地认为,凭借往日对王公大臣的恩典,找个替死鬼自然不费吹灰之力。可事实上,真的没有人愿意为他去死,就连自己的老父亲斐瑞斯(Pheres)也不愿意拿苟延残喘的晚年换回儿子的性命,而且以更加嚣张的言辞驳斥。虚张声势、咄咄逼人的姿态背后恰好证明了他潜意识中不顾及别人,不愿放弃私利。正是这么一种亲情,使得无私、崇高的父母之爱变得世俗不堪,还

---

[1] 残雪:《最后的情人》,湖南文艺出版社,2016,第191页。

有什么比这样的悲剧作品更能道出人性的自私本然呢？在莎士比亚四大悲剧之一的《李尔王》中，人性的自私发生了根本的逆转，悲剧当中的父王李尔，他成为善与美的代表。可正是女儿的自私导致了李尔被逐出家门，在暴风雨的原野上疯癫呼号，虽有女儿老三——法兰西皇后考狄利娅（Cordelia）为他报仇，但战事不利，考狄利娅被杀死，老大、老二两个女儿也因嫉妒互相残杀而亡，最终幡然悔悟的李尔抱着考狄利娅的尸体悲惨死去。

这种长辈拿晚辈"抵命"，晚辈期盼长辈"早死"的经典悲剧性情节同样出现在先锋小说的创作领域中。如在余华的《在细雨中呼喊》中，晚年的父亲孙有元苟延残喘，想死却死不成，作为儿子的孙广才非但不安慰重病的父亲，还担心受老人拖累让自家更为贫穷。不断打砸、辱骂、为难的行为使得老人加速死去。虽然，儿子对父亲的恶行存在历史与现实的因由，但是贫穷与绝情、绝义之间绝非必然。实际上，自私自利、小肚鸡肠才是他丑行最为根本的精神源泉。得知父亲去世，他的反应恰好暴露了极为阴暗的心理。文中，"我"的父亲如释重负地笑了，他向外走出去连声说道："总算死了，我的娘呵，总算死了。"① 然后嬉皮笑脸地坐在门前的台阶上，远远地看着不远处的几只鸡。

如果以上先锋作品道出晚辈对长辈精神上的迫害的话，那么余华的《世事如烟》中的长辈却成为"斐瑞斯"般的人物。鲐背之年的算命先生为了延长寿元，用秘法先后克死自己的五位儿女，还用"采补术"害死了十六岁的女孩"4"，而"7"为了治病又不惜把亲生儿子卖给算命先生。此文中的"6"为了牟利，卖掉自己的六个女儿，甚至连她们的尸体都不放过；在格非的小说《大年》中，豹子的母亲出于对儿子的前途和自己晚景的绝望，计划买凶杀子；在苏童的《罂粟之家》中，残忍的刘老侠用女儿一生的幸福换来三百亩土地；马原的《旧死》中，母亲杀掉海云后只是对闻信赶来的警察小声说："我把这个儿子杀了。"② 如果再联系当时两位女作家的作品——迟子建的《罗索河瘟疫》与池莉的《你是一条河》——我们就

---

① 余华：《在细雨中呼喊》，第222页。
② 马原：《旧死》，《旧死：马原文集》卷二，作家出版社，1997，第66页。

可以认定，迫害、谋杀亲子的传统悲剧原型已经成为当代小说中的一道反讽的风景线。

先锋小说还对个人自私的劣根性进行了一定程度的拷问。这种底层老百姓在危难来临之际，宁可信其有不可信其无，先为自己身家性命着想的自私性在先锋小说作品中有普遍的反映。在《三盏灯》中，苏童将人物放置在战争背景下，最大限度地放大外部客观作用：战前疏散，举家撤离，就连腌菜坛子都舍不得丢掉，可他们却偏偏丢掉了一个大活人——扁金。当村长娄祥想起扁金尚未跟上队伍，想回去找时，却被老婆强行拉住。那个女人安慰道："你以为扁金是傻子？人家早跑了，你没见他把鸭子都丢下啦？就是傻子也知道躲打仗，没准他跑得比你快呢。"① 事实上，娄祥女人乐观的想象是在消解丈夫因逃避责任所带来的负罪感。这种心理是粗劣的，但又不失为掩盖自私的最好方式。出于女性的天性，人性当中最为自私的一面暴露无遗。于此，苏童塑造了如下女性人物：《红粉》中，为了优越的生活、抛弃亲人的小萼主动将自我改造为妓女；《妻妾成群》中的姨太太们争风吃醋、明争暗斗，为的是得到陈老爷的恩宠；《妇女生活》中的娴为做孟老板的情人，将老母独自抛在家中；《另一种妇女生活》中的简少贞将妹妹视为自己爱情的陪葬品；《米》中的织云为了件貂皮大衣，心甘情愿成为六爷玩物；等等。可以说，苏童笔下的女性都是极为自私的，她们为了满足婚姻或物质上的小小要求，不惜出卖肉体，坑害他人，最终葬送了自身。

可以说，与西方作家相同，对人性中自私自利的刻画，先锋作家从来没有遮掩，他们刻意在纵欲、自私与贪婪等方面，勾勒了人性中的丑恶。甚至这些作品中洋溢着一种直白与欣赏的态度，以此将丑恶的人性挥扬出来，将美的范畴扩大到审丑的层面，不仅挣脱了传统悲剧文学刻画英雄人物的范式，放弃了正面谱写崇高的悲剧精神，而且对人性中最为隐秘的阴暗部分全面发掘，将肮脏的丑恶翻转在皮肉之外。虽然这些作品我们很难视为悲剧，但只有正视了这些反映人性之恶的先锋小说，才能在后来九十年代转向创作的作品中，发现人性的点点光辉。

---

① 苏童：《三盏灯》，《罂粟之家》，上海文艺出版社，2013，第102页。

二 九十年代前，小说人物负面相的暴力挖掘

朱光潜指出："一个穷凶恶极的人如果在他的邪恶中表现出超乎常人的坚强和巨人般的力量，也可以成为悲剧人物。"① 同样在欧里庇得斯的《阿尔克提斯》中，当得知自己的儿子被宙斯杀死时，日神阿波罗也因暴怒杀死了为宙斯制造雷锤的独眼巨人。连代表理性与优雅的日神都在无情杀戮，更何况是受欲望掌控的弱小人类？如此暴力的人间常态正如克尔凯郭尔在《非此即彼》（Either/Or）中指出：

> 从悲剧核心来看，古代悲剧以"动作"为中心，现代悲剧则以"情境和性格"为主导；从悲剧效果来看，古代悲剧中"忧伤"更深刻些，而现代悲剧里"痛苦"则要浓重些。除此之外，更关键还在于，如果说古典悲剧世界仅仅属于整个世界的一部分，那么现代悲剧透露给我们的则是一种深沉的恐惧和悲哀——生活本身就是悲剧，而人则成为这悲剧的最终根源。②

而中国先锋小说对暴力本能的细致梳理，不仅意味着对人性延续不绝的"暴力基因"的警醒，而且在揭示游走于本能与理性之间以罪恶为核心语码的人类身体攻击，难以根除。

余华在《虚伪的作品》中写道："人类文明的递进，让我们明白了这种野蛮的行为是如何威胁着我们的生存。……在暴力和混乱面前，文明只是一个口号，秩序成为了装饰。"③ 学者张清华也对余华的小说做了评判："对人性原发之恶的判断是他认识历史的出发点。"④ 因此，自二十世纪八十年代以来，他所创作的先锋作品大多是从人类无意识的暴力本能入手，

---

① 朱光潜：《悲剧心理学》，张隆溪译，第 96 页。
② Søren Kierkegaard, *Either/Or*, trans. by Howard Hong, Princeton：Princeton University Press, 1987, pp. 140~150.
③ 余华：《虚伪的作品》，《上海文论》1989 年第 5 期。
④ 张清华：《境外谈文》，花山文艺出版社，2004，第 79 页。

诉说人性的固有之恶。这种对人性之恶最为集中也最为深刻的审视,在《现实一种》中仅有四岁的皮皮身上得到最为直接的展示:

> 这哭声使他感到莫名的喜悦,他朝堂弟惊喜地看了一会,随后对准堂弟的脸打去一个耳光。他看到父亲经常这样揍母亲。挨了一记耳光后的堂弟突然窒息了起来,嘴巴无声地张了好一会儿,接着一种像是暴风将玻璃窗打开似的声音冲击而出。这声音嘹亮悦耳,使孩子异常激动,然而不久之后这哭声便跌落下去,因此他又给了他一个耳光,堂弟为了自卫而乱抓的手在他手背上留下了两道血痕,他一点也没觉察,他只是感到这一次耳光下去那哭声并没窒息,不过是响亮一点的继续,远没有刚才那么动人,所以他使足劲又打去一个,可是情况依然如此,那哭声无非是拖得长一点而已。于是他放弃了这种办法,他伸手去卡堂弟的喉管,堂弟的双手便在他手背上乱抓起来。当他松开时,那如愿以偿的哭声又响了起来。他就这样不断去卡堂弟的喉管又不断松开,他一次次地享受着那爆破似的哭声,后来当他再松开手时,堂弟已经没有那种充满激情的哭声了,只不过是张着嘴一颤一颤地吐气,于是他感到索然无味,便走开了。①

可以说,皮皮是在无意识的暴力行为与杀戮手段之中获取了内在快乐,而无意识的暴力行为,如拧脸、刮耳光、卡喉咙,正是生命初期暴力本能的揭示,以此确证自我本质力量的方式与手段,这实际上揭示出生命无法用理性掩盖暴力的人性悲哀。

但是,作为先锋作家的余华很少顾及读者的"期待视野",对人性邪恶本然的诉说也并非忽略不见。在该小说的最后,山岗被枪毙,遗体被解剖,机体虽死,可生命延续的生殖器在手术后奇迹般地复活,并让女人快速受孕。这个看似荒谬的事件实际是让皮皮的父亲再次"后继有人",作

---

① 余华:《现实一种》,作家出版社,2012,第4页。

家也似以这种隐喻的方式告诉世人暴力因子无法从人间完全剔除。

余华笔下的这种隐性暴力在苏童那里却成为现实生活中稀松平常的显性常态。在《香椿树街故事》中，香椿树街本身就是一个极富有象征内涵的意象，它是一条狭窄的南方老街，这条老街与象征美好的枫杨树街对立，却与残雪的《黄泥街》《五香街》中的街道神似，意在象征现代文明与人性之恶间存在的互等对应关系，因此生活在香椿树街上的儿童也自然成为"不安定的情感因素"，此外还有"突然降临于黑暗街头的血腥气味，一些在潮湿的空气中发芽溃烂的年轻生命，一些徘徊在青石板路上的扭曲的灵魂"①。故此，《刺青时代》中的无恶不作的儿童，《伤心的舞蹈》中的"我"与李小果，《城北地带》中的李达生与东风中学学生，《乘滑轮车远去》里的两个帮派少年，等等，这些少年或单打独斗，或互相追杀，或拉帮结派。我们反思一个个年轻生命的悲剧时，就会发现他们血液当中共同泛滥着暴力的毒剂，不得不对自身及"人"这个概念进行重新审视和思索。

另外，先锋作家又偏爱将暴力因子放置在特殊的一类人群当中，考查人性之恶的本能命题。在余华的《河边的错误》中，马哲调查命案，最终的凶案线索又都指向那个转入生物本能的疯子：他以残忍的手段砍杀老太太、工人、孩子。也许，我们都会认为失去理智的人无法控制行为，无须对杀戮、血腥承担后果。但我们未曾想过，失去意识的人为什么不去选择善意的举动，唯独去选择暴力与杀戮？

这样的情况出现在苏童的《罂粟之家》中，那个白痴演义经常拿着柴刀冲着别人的脑袋比画，嘴里嘟囔着"我杀了你"的口头禅。后来，他自己被刘沉草砍得奄奄一息时，依然不忘喊着："我杀了你、我杀了你……"可以说，在先锋小说作家有意识的创作之内，我们已经全面了解人类根深蒂固的暴力本能：先锋作者极尽笔墨书写畸形人的不正常行为，与鲁迅所指出的病症引起疗救的意识如出一辙。虽然先锋作家们还

---

① 苏童：《我的生活方式更接近鱼类》，https://news.qq.com/a/20090608/000472.htm，2009/6/8/7：39。

不能达到鲁迅对人认识的高度，但他们正站在巨人的肩膀上俯瞰一切，因而能从与众不同的视域进行观察。疯人、疯语，看起来、听起来似乎荒诞不经，恰是作家的智慧所在。实际上，他们借助疯人、疯语道出了关于"人之初，性本恶"的忧患意识，也正是通过儿童与傻子这两类在自我主体意识时常缺失的人物类型身上，寻得人类真实生存与真实生命之下的邪恶本能：

> 所谓真生存，就是意识到生存自身的各种弊与蔽包括人性中的虚伪、残忍、阴暗而努力战胜之、消除之的过程。这个过程不仅是对自己的动物性，对源于动物性但却在社会中膨胀、恶化了的某种欲望和心性的改造和祛除，而且是对人生的一切现存状态的批判性审视和超越。①

所以，一方面，先锋小说无疑对人的生命本质以否定式方法进行了还原；另一方面，先锋小说如一支支强心针刺入世人麻木的肌理里，不断撞击、挑动现实生命对于人性丑陋与阴暗的觉察。

哈罗德·布鲁姆（Harold Bloom）在他著名的《影响的焦虑》（*The Anxiety of Influence：A Theory of Poetry*）一书中指出，文学创作应"尽可能回避直接的表述，让阴沉的天空来展示阳光"②。中国的先锋小说却用阳光见证暴力，正如余华指出："暴力因为其形式而充满激情，它的力量源自于人内心的渴望，所以它使我心醉神迷。"③ 因此，《现实一种》这部小说也并没有止于对皮皮暴力行为的无意识书写。如果我们不否认皮皮身上先天具有暴力本能的话，那么长辈之间睚眦必报、血腥不堪的复仇行为就在暗示更加理性的暴力人性。

文中，暴怒后的亢奋让弟弟山峰有意多面出击，他先痛打爱人，再逼皮皮舔血，随即一脚踢死侄儿，最终还要与兄长用菜刀进行对决。这一连

---

① 张曙光：《生存哲学》，云南人民出版社，2001，第167页。
② 余华：《虚伪的作品》，《上海文论》1989年第5期。
③ 余华：《我能否相信自己》，第162页。

串的行为都是作为成年人的他有意识的报复行动。但在这里，我们又看到比山峰更加高级的暴力，那就是哥哥山岗表面坚忍退让，却在循循善诱，最终骗得山峰就范，并以狗舔脚心的刑罚杀死了自己的亲弟弟，可谓棋高一着。

兄弟的两位妻子也不甘示弱，山岗妻子的唆使直接导致兄弟相残，而山峰的妻子则报案抓捕山岗，随即冒名顶替，捐献了山岗的遗体。这一连串的事件全部是在理智的状态下完成的。虽然，这部小说有关暴力与杀戮的演绎不是那么血肉横飞、惨不忍睹，却让我们意识到暴力是如何深入人心的。值得注意的是，余华小说中有关暴力、死亡的事件大多发生在代表理性与温暖的阳光之下，如在《河边的错误》中，疯子被马哲枪杀，河面上的阳光"无声地闪耀"①；《世事如烟》中，阳光非但没有拯救"4"的生命，反而让女孩在其照耀下走向生命的深渊。

更令人恐惧的是，余华作品中的阳光更多承载了人类引发暴力的诱导因素：同样在《现实一种》中，从窗外突然射进的阳光吸引皮皮抱着弟弟出门看太阳。弟弟被他摔死，地上的血迹在阳光下显得有些耀眼，像"阳光一样的光亮"②。当皮皮走向血迹望着"这摊在阳光下亮晶晶的血"③时，又联想起某种鲜艳的果浆；随后，山峰又被哥哥诱骗到屋外，"院子里的阳光太灿烂，山峰觉得天旋地转"④，他竟然十分配合地被哥哥绑在树上，最终大笑至死。

《一九八六年》对阳光下暴力的书写更令人印象深刻。漫漫寒夜，逐渐失去理智的历史老师，因自我内在世界的恐惧，最终精神溃败、肉身逃亡。十年之后，当他对自我肉体的屠戮接连上演时，阳光却充当了审判者的角色。生命终结之刻，他抬头仰望天空，"第一眼就看到了那一片红光，于是这时候他仿佛听到了一种吼声，吼声由远及近，由轻到响，仿佛无数

---

① 余华：《河边的错误》，《现实一种》，第102页。
② 余华：《现实一种》，第18页。
③ 余华：《现实一种》，第18页。
④ 余华：《现实一种》，第32页。

野兽正呜咽着跑来"①。

这种有意识且富含理性、非冲动的阳光下的暴力成为悲剧中的一种普遍现象，如《红高粱家族》中的活剥人皮，《红蝗》中四老爷刺瞎李大元双眼，《二姑随后就到》中两弟兄对长辈的酷刑，《灵药》中对死人开膛取胆，《狗道》中人性降低为兽性后对野狗疯狂屠戮的人狗大战，《复仇记》与《筑路》中活剥猫皮狗皮的残杀过程，等等，这些行为无不是在阳光下发生的。不管有意还是无意，先锋作家阳光下的暴力写作，在我们看来，亦是对尼采《悲剧的诞生》中对理性遮掩之下酒神无意冲动的一种阐释。换句话说，在先锋小说家的笔下，酒神用本能诱惑人类，使得和谐、圆融的理性精神分崩离析；日神也遭受人类暴力历史的漫长侵染，自我理性与唯美意识已具有无法挥去的暴力瑕疵。

因此，先锋小说自始至终都在解构文化、历史等主、客观的社会元素，从而堂而皇之地在阳光之下对生命进行戕害。这些无法被制止的暴力事件也从侧面指认生命已从暴力本能上升到暴力意识的高级状态，超越了中国传统文学中长期关于生命与存在的虚化和遮蔽。因此，这里我们可以用萨特的话进行总结："对于施虐狂世界的现代揭露，实际上又使施虐本身的意义与目的消亡。"②

三　九十年代后，由负面相到多面相的人物塑造

在西方经典悲剧，尤其是莎士比亚性格悲剧中，生命被认为是善与恶的复杂性结合体。关于这一点，刘再复评论道：

> 性格的"不可爱处"，是性格的"缺陷"。这种性格的缺陷，反映着人的局限性。真实的人性既具有人的创造性、能动性，又具有人的局限性。具有创造性、能动性，人才区别于动物；具有局限性，人才区别于神。美学中的所谓"缺陷美"，往往能有力地表现出人性美。

---

① 余华：《现实一种》，第150页。

② Jean-Paul Sartre, *Being and Nothingness*: *An Essay on Phenomenological Ontology*, Beijing: Chinese Social Sciences Publishing House, 1999, p. 406.

"完美"与"美"并不相等，"缺陷"与"丑"也不相等。由于人世间纯粹"完美"与纯粹"缺陷"的性格并不存在，因此，真实的性格，美而有魅力的性格，常常是在美丑、善恶矛盾统一的关系中。[1]

因此，中国先锋小说家极力展现人性中恶的特殊本质，并将这种本质无限放大，以此挖掘人性中的阴暗，引出救赎话语，希望能够弘扬人性光辉一面；这个时候，在这样一种忧患意识当中，先锋作家总是将人物简化为符号或代码，有时甚至用阿拉伯数字代替名字，这实际是"对人的本质、人性及欲望的抽象，并努力把这种抽象的人置放于他的舞台上，构成一种有力的象征，既揭示着存在又象征着世界。先锋小说在努力追求着一种具有抽象性的象征，一种人为的、主观的世界，即用非常主观的方式看世界，对一种形式的追求"[2]。

可是，当三岛由纪夫的鲜血淋漓的文学作品出现在先锋作家眼前时，他们却对三岛的对死、对恶、对鲜血淋淋的迷恋保持很高的警醒，余华指出："如果世上的人是通过生活与行动来体味恶的话，我则尽可能深深地潜沉在精神界的恶里。"[3] 这句话其实是对恶的取消，人们通常只是以生活和行动的准则来判断什么是恶、什么是善，最终导致三岛混淆了全部的价值体系。

因而，揭露人性之恶的先锋小说创作不仅沉迷于"恶之华"，而且埋下了关怀的种子；这在先锋小说九十年代转向之后尤为突出，正如苏童指出的："我的创作目标，就是无限利用'人'和人性的分量，无限夸张人和人性力量，打开人生与心灵世界的皱折，轻轻拂去皱折上的灰尘，看清人性自身的面目，来营造一个小说世界。"[4] 如此深刻的认识，一方面符合先锋作家一直以来关于生命悲剧的思考；另一方面，人性正面与负面的双

---

[1] 刘再复：《性格组合论》，安徽文艺出版社，1999，第72页。

[2] 尹国均：《先锋实验》，东方出版社，1998，第7页。

[3] 余华：《我能否相信自己》，第12页。

[4] 苏童、周新民：《打开人性的皱折——苏童访谈录》，孔范今主编《苏童研究资料》，山东文艺出版社，2006，第89页。

向之思也让先锋小说关于人物性格的认识与表现获得极大丰富，由此把真实还于人，把人性还于人，用诚恳与真实的态度对人性进行客观的逼视与拷问，加深了二十世纪九十年代以后先锋作品内在的悲剧意义与精神内涵，暗合了批评家林舟的主张：

> 在人，苦难和错误是难免的！但作为一个人，他一定要对高尚的事物有感觉，作家也一样，我不是说作家非得是一个圣人，我只是说他必须对高尚有感觉甚至企盼，否则，他因什么痛苦（冲突）呢？没有这种本质的痛苦，他何以了解真正的悲剧的含义？他因此可能失去一个艺术家表达的权利。①

但是，先锋小说是以对过往文学样式的解构与颠覆为最大标志的，对形式追求的一路高歌猛进，必然造成小说内涵的流失。因此，在二十世纪八十年代中期以来的作品中，我们很难察觉先锋小说如传统悲剧所富有的崇高精神以及对生命的终极关怀。如此的创作正如洪治纲指出，先锋小说“并不对历史的文明作出承诺，只负责对作为个体的生命在某些根源上的丰富性进行探讨，尤其是在种种非理性的指使下，人们是怎样一步步背离了那些可贵的伦理品质，怎样破坏和颠覆了那些崇高的信仰”②。

文学表现毕竟是一种载体。作为中国文学无法割舍的组成部分，先锋作家在形式创新的同时，必定要揭示一定的悲剧内涵与生命价值，只不过对于生命的正面思考与表现不够强烈。这样的“短板”也是二十世纪先锋小说纷纷回归意义的本因。他们会用更加怜悯的目光注视着人、思考着人，并通过多元化的意识“光路”探求灵魂的奥秘，发觉肮脏与邪恶人性背后永驻的正面价值。

因此，进入二十一世纪后，有关人性的多面思考在余华的《许三观卖血记》中得到淋漓尽致的演绎。该文中，许三观一生曾有过十余次卖血经

---

① 林舟：《生命的摆渡——当代作家访谈录》，海天出版社，1998，第146页。
② 洪治纲：《先锋文学聚焦之六——另一种启蒙》，《小说评论》2000年第6期。

历：为了娶媳妇，他卖血；一乐闯了祸，他卖血；二十世纪六十年代闹饥荒，为了家人能吃上碗面条，他卖血；希望领导关照，他卖血；重病的一乐住进了医院，他一路辗转卖血五次。四十年来，每每遇上灾祸，他都以"血液的力量"对抗苦难。可当采血站不再收购自己的鲜血，家人又适逢灾祸时，该怎么办？这个平日里乐观、幽默、良善的老百姓内心最初所想的并非再次享用猪肝与黄酒，而是自己再不能为家人渡过难关而感到深深的苦恼与自责。

可以说，在许三观这位悲剧人物身上，我们发现了以往先锋小说人物不曾有的宽厚与善良，体会到余华有关生命悲剧人性力量的正面期待与感召。我们无法想象一个普通得不能再普通的老百姓能够承受起如此沉重的命运职责；换句话说，他的一生都是用生命的力量与乐观的态度消解了苦难，融化了沧桑。

假如我们能认识到《许三观卖血记》所展露的是人性当中最为乐观与包容一面的话，那么就会更能体会到余华的另一部小说《活着》中对人性中坚毅、隐忍的高贵力量的关注。《活着》中的福贵便是遭受苦难的倒霉人。在家道中落，沦为贫农后，面对命运如此的不公，他并没有麻木、放纵与堕落，依旧以极为坦荡与淡然的态度接受现实，并通过宽广与博爱迎接世间苦难的挑战。人物形象如此巨大的转变亦如作家本人所说，创作的目的不在于泄欲，不是在于控诉，而在于"展示高尚"，这需要一种"理解之后的超然"，将人性中的善恶"一视同仁"，并用"同情的眼光来看待这个复杂的世界"①。由此，凭借这种悲痛与怜悯的心态以及对生活与人生不断深入的理解和体会，先锋作家深刻认识且体悟到世界依然有美好的正面力量。关于人性的认识转变也使得先锋作家笔下的人物迈向臻至的境地，将温情普及众生，在理解与宽容中审视人性。

同时，先锋小说也一改冰冷的语言质感，转以优美轻盈的笔调，对福贵一生的苦境娓娓道来，细微处又做出对人性与生命的理性追问，将审视与思考的空间植入生命的力量和人性的光辉。可以说，《活着》与《许三

---

① 余华：《活着》，序言，作家出版社，2010，第3页。

观卖血记》已不再是去安排而是去理解叙述中的人物。理解福贵和许三观的一言一行，让他们走自己的人生道路，这样也就确立了悲剧人物的主体性。也许有人会说，许三观与福贵没有高尚的精神追求，他们的普通命运中只有太多的悲戚。但是，在世俗之中所绽放的生存力量同样是人类精神的象征，承载了创作主体关于人性更为实际且全面的悲剧意识。

时隔七年，当创作小说《第七天》时，余华再次用温情延续了重要的悲剧主题——父与子，使得父子之间的关系得到根本转变。在小说中，"我"的身世本身就是奇异的代名词：意外地被抛弃在火车铁轨之间，铁路工人杨金彪把"我"抚养成人。他本有机会将"我"弃在他乡，追求向往已久的爱情，但他经受不住内心的煎熬，放弃唾手可得的个人幸福。父亲杨金彪富有亲情的力量，在这个意义上讲，这部作品再次继承了《许三观卖血记》与《活着》对人性丑恶的反抗姿态，亦在荒漠世俗间搭建起亲情与温情的平台，用以展现美好的人性承担。这不禁让人想到海德格尔曾经引用德国诗人荷尔德林（Friedrich Hölderlin）　《人，诗意的栖居》（Dichterlich wohnt der Mensch）中的诗句："只要善良，这种纯真，尚与人心同在，人就不无欣喜以神性来度量自身。……我要说星光璀璨的夜之阴影也难与人的纯洁相匹敌。人是神性的形象。大地上有没有尺度？绝对没有。"[1]

作者脱离生死两难的境地后，构筑了一个与现实世界、死亡世界相区分的至善的第三世界——"死无葬身之地"。在这个明显具有日神特质的世界内部，人类没有高低之分、贵贱之别，处处充满和谐的氛围。其中，对鼠妹"净身"事件的描述，其诗意化色彩更是绝伦：

　　鼠妹低下头去，动作缓慢地让外衣离开身体，又让内衣离开身体，当她的双腿在青草和开放的野花里呈现出来时，她的内裤也离开了身体。鼠妹美丽的身体仰躺在青草和野花上面，双腿合并后，双手交叉放在腹部，她闭上眼睛，像是进入睡梦般的安详。鼠妹身旁的青

---

① 引自孙淑奇《诗意、此在、栖居——解读海德格尔〈人诗意的栖居〉》，《理论界》2008年第 7 期。

草和野花纷纷低下头弯下腰，仿佛凝视起她的身体，它们的凝视遮蔽了她的身体。于是我们看不见她的身体了，只看见青草在她身上生长，野花在她身上开放。[①]

实际上，《第七天》这种叙事构思与英国后现代小说《白色旅馆》（*The White Hotel*）存在殊途同归之妙。《白色旅馆》这部小说主要讲述了主人公安娜关于自我的小写历史（history）如何为社会大写的历史（History）所吞没，最终惨死在巴比亚（Babi Yar）大屠杀的悲剧故事。但是，作品并没有就此终结，既然弗洛伊德精神分析不是解决自我与荒诞世界之间的万灵药，那么人类的出路在哪里？进入最后一章后，作家唐纳德·迈克尔·托马斯（Donald Michael Thomas）同样把死者带到了另一个明显具有宗教神性笔触的"新居留地"，文中的"迦南""约旦河""沙仑的玫瑰""以色列的帐篷彻夜通明"等，都能在《圣经·旧约》（*Old Testament*）中找到出处。也许人类只有在这里才能摆脱荒谬的现实世界、命运的作弄以及源于他人的罪恶，真正掌握自我的存在。只不过这一切又都不是现实的，这就给小说的结尾蒙上了一种神秘主义的色彩，将荒诞世界内部关于人类存在的终极问题再次拖入虚无与绝望当中，远远没有《第七天》表现得直接与真实。

需要指出，余华在《第七天》中所体现的悲剧意识并没局限于《白色旅馆》对人类世界的绝望，而是在构筑"我"与李青之间爱情虚妄的本质之后，对鼠妹与伍超超越生死的经典爱情悲剧进行书写，这亦让读者重温普通人的反抗姿态和对梦想执着的悲剧精神，规避了以往简单、纯粹表现神性的悲剧性书写，使得人性在经历复杂的世间变迁与生命磨砺后日臻完善。这不仅合乎人物内在真实的成长历程，而且能正视真实的苦难，体会并发现人性的光辉。

也许，余华创作的流变只是先锋小说转变当中的一个典型写照。过往琳琅满目的小说创作技巧早已变得不再重要，因为转向后的先锋小说更多

---

① 余华：《第七天》，新星出版社，2013，第 198 页。

地在于为实存的人类提供了一种永恒的价值参照，使可能走向畸形的人生得到调整和匡正。只有正视苦难，直面悲剧，将人性积极意义与崇高精神进行宣扬才能超越悲剧意识，而这正是先锋小说在继承以往现代悲剧的特点上，在意识维度所做的最大转向。因此，单是涉及这种"爱情+悲剧"的创作模式就已非常集中，以下列举的也只是他们较多被讨论的先锋作品：

苏童：《妻妾成群》《妇女生活》《另一种妇女生活》《一桩自杀案》《园艺》《已婚男人杨泊》《一九三四年的逃亡》《祖母的季节》《平静如水》《狂奔》《井中男孩》《罂粟之家》；

北村：《玛卓的爱情》《周渔的喊叫》《张生的婚姻》《伤逝》；

格非：《蚌壳》《镶嵌》《马玉兰的生日礼物》《打秋千》《背景》《湮灭》《迷舟》；

洪峰：《湮没》《离乡》《重返家园》《明朗的天》；

余华：《偶然事件》《难逃劫数》《一九八六年》《古典爱情》。

于此，二十世纪九十年代转向后的先锋小说，在人性良善、承担、坚忍、反抗等单面相方面具备相当深刻的刻画力度；需要看到的是，在考察人性复杂的"多面相"方面，转向后的先锋小说其实也不逊色。

如在苏童新世纪之作《蛇为什么会飞》中，从主人公宋克渊的身上，我们就能明显看到先锋作家对人性探索的多面向的尝试。首先，小说对宋克渊这个"局外人"的塑造极为复杂。拿文中冷燕的话来说，宋克渊是一个自以为是、不把别人当回事的社会人士。可正是在这么一个凶残至极，逼得朋友自杀，时常上演"生吃蛇"的社会小混混身上，却拥有许多人性的闪光点。例如，朋友跳楼，他主动协调葬礼的一切事宜，累垮也在所不惜；疯大林求他帮忙，他满口答应，因无法办成而惴惴不安。让所有人大跌眼镜的是，像他这样的人竟然还有脱离肉欲的爱情。灵魂的缺陷与人性的光辉在他身上冲撞所产生的巨响，让我们忽视了这部小说自始至终的阴冷与肮脏的诉说，也许只有如宋克渊矛盾、复杂的人性，才能反映先锋作家关于人的全新认识。

其次，小说对那个庸俗的金发女孩复杂人性的塑造：另类的服饰与别样的打扮，自打她走出火车站那一刻起，就被香椿树街的群众贴上了"鸡"的标签。为了生存，这个除了少许姿色、一无是处的东北女孩不得不去宋克渊的公司求职，面对男人的挑逗，自己正要脱掉衣服的那一刹那，忽然意识到不能失去做人的原则，即使饥寒交迫也在所不惜。后来社会的冷酷与残忍虽然一次次地将她重燃的希望吹灭，但这位坚强的东北姑娘并没有让怨恨与苦恼污浊纯洁的内心，反而将心爱之物一一转赠给那些曾经帮助过、关怀过的他人。在她的身上，我们明显感受到一股始于世俗却又超越世俗的向善与坚强，让人更加坚信人性的美好与崇高的梦想。

最后，一路走来的先锋作家即便经历了创作思维的转向，但仍未放弃人性藏于皮相之下的罪恶。在这部小说之中，年年被评为最佳服务员的冷燕，为了获得一份丰厚报酬竟然在办公室里与人苟且；身份普通、相貌平平的员工修红，平日里努力维护自己的形象，可每次洗澡都要拉开窗帘，让来来往往的铁路乘客欣赏她的胴体，满足自我的暴露癖与刺激感。可以说《蛇为什么会飞》是多面相人性书写的盛宴，而这种关于人性复杂的综合认识到了苏童最新创作的小说《黄雀记》中，更成为生活的本相或事实描述。他的小说由此再也没有了以往香椿树街上负面相的形象，人性的逐渐丰满正如鲁迅当年夸赞陀思妥耶夫斯基的作品那样："他（陀思妥耶夫斯基）把小说中的男男女女，放在万般难受的境遇里，来试炼他们，不但剥去了表面的洁白，拷问出藏在底下的罪恶，而且还要拷问出藏在那罪恶之下的真正的洁白来。"①

与众多先锋作家相比，莫言对人性思考的切入视角略有不同，但对人性广度与深度的挖掘同样独具慧眼。首先，他创作的小说在开篇中往往揭示的是人性最为狂野、放纵的一面。如《丰乳肥臀》中的上官鲁氏、司马库，《檀香刑》中的孙丙、媚娘，《红高粱家族》中的余占鳌、豆官、"我奶奶"，《蛙》里"姑姑"，等等，这些男男女女每时每刻都在生命枷锁中

---

① 鲁迅：《陀思妥耶夫斯基的事》，《鲁迅全集》第6卷，人民文学出版社，2013，第41页。

追求个性解放，将解放的人性转化为一种极为日常化的生命态度。

其次，莫言又在这些人物身上预设了某些缺陷，从而对人性中消极的一面进行抨击。这样就在表现与思考的双向维度上，使得悲剧人物不再单独突出某个"负面相"，以此在善与恶的对决中以及人性的广度与深度上，产生极为震撼的立体效应。如在《人与兽》中，对"我爷爷"事迹进行描述。出于对生活的热爱，他独自生活在山中多年，白天待在山洞里，晚上在田野里放牧。后来，他也出于对生活的热爱，在与两只狐狸的战斗中，从不放松，从未放弃，最终捍卫了他在人与兽之间战争中的尊严。又如在《红高粱家族》中，在饥贫交迫的战争年代，艰难生存中的爷爷、奶奶却从未放弃活着的希望。

其实，像这种人性正面的例子在莫言的创作中比比皆是，都能让读者直接感受到生命的神圣与尊严。其中最有力度且最为复杂的人性面相挖掘，莫过于长篇小说《蛙》对"姑姑"的形象塑造。在这篇小说中，"姑姑"凭借精湛的医术与高度的职业精神每每能顺利地完成接生任务，在当时的胶东广受赞誉。计划生育政策的实施使得这位平日里的"送子观音"在与超生家庭周旋中成了"杀人犯"，不仅结束无数个尚未出生的生命，而且间接造成王胆全家人的死亡。"姑姑"并没继续淡然地生活，其灵魂永远在忏悔中徘徊，对于过往血腥与不仁感到自责与羞愧。平日里，犹如婴儿啼哭的蛙叫声时刻煎熬着她坚强的内心。为了拯救灵魂，为了弥补罪过，她心甘情愿嫁给自己不爱的泥人郝，夜以继日地学习捏泥人的手艺，希冀自己捏出的泥人有朝一日能够成为被她过早结束生命的婴儿的化身，能够再次转世为一个个活蹦乱跳的"娃"。

可以说，姑姑终于找到自赎的方式，寻觅到人性向善的方法，正是历经"惩恶而扬善""见恶而知善""闻恶而向善""厌恶而崇善"，自由、平等、爱情、救赎等一系列关乎人性的主题才能追随极富戏剧化的情节跌宕起伏，最终归于平静，终于自然，人性中的点点滴滴都被展现得淋漓尽致。这种从反面入手，对人性之美的比对，要比单纯正面颂扬更富冲击力，也更加刻骨铭心，这一点亦如威廉·福克纳（William Faulkner）在诺贝尔文学奖的领奖台上所说的：

人之所以不朽，不仅因为在所有生物中只有他才能发出难以忍受的声音，而且因为他有灵魂，富于同情心、自我牺牲和忍耐的精神。诗人、作家的责任正是描写这种精神。作家的天职在于使人的心灵变得高尚，使他的勇气、荣誉感、希望、自尊心、同情心、怜悯心和自我牺牲精神——这些情操正是昔日人类的光荣——复活起来，帮助他挺立起来。①

甚至在二十世纪九十年代以前的莫言文学作品中，我们同样能够在小说人物身上，发现人心的美与善，努力寻求精神上的自我救赎。如在《透明的红萝卜》中，处在一个严苛的环境下，食不果腹，衣不蔽体的黑孩，他心里时刻都在对美进行追求："红萝卜晶莹透明，玲珑剔透。透明的、金色的外壳里苞孕着活泼的银色液体。红萝卜的线条流畅优美，从美丽的弧线上泛出一圈金色的光芒。光芒有长有短，长的如麦芒，短的如睫毛，全是金色。"② 美好梦幻的形象实则与平日生活中所见的意象格格不入：泥土、煤屑、简陋的桥洞、独眼又蛮横的小铁匠……然而黑孩看到了超越这一切粗陋现实背后那个美的化身、凝聚了他精神追求的美丽的红萝卜，由此体现出作者笔下的人物对纯洁、美好的人性执着与向往。

不仅儿童如此，莫言的先锋写作自始至终都涉及一个主题：母性的伟大。《丰乳肥臀》的开首就写道，"谨以此书献给母亲在天之灵"。母亲上官鲁氏贯穿此书始终，吃尽了人世间苦痛：自幼丧母，中年丧夫，晚年丧子，虽说"寿九五而终"，但这样长寿的一生其实是苦难的一生。如果还是用小时候听故事的"好人坏人"二分法来看的话，上官鲁氏实则算不上好人，因为封建道德的压迫做了很多违背封建道德的事；因为丈夫的无能，"借腹生子"；在最饥饿的年代，为了救孩子，选择"无耻的偷"；没有像很多的英雄母亲一样，"大义灭亲"……但是莫言说过，这样的母亲依然是伟大的，因为只有这样的母亲才是最真实的，才是抛开一切身份，

---

① 引自刘宝瑞等编译《美国作家论文学》，生活·读书·新知三联书店，1984，第368页。
② 莫言：《透明的红萝卜》，时代文艺出版社，2005，第98页。

只有母亲这一个角色是最真实的写真。在小说中,莫言试图从纷乱繁杂的历史长河中寻找可以依托的东西。于是,他找到了伟大的母性,而《丰乳肥臀》正是对母性的讴歌,因为只要有些许情感的人都会认同"人世间的称谓就没有比母亲更神圣的,人世间的感情就没有比母爱更无私的了"。在《白狗秋千架》《天堂蒜薹之歌》《红树林》《檀香刑》《生死疲劳》等先锋作品中,我们同样能够在并非完美的母亲身上发现她们对真善美的人性追求与向往。

我们也因此有理由相信,作为一批具备责任感与崇高使命感的当代小说作家,先锋作家笔下的作品不会满足对自我欲望的书写,不会满足文学创作技巧的表现,他们是以更加纯粹的目的,更加深入的思想内涵,对善与恶一视同仁,用怜悯的目光审视这个复杂的世界。

第二节 群像审视

在二十世纪九十年代初,南帆曾对先锋小说有过这样的评价:"先锋小说的悲剧失去了社会学或者心理学的深度。这个时候,人们可能向先锋作家提出一个技术性难题:何种叙事动力驱使他们的人物走向最终的灾难?这将导致一个深刻的发现:先锋小说之中悲剧的意义已经转移到叙事层面上。"[①] 是的,当先锋作家在逼近生命、思考存在的同时,他们还喜爱将思绪细化于生命的内在中,关于人性的书写亦忽视了时刻围绕人物的阴霾,将浸润在人类肌体的历史与社会元素抽空,由此还生命一个"生理的躯壳"。与以往的中国文学作品相比,他们的创作显得十分另类——他们更加关注人的存在空间,在夫掉人类白我意识的思维背后,又将生命置于虚构至极的社会与历史环境之内,与其说是书写,倒不如说是对生命存在的审视。

可不论是人还是物,都不可能完全纯粹,它必然受到所处历史、社会、地域等种种宏观因素的影响,从而成为群体中的一分子。一方面,先

---

① 南帆:《再叙事:先锋小说的境地》,《文学评论》1993 年第 3 期。

锋小说极力逃避悲剧意识在宏观层面的直接表现与善恶裁决，努力与中国本土现实主义文学相区别，试图在文本中表述隔离对象的普遍性与历史性内核；另一方面，他们又无法隔断人与人、人与社会、人与历史三者之间的紧密关联。甚至在一些极为重要的作品中，在描刻近代中国百年极端苦难（如抗战、内战、饥荒等）的时候，我们仍能找到与生命形成强烈冲突与悖谬的群像实在，并通过一种极为隐蔽的文学方式来认识世界，表现悲哀。如此现象亦如陈晓明所说，先锋小说虽然没有在"话语讲述的年代"明确设置"历史理性"的批判力量，可事实上它们又"以遗忘的方式缝合进这个话语讲述的年代，并且其寓言功能是在无意识水平上完成的"[①]。

一 "非归来者"的成长经历

早在二十世纪八十年代，中国近代百年的苦难史一度成为中国当代作家文学创作取其不尽的题材：在"伤痕"与"反思"的作者眼中，过去十年的文艺创作需要唤醒，这符合当时的反思精神和思维解放；到了"寻根"作家们那里，他们遥望历史悠久的文化传统，激发中国本土文学底蕴传承的社会重任，并以此融入当时的主流思潮中，迅速获得大众的认可与超高的地位。可是，这类题材并不属于后来出现的先锋小说家，原因就在于他们的身上没有明显的特定时代烙印，他们对特定时代的薄弱体验无法与那些历经磨难的老一辈作家相提并论。

即便他们中有人当过知青，有过上山下乡的经历，且创作了一批作品，如马原的短篇小说《海边也是一个世界》（1982 年）、《零公里处》（1985 年）、《错误》（1987 年）和长篇小说《上下都很平坦》（1987 年），以及《旧死》（1988 年），等等。但他们的知青写作实则来自个人真实的生活体验，并通过直接的笔触写下自我成长中的苦痛与困难。从这个意义上讲，肤浅的社会经历与宏观意识的缺乏才是先锋作家在宏大叙事层面难以匹敌过往作家的重要原因。换句话说，假如灾难叙事与历史反思是当时中国主流文学对过往最为普通的认识的话，那么先锋小说的荒诞叙述就是

[①] 陈晓明：《无边的挑战》，时代文艺出版社，1993，第 260~261 页。

对此类认识的再整理与再叙述。这样的结果又必然以一种与众不同的目光审视过去，推动中国本土文学在粗粝与碰撞中获得新生。

当然，自我成长经历无疑成为先锋作家后来文学创作的背景。例如，在回忆起当年的创作历程时，余华说道，"那个时候我写《十八岁出门远行》、《现实一种》，比较阴暗，我觉得跟……我的经历有关"①；"写作和生活，对于一位作家来说，应该是双重的。生活是规范的……因此人的无数欲望都像流星划过夜空一样，在内心里转瞬即逝。然而写作伸张了人的欲望，在现实中无法表达的欲望可以在作品得到实现"②。在莫言看来，以自我成长经历为背景的创作，不仅在于有意识地选取背景题材，还在于成长中的"创伤"（trauma）对自我产生最为坚实的推力：

> 我们这批1950年代出生的作家……都经历了中国当代历史上许多重大的事件，是亲历者。像1950年代的大跃进，60年代初的饥饿……生活给予我们的东西确实非常多……当下发生的事件跟过去的记忆这种碰撞、这种结合，往往会产生新的东西。这能够使我老是感觉有东西可写。③

这显然是在说，过往成长的某些事件对他们来讲，已不再是一般的回忆，"尽管许多东西看起来是'无中生有'，实际是'有中生有'的。哪怕你写一个人坐着床单上了天，床单还是现实生活中的，人还是现实生活中的，风还是现实生活中的，不可能完全无中生有"。④ 因此在创作的同时，生命当中无意识的精神伤痕犹如旧伤复发刺激着灵感。而隐晦的心理活动在弗洛伊德看来，亦是"一种生命的体验，在很短暂的时间内，以激增的形式刺激内在的心灵，引发心理上永久的骚动感"⑤。这种由无意识创

---

① 余华、王尧：《一个人的记忆决定了他的创作方向》，《当代作家评论》2002年第4期。
② 余华：《三岛由纪夫的写作与生活》，《作家》1996年第2期。
③ 张清华、莫言：《小说的伦理、结构与戏剧性及其他》，《西部》2008年第9期。
④ 张清华、莫言：《小说的伦理、结构与戏剧性及其他》，《西部》2008年第9期。
⑤ Sigmund Freud, *The Complete Psychological Works of Sigmund Freud* (Vol. 24), New York: W. W. Norton & Company, 1976, p. 275.

伤引发的先锋创作在残雪那里得到了强烈的表现：她将对创伤与对过往的追忆，通过巴赫金（Mikhail Bakhtin）的语言转化为充满污浊的梦想空间，令人时刻想起那个为窥视、窃窃私语以及讪笑所充塞的过去。

其他先锋作家对自我过往的经历同样产生了相似的矛盾感受。当然，关于成长伤痛的认知也自然存在着很多不同，由于感受、理解、兴趣、记忆等主客观因素的影响，他们对过去的态度只能算是一种"边缘的态度"，正如苏童自述中所说：

> 1960年代出生的人……认知方法记忆方法的不一样。什么都见过，但是用童年的目光，什么都听过，但听得一知半解，什么都相信，因为我们所受的教育，什么也都不相信，也因为我们受了那样的教育。如果我们有自己的审美趣味，也许是最挑剔的，对"新"有问号，对"旧"有警惕。但桥梁性的一代人，必然要有包容的胸怀，所以我觉得挑剔和包容这一对矛盾，应该就是这一代人趣味的写照。①

二 典型人物的象征意义

时代在更迭，历史在发展，"人殇"悲剧意识在中国当代文学中反复出现，这使得至今世人依然将苦痛的意象升华为世俗悲剧的时代象征。正如王洪岳所指出的那样，在特定的年代，作为精神与载体总和的人类，被压缩成虫子。而将人的价值与虫的价值等同起来，这就意味着世俗社会生活的非人化，表现人与人在激进关系中的敌对状态，道德底线沦丧。②

面对如此特定的心理图示，先锋作家通过不同的视角来看待世俗社会的方方面面。如在《活着》中，在人物的社会身份安排上，余华让福贵在最大程度上保持着生命存在的自然状态。作为中国乡村社会的生存者，福贵的生存愿望和生存方式都很简单，仅仅是为了"活着"而已。除了年轻时浪荡过一阵子之外，他几乎是一个彻头彻尾的安分守己者，是一个老实

---

① 张清华、苏童：《"正在寂寞，正在流血"》，《西部》2007年第9期。
② 参见王洪岳《试析先锋小说家的文论背景——以残雪为例》，《文学评论》2011年第3期。

得不能再老实的农民。理想、抱负、地位等人类正常的欲望都被他自己从内心中剔除得一干二净，人物与命运之间的交流和碰撞只剩下生与死之间最直接的对视。因此，福贵最后回忆自己的一生时不无感慨道：

> 这辈子想起来也是很快就过来了，过得平平常常，我爹指望我光耀祖宗，他算是看错人了，我啊，就是这样的命。年轻时靠着祖上留下的钱风光了一阵子，往后就越过越落魄了，这样反倒好，看看我身边的人，龙二和春生，他们也只是风光了一阵子，到头来命都丢了。做人还是平常点好，争这个争那个，争来争去赔了自己的命。像我这样，说起来是越混越没出息，可寿命长，我认识的人一个挨着一个死去，我还活着。①

福贵的这番话，看起来非常简单，也非常朴实，但细细品味，其中似乎又蕴含了某种"无欲之境乃至高之境"的中国式生存理念。正是因为对简单原则的极力推崇，《活着》才赢得了某种近乎透明的象征效果，由此将福贵一生惨淡、悲戚与历史曲折发展扭结为一体，通过一个普通人的惨痛道出生命悲剧。② 而这部小说重点关注了从民国到新中国成立后的几个特定历史时段：自打出生后就饱尝贫穷的女儿凤霞终于过上美满幸福的家庭生活。即将临盆，家人送她去医院，竟然发现妇产科室只剩下实习生。二喜不得不千方百计求助一名老医生帮忙，可因长时间没有进食的老教授饿得根本没有力气动手术。当福贵匆匆忙忙买回馒头，可怜的女儿却在产后大出血。面对突发事件，实习生手足无措，老教授也由于吃馒头过急噎得无法动弹。家人最终只能眼睁睁地看着凤霞死于血泊中。可以说，作品并没有正面揭示特殊的历史时期给这个历经苦难家庭的沉重打击，而是反映如此赤贫的家庭在那个牛代倒是显得极为幸福的。对于刚刚新婚不久的二喜来说，凤霞的死无疑更具有广泛意义上的打击。面对历史，生命无可奈何；但悲剧的意义被无尽地放大，冲击所有人的心灵。

---

① 余华：《活着》，第 181 页。
② 参见洪治纲《悲悯的力量——论余华的三部长篇小说及其精神走向》，《当代作家评论》2004 年第 6 期。

在《丰乳肥臀》中，莫言气势磅礴地写尽了上官鲁氏的风雨一生。该作品中的母亲活了将近一个世纪，整整贯穿了中国近代多灾多难近百年的苦难史，她也因此成为二十世纪的"一个符号"甚至"一个化身"。在该部作品中，母亲用强悍的生命、博大的胸襟、深邃的智慧与善良的人性将一个世纪中国人所面对的苦难一一化解。可以说，母亲的崇高形象正是大众的象征，也是二十世纪"人殇"悲剧中一个光辉的符号。在众多中国当代小说对人性之恶"口诛笔伐"之际，莫言却在民间找到了最为质朴、最为高尚、最为醇厚的民族精神。虽然小说对历史变迁没有浓描重绘，也没有长篇大论，但恰是这种仿佛顶尖般的小写作发挥了巨大的艺术优势，以类似摄像艺术近距离的采景技巧，将围绕母亲的一件件小事持续放大，这比那些着重描绘宏大场景的同时期创作更令人印象深刻。

母亲这一人物由此具有了结构和本体的双重意义：她既是历史的主体，又是叙述者和见证人。莫言别具匠心地将她塑造成了大地和民间理念的化身：母亲是二十世纪中国苦难历史的真正承受者与收藏者，她不但自身经历了多灾多难的童年和少女时代，经历了被欺压和凌辱的青春岁月，她生养的众多儿女构成的庞大家族也与世纪中国的历史发展发生了众多的联系。最终，她所承受的百年苦难，代表了作家对这个世纪民众命运的概括和深切悲悯。①

从这个意义上讲，莫言笔下的人物更加认真地秉持了历史宏观视野。在最近的一个演讲中，莫言有一句话令人震动，他说，一个真正的作家并不是"为老百姓写作"，而是"真正的民间写作就是作为老百姓的写作"②，他本身就是人民和老百姓。这种写作伦理和立场的转变对当代中国作家来说可能是意义深远。这一点正如张清华指出：

　　《丰乳肥臀》正是把这部小说当作一个真正的"民间的历史文本"

---

① 参见张清华《莫言与新历史主义文学思潮——以〈红高粱家族〉、〈丰乳肥臀〉、〈檀香刑〉为例》，《海南师范学院学报》（社会科学版）2005 年第 2 期。

② 莫言：《文学创作的民间资源——在苏州大学"小说家讲坛"上的演讲》，《当代作家评论》2002 年第 1 期。

来写作的，他几乎是全景式地再现了一个世纪的历史……作为历史的主体的意义，仍然是历史正义性的集中体现。这是另一边缘意义上的历史伦理学。上述完整的历史段落是通过"母亲"——上官鲁氏走过了一个世纪的生命历程来建立和体现的。莫言用这一寓言的形象，完整地见证了这个世纪的血色历史。①

但是，《丰乳肥臀》的意义还不止于此，它的另一个重要的人物也同样具有强大的象征与辐射的意义，那就是遭受了更多误读的上官金童。这个中西两种血缘共同孕育出的"杂种"，实际是二十世纪中国知识分子的化身。他的血缘、性格与弱点表明他是一个文化冲突与杂交的产物，而他的命运则更逼近地表明了知识分子在这个世纪里的坎坷与磨难。他身上的一切都是互相矛盾冲突的：秉承了"高贵的血统"，却始终在苦难的环境中难以长大；有"恋母癖"的"精神的幼儿"；一直试图有所作为，却始终像一个"多余人"一样被抛弃；一个典型的"哈姆莱特式"和"堂·吉诃德式"的佯疯者，却被误解和指认为"精神分裂症者"。②

理解上官金童这个人物，需要更加开阔的视界。在张清华看来，由于作家所施的一个"人类学障眼法"的缘故，这个人物身上的一些"生物性"被夸大和曲解了，实际上作家所要努力体现的是他身上文化的二元性，这是二十世纪中国知识分子普遍的"先天"弱点的象征。仅仅是他的出身，他的文化血缘就有问题，有"杂种"与怪物的嫌疑已经注定了他的悲剧：来自西方的"非法"的文化之父，在赋予了他非凡的气质（外貌长相上的混血特征）的同时，也注定了他按照中国的文化伦理来讲的"身份的可疑"。

可以说，二十世纪中国知识分子的不幸困境正是源于这种二元分裂的出身：是西方现代的文化与思想资源造就了他们，但他们又生存在自己的土地上，对本土的民族文化有一种近乎畸形的依恋和弱势心理支配下的自

① 张清华：《莫言与新历史主义文学思潮——以〈红高粱家族〉、〈丰乳肥臀〉、〈檀香刑〉为例》，《海南师范学院学报》（社会科学版）2005 年第 2 期。

② 张清华：《莫言与新历史主义文学思潮——以〈红高粱家族〉、〈丰乳肥臀〉、〈檀香刑〉为例》，《海南师范学院学报》（社会科学版）2005 年第 2 期。

尊。因此，上官金童注定要成为一个悲剧人物，他的诞生本身似乎就是一个错误，这是文化的宿命。他所经历的一切屈辱、误解、贬损和摧残，非常形象地阐释过去的这个世纪里中国知识分子的惨痛历史。①

除了擅长塑造女性形象的莫言之外，苏童是另一个被公认为最擅长描写女性心理和女性意识的男性作家之一，苏童小说中的"红粉"形象以及象征意义历来是研究者关注的焦点。王干概括了"红粉"形象的常态：

> 苏童笔下的红粉女子几乎全是来自江南古城那些美丽而腐朽的角落，她们是在一种被压抑、被控制、被奴役、被改造的状态下施展自己的才能，她们的抗争方式并不一致，但她们几乎无不首先将锋芒和阴谋实施到自己姐妹身上，而对男人基本上采取一种妥协、迁就、讨好的方式。②

在成功塑造红粉形象的同时，苏童又将这些女性与历史拴结一体。首先，苏童的历史小说把女性与历史关系的叙事推向了一个崭新的象征高度，各个鲜明的女性形象已不再是历史忠实的奴婢，而是以自身的生命律动与节奏，同历史意义及价值相分离，并最终摒弃了历史参照系，以自在自足的全新姿态宣告了个人从历史规范中破壳而出。

在《妻妾成群》中，周新民以接受了新式教育却做出违背历史发展选择的颂莲为例，阐述个人与历史的较量、个人与历史的象征性悲剧关系。他指出：

> 我们看到，历史作为潜在的、涌动的河流，与颂莲擦肩而过，这个大学一年级的学生，在她身上体现出来的做派与陈左迁的其他几位姨太太如出一辙。梅珊与医生偷情，颂莲与陈左迁的儿子飞浦之间，何尝没有偷情的情感倾向与行为。卓云与梅珊，为了争夺陈左迁的宠

---

① 参见张清华《莫言与新历史主义文学思潮——以〈红高粱家族〉、〈丰乳肥臀〉、〈檀香刑〉为例》，《海南师范学院学报》（社会科学版）2005年第2期。
② 王干、费振钟：《苏童：在意象的河流里沉浮》，《上海文学》1988年第1期。

爱，互相陷害。而颂莲对丫头雁儿的迫害，何尝又不是因为争宠。知识青年颂莲的做法，与其他几位姨太太之间，并不存在着本质上的差别。知识所代表的历史河流，并没有携裹着颂莲一起前进，颂莲身上所体现出来的生命欲求，并没有因为曾受过知识洗礼的缘故，纳入历史的轨道。她，与其他几位禁锢在被称之为旧历史时代的姨太太相比，并没有显示出新的历史趋势的独特性。生命欲望充溢的个人，以它自身的特性，与历史趋势形同陌路，这是《妻妾成群》给予我们的启迪。[①]

除了对女性人物进行典型塑造，先锋作家同样创造了一批非正常的男性人物，并通过他们的特有言行反映了特定历史时期的"人殇"真知。如在《檀香刑》中，莫言主要塑造了一个著名而阴郁的人物赵甲，他是赵小甲的亲爹，眉娘的公爹，孙丙的亲家，更重要的，"他是京城刑部大堂里的首席刽子手，是大清朝的第一快刀，砍人头的高手，是精通历代酷刑，并且有所发明、有所创造的专家。他在刑部当差四十年，砍下的人头，用他自己的话说，比高密县一年出产的西瓜还要多"[②]。但这个冷酷而富于传奇色彩的人物回到家乡的时候，并没有引起多少人的注意，直到半年后当地人才知道赵甲是杀人不眨眼的刽子手。大家都称他为"赵姥姥"。

以刽子手作为中心人物的小说在中国文学漫长的历史中曾经有过，广泛意义上的刑罚主题在小说界也非常普遍。但为什么《檀香刑》尤其受人关注呢？谢有顺认为：

　　莫言比别人更精细、更冷静地写出了刑罚的全过程，还是因为莫言在小说中所作的语言和结构上的探索？这些当然是重要的（也已经有了许多人对此作了论述），但我想，还有一点不可忽视，就是莫言写出了刽子手作为一个独特的人可能有的内心风暴，或者说，莫言让

我们看到了刽子手的灵魂，并建立起了一种我称之为"刽子手哲学"的文化。①

于此，先锋作家莫言把赵甲推向了极致。"他的身上，散发着一股凉气，隔老远就能感觉到……偶尔上一次街，连咬人的恶狗都缩在墙角，呜呜地怪叫。"② 赵甲不是一般的刽子手，而是刽子手中的精英，他精湛的技艺为刽子手这一古老而卑贱的职业书写了新的辉煌。其最高境界就是为六君子行刑的时候，"他感到，屠刀与人，已经融为一体"③。"屠刀"是杀戮文化的象征，"人"是杀戮文化实施的对象。这种文化导致刽子手眼中的人与普通人眼里的人存在某些不同：

> 一个优秀的刽子手，站在执行台前，眼睛里就不应该再有活人；在他眼睛里，只有一条条的肌肉、一件件的脏器和一根根的骨头。经过了四十多年的磨炼，赵甲已经达到了这种炉火纯青的境界。④

就在这一点上，刽子手对人的态度与中国古代封建专制制度对臣民的态度达到了完全的一致。在封建社会，为了实现对臣民的绝对统治，封建专制者总是希望消灭臣民独立的情感和意志，让他们都成为一个个物质性的人、动物性的人，这样他就可以随意支配和生杀了。而所谓的奴隶正是丧失了个人的情感和意志、只剩下物质性和动物性的人。⑤

也许，文中的民众都看到了这一点：

> "其实，你干的活儿，跟我干的活儿，本质上是一样的，都

---

① 谢有顺：《当死亡比活着更苦难——〈檀香刑〉中的人性分析》，《当代作家评论》2001年第5期。
② 莫言：《檀香刑》，第7页。
③ 莫言：《檀香刑》，第265页。
④ 莫言：《檀香刑》，第229页。
⑤ 参见谢有顺《当死亡比活着更苦难——〈檀香刑〉中的人性分析》，《当代作家评论》2001年第5期。

是……替皇上效力。但你比我更重要。”刘光第感叹道，“刑部少几个主事，刑部还是刑部；可少了你赵姥姥，刑部就不叫刑部了……纵有千条律法，最终还是要落实在你那一刀上”。①

赵甲自己也在袁世凯面前骄傲地说道：

　　小人斗胆认为，小的下贱，但小的从事的工作不下贱，小的是国家威权的象征，国家纵有千条律令，但最终还要靠小的落实。小的与徒弟们无年俸更无月银，小的们主要靠卖死人的干腊给人入药维持生活。小的在刑部干了四十多年，无有一文积蓄。小的希望刑部能发给小的安家费，让小的不至于流落街头。小的斗胆替这个行当的伙计们求个公道，希望国家将刽子手列入刑部编制，按月发给份银。小的既是为了自己，更是为了众人。小的认为，只要有国家存在，就不能缺了刽子手这一行。眼下国家动乱，犯官成群，盗贼如毛，国家急需手艺精良的刽子手。小的冒死求情，求大人开恩！②

　　这也许就是刽子手的哲学，它恰好暗合了中国绵延数千年的封建专制社会所实行的哲学。在封建专制社会里，以官府的名义杀人，无论它有怎样堂皇的理由，其利益最终总是指向封建专制者自身，因为罪与非罪的界限掌握在他们的手里。③

　　弗雷德里克·杰姆逊（Frederick Jameson）指出：“当代理论中对中产阶级价值观进行批评的同时，暗地有一个自己‘崇拜’的英雄人物——疯人。”④ 同样，在余华《一九八六年》中，也出现了如此令人“崇拜”的悲剧性人物——历史教师。小说中历史教师恐怖血腥的内心世界并不能代表对

---

① 莫言：《檀香刑》，第 258 页。
② 莫言：《檀香刑》，第 368~369 页。
③ 参见谢有顺《当死亡比活着更困难——〈檀香刑〉中的人性分析》，《当代作家评论》2001 年第 5 期。
④ 〔美〕弗雷德里克·杰姆逊：《后现代主义与文化理论》，唐小兵译，北京大学出版社，1997，第 25 页。

整个苦难的认识，而是特殊之"人"关于悲剧意识的反映，是出于自我生存、人性被羞辱、被褫夺之后的变态心理反映。虽然，该篇小说的文本中从未表现历史对于他的身体与精神的正面伤害，但这位饱读史书的历史教师内心中多年不曾排解的疼痛受潜意识的牵引，却将罪行与中国古代最为暴力、血腥的刑法相勾连，以触目惊心的自戕表演让人们体验最为"真实"的事件。

　　面对这样的叙述，我们所看到的不再是一个人的苦难，也不再是某个具体之人的畏怯、战栗甚至疯狂。历史教师这个在小说中没有确指而是暗示了普通人在其生命最后的旅程中逐渐脱离了个体，成为那一代人灵魂与肉体遭受双重苦难的象征。这样的创作亦如约翰·德雷卡克斯（John Drakakis）所说："悲剧是由两种悖谬形式的力量在对抗中所产生的，而这两种对抗力量又是不同的社会阶级所掌控的具体形式，因此悲剧的发生从根本意义上预示社会阶级最为根本的动荡。"[1] 摩罗也对《一九八六年》做过相似的评价，认为这是中国文学上的重大事件，因为这部小说是站在更为宏大的视域去看待过往。[2]

　　进入二十一世纪后，余华的新作《兄弟》对过去的苦难——加以陈列。虽然在反讽与情感收放等表现方面，这部小说不如前期作品有所克制，但对于暴力的揭示更加的现实化与典型化，并给予了强烈的现实意义与历史质感。也许，在批判深度上，《兄弟》没有超越《一九八六年》，这是因为《一九八六年》更具有历史纵深感，其叙述态度的克制反倒形成了情感的张力。在"《兄弟》的上部，基本还是余华以前创作风格的延续，但已经出现了变化的因素"[3]，但在笔者看来，《兄弟》这部小说同样能在西方文学中找到相似的影子，如在阿瑟·米勒《推销员之死》（Death of a Saleman）中，像宋刚一样的好人威利·洛曼（Willy Loman）用心地对待世界赋予他的职责与教导，始终相信成功需要艰辛的努力，仔细地看待这个世界教给他的人生哲学。但可怕的事情还是发生了，正如他妻子所说的，他只不过是在寻找心灵与生命停泊的港湾时被大海彻底遗弃的一叶小

---

① John Drakakis, Naomi Conn Liebler, *Tragedy*, London：Longman Publishing House，1998, p. 13.
② 参见摩罗《论余华的〈一九八六年〉》，《文艺理论研究》1997 年第 5 期。
③ 陈思和：《我对〈兄弟〉的解读》，《文艺争鸣》2007 年第 2 期。

舟而已。如果往日里信奉的道德、规训在动荡的环境中并未奏效，那么在这些普通人的悲剧事件中，我们也就会感受到"足够的震动并产生像古代悲剧所产生的怜悯与恐惧"①。虽然，先锋小说是以暴力、戏谑的姿态解构了庄重严肃的话语，因为后者并不能引起我们对过往的恐惧，亦无法引发关于生命受到摧残的怜悯，但它以一个个活生生的例子，通过行为与恐惧近距离描绘，摧毁了潜在于人性中的邪恶力量，从而提升读者关于"人殇"悲剧的思考。

同样，在苏童的《河岸》中，时常提到"曾经"这个词语，如"曾经，我的父亲是邓少香的儿子；曾经，我的父亲是油坊镇的书记；曾经，我美丽的母亲是综合大楼的广播员；曾经，一块革命烈属的红牌子在我家门上挂了很多年……"② 这部小说里没有耸人听闻、夺人眼球的描写，只是用"曾经"一词带出了那个年代对个人的认知方式。这种"英雄只问出处"的思维方式通过苏童简单的叙述让人发现了荒诞与讽刺。另外，如格非的《追忆乌攸先生》《未来》《山河入梦》，莫言的《拇指铐》《透明的红萝卜》《丰乳肥臀》《生死疲劳》《蛙》，余华的《十八岁出门远行》《现实一种》，洪峰的《苦界》，等等，在这些小说当中，历史主体同样没有直接表露或者并没有作为主要的陈述实践，只是"人殇"中的种种荒诞行为暗示了人所具有的迷茫与世俗社会所具有的冷酷，从而将潜藏在人性中的问题全部揭露出来。

与其他先锋小说相比，残雪的《突围表演》与《黄泥街》更能突出她关于"人殇"的悲剧意识。在这两篇小说中，所有人都浸润在话语的暴力体系内，诋毁、密语、捏造的人际关系迫使所有人形成一个反乌托邦的世界。在这里，唯一不变的就是人与人之间焦虑的窥视与无缘无故的语言重伤。从这个层面上来讲，《突围表演》与《黄泥街》的出色就在于它们对意象的虚构，对元语言打碎、重拾、转化，在维持内在严酷性、批判性的同时，启发读者对人性的荒诞表现与"人殇"的反思。由于传统悲剧的辉

①　〔美〕罗洛·梅：《人寻找自己》，冯川等译，贵州人民出版社，1991，第35页。
②　苏童：《河岸》，上海文艺出版社，2018，第25页。

煌以及崇高为恐惧、惊悸所替代，残雪的小说因此不仅仅是话语的痛苦戏拟，而且是"人殇"悲剧意义的完整表达。

三 特殊群像的隐喻与批判

在深研世界意义、存在体验与人性之外，先锋作家亦对悲剧的功能进行了考察。在具有批判意义的小说内部，故事的时代背景明晰起来，经常可见的是对历史性悲剧主题书写。虽然，先锋作家关注于"看"的精神继承了中国现代文学的传统，即对民众看客心理批判的延续，起到警示于人的功用，但作为具有当代悲剧意识的书写人，他们更喜爱无声、私密窥视之下的"人殇"中的个体悲剧，由此产生从传统面深入现代点的精神指向，引发对精神暴力的全面思虑。

作为小说家，他们在人性揭露者中的先锋地位是在自我悲剧意识的基础上产生的，并非被选择、推介、提升甚至拥戴的有意结果。虽然先锋小说的人性揭露早已脱离宣讲的形式，但他们在传承五四国民性批判的基础之上，追寻中国当代文学中现代人性的梦想。

不过，先锋作家一直处于"自我陶醉"的尴尬位置，往往付出了诸多心力、精力，却收效甚微，他们的内心也因此变得更加煎熬与焦虑。激进与焦灼彼此的叠加又将先锋作家推向更加癫狂、激愤甚至绝望的状态。例如，在格非笔下的陆秀米（《人面桃花》）、谭功达（《山河入梦》），莫言笔下的孙丙（《檀香刑》）、姑姑（《蛙》），余华笔下的宋刚（《兄弟》）、历史教师（《一九八六年》）、杨飞（《第七天》），苏童笔下的库文轩（《河岸》），等等，这些人物在精神与血缘上继承的正是先锋作家那"难免重蹈先贤覆辙，重新体味他们所曾体味过的精神上的悲剧意识"①。

因此，先锋作家用解构与反讽的方式书写了由伦理规约、封建拴结、人性沦丧等一系列问题导致的群像悲剧，例如，莫言的《天堂蒜薹之歌》《酒国》《生死疲劳》《檀香刑》《蛙》，格非的《追忆乌攸先生》《戒指花》《相

---

① 摩罗、杨帆：《虚妄的献祭：启蒙情结与英雄原型——〈一九八六年〉的文化心理分析》，《文艺争鸣》1998 年第 5 期。

遇》《边缘》《欲望的旗帜》及"江南三部曲"，余华的《十八岁出门远行》《一九八六年》《兄弟》《许三观卖血记》《活着》《第七天》，苏童的《三盏灯》《河岸》，吕新的《抚摸》，等等。这些作品尽管在内涵承载与侧重表现等方面存在诸多差异，但从创作目的上来看，先锋小说同样在以"强烈的批判精神和人性关怀，……成为一个时代的鲜明的文学坐标"①。

同时，我们又不能否认在创新与突破的同时，先锋小说又造成了自我的解构、破坏与局限，由此陷入了将文学的力度与生命"拉低"的艺术困局。这样的情况亦如某些研究者所指出的：由于和现实一切的内在与外在、属性与特质、价值与内涵、表面与深度等终极的意义进行了"否定的"拆分，先锋小说暴露虚无主义的现代西方思想倾向。并且，这种倾向又构成了对作品自身意义的否定，使其陷入否定之否定的怪圈。② 例如，在余华二十一世纪新作《祖先》中，它不仅回顾了人类的原始过去，也注视着当前的人类文明：首先，原始的人性美好遭遇了现代人类的泯灭；其次，世俗世界又将物质文明与现代文明画上等号，助长了人类自私自利、无穷掳掠、残忍暴力的本性。此外，在苏童的《罂粟之家》中，在现实生活苦难的磨砺下，欣然接受新式教育的刘沉草，不仅没有获得更为尖锐与强韧的精神意志，而且主动拉远与历史变革的距离，甘心成为封建礼教制度的最后殉葬品。

也许，与鲁迅相似，先锋作家发现了社会与人性的多面相：恶同样是生命的激情，一种内心的渴望，它总是驻足在我们身边，总是触手可及。于是，沉湎于想象之中的作家便将自我的悲剧意识延伸到个人的非理性空间，挥洒汗水构筑恶的种种人类表现。

先锋作品正是源于与世俗世界的紧张关系。这种焦虑的关系亦是自我关于他人之恶的认知，这使得作家明确感受到自我的分裂。因此，洪峰在一次访谈中指出"与人打交道总让我心存了些许恐惧"③，格非也"沉默"，管谟业的笔名为"莫言"。先锋作家这些话语未免有些夸张，但正是

---

① 莫言：《大江健三郎先生给我们的启示》，《用耳朵阅读》，作家出版社，2012，第182页。
② 参见王达敏《从启蒙人道主义到世俗人道主义——论新时期至新世纪人道主义文学思潮》，《文学评论》2009年第5期。
③ 洪峰：《东八时区》，序言，华夏出版社，1997，第2页。

作家在人与人、人与群体交往时最为真实的感受，这是当时这批年轻人热衷揭露人性、批判人性的隐在原因①；这也导致了对身体暴力有所感悟的余华将目光调转到十年之后的群像，设置横跨十年之久的历史比对。在《一九八六年》中，民众曾经被特定历史事件折磨得枯槁颓废，十年之后他们生活在万物复苏、欣欣向荣的年代，兴高采烈地向着物质与欲望的目标纵情奔跑。当人群在大街上看着疯子自戕表演时，小说亦再现了鲁迅作品中"围观革命""人血馒头"的场景。

"无聊"在二十世纪九十年代的先锋小说中再次复活。在莫言的《檀香刑》中，妓女施刑的那天，城里"万人空巷"，光被挤死、踩死的看客就达二十余人。

在那场凌迟的场景中，赵甲最后甚至感到：

> 自己实在是支撑不下去了，但高度的敬业精神不允许他中途罢手，尽管因为袁大人下令割舌，打乱了程序，他完全可以将钱尽快地草率地处死，但责任和他的道德不允许他那样做。他感到，如果不割足刀数，不仅仅亵渎了大清的律令，而且对不起眼前的这条好汉。无论如何也要割足五百刀再让钱死，如果让钱在中途死去，那刑部大堂的刽子手，就真的成了下九流的屠夫。②

多么奇怪却又合理的逻辑。一边是刽子手努力地把酷刑变成一种美学仪式；另一边是看客们通过自己廉价的同情心和邪恶的趣味，不断把这种美学仪式转换为观赏价值。通过看客们对酷刑的疯狂消费，行刑慢慢地变成了人们日常生活中必不可少的例行节目。人性的深渊也彻底地敞开。③群众"永远是戏剧的看客。牺牲上场，如果显得慷慨，他们就看了悲壮剧；如果显得觳觫，他们就看了滑稽剧。北京的羊肉铺前常有几个人张着

---

① 参见余华《活着》，自序，第3页。
② 莫言：《檀香刑》，第245页。
③ 谢有顺：《当死亡比活着更苦难——〈檀香刑〉中的人性分析》，《当代作家评论》2001年第5期。

嘴看剥羊,仿佛颇愉快,人的牺牲能给与他们的益处,也不过如此。而况事后走不几步,他们的这一点愉快也就忘却了"。①《檀香刑》里有一段重要的叙述,回应了鲁迅所说的这一点:

> 师傅说凌迟美丽妓女那天,北京城万人空巷,菜市口刑场那儿,被踩死、挤死的看客就有二十多个。师傅说面对着这样美好的肉体,如果不全心全意地认真工作,就是造孽,就是犯罪。你如果活儿干得不好,愤怒的看客就会把你活活咬死,北京的看客那可是世界上最难伺候的看客。那天的活儿,师傅干得漂亮,那女人配合得也好。这实际上就是一场大戏,刽子手和犯人联袂演出。在演出的过程中,罪犯过分地喊叫自然不好,但一声不吭也不好。最好是适度地、节奏分明的哀号,既能刺激看客的虚伪的同情心,又能满足看客邪恶的审美心。师傅说他执刑数十年,杀人数千,才悟出一个道理:所有的人,都是两面兽,一面是仁义道德、三纲五常;一面是男盗女娼、嗜血纵欲。面对着被刀脔割着的美人身体,前来观刑的无论是正人君子还是节妇淑女,都被邪恶的趣味激动着。凌迟美女,是人间最惨烈凄美的表演。师傅说,观赏这表演的,其实比我们执刀的还要凶狠。②

当众人你推我搡、争看行刑时,他们自会摘下往日伪善的面具,以欣赏者的愉悦心态感受虐杀的快感。此时的孙丙再次以戏子的身份登台。酷刑自此成为老百姓的隆重戏剧。执刑者和受刑者都是这个独特舞台上的演员。同样在格非的《追忆乌攸先生》中,当"我"与守林老人追述乌攸先生枪毙那天的情景时,调查者竟然跳起"狐步舞",那个穿裙子的硬是亲了老人一下。这与当年以"看"为乐的村民心理趋同,使得小说与五四时期鲁迅对庸众的横眉冷对进行历史性对接,完成对"看客心态"的抨击与揭露。

在余华的小说《第七天》中,同事向李青求爱以及鼠妹自杀殉情的两个

---

① 《鲁迅全集》第1卷,第163页。
② 莫言:《檀香刑》,第240页。

事件几乎再现了鲁迅笔下"看与被看"的批判场景："他第二天没来公司上班，所以公司里笑声朗朗，全是有关他下跪求爱的话题，男男女女都说他们来上班时充满好奇，电梯门打开时想看看他是否仍然跪在那里。他没有跪在那里让不少人感到惋惜，似乎生活一下子失去不少乐趣。"① 他的苦痛与屈辱无人理解，却成为世俗世界欢乐与休闲的谈资。鼠妹的自杀现场也成为"热情"看客的围观场所。当一个青春靓丽的生命即将结束，那些看客实际比刽子手更加残忍，因为刽子手只会摧残肉体，而这些看客无言之"看"默许了同类接受暴行，这实际上是对同类、对肉体、对灵魂的三重屠戮。

需要指出，先锋小说作品中的看客不仅冷漠、麻木而且极为简单，他们完全被刻画为代表冷酷与残忍的平面人物。虽然，这样的写作加强了批判力度，却削减了悲剧力量。如在《一九八六年》中，看客不仅不对疯子的自戕行为进行施救，而且在嬉笑当中还模仿疯子的行为，将他人的苦痛视为彩头。仅仅这份欣赏同类自残的愉悦就已突破了社会的道德底线。

当然，偏爱极端的先锋小说并不仅仅反讽看客的群像。受西方现代主义思潮的影响，先锋小说已十分厌倦对群体的宏观把握；它们偏爱将人类狭小的精神空间视为主要的考察范畴，在体现人性一成不变、有恒之恶的同时，还对文明遮掩下群体的丑恶进行了直接甚至无情的抨击，并用反讽、批判、怜悯的目光书写现代社会人与人之间最为日常，也是最普遍的精神暴力——窥视。

在这样一种互相刺探的精神行为当中，我们能够发现人随时随地承受着来自他者无形的精神暴力，同时这一行为又反衬出窥视者内在的恐慌与焦虑。因为，每个人都不能暴露自我异于群体的特性，在尽力掩饰自我异形的同时，每个人都在时刻观察他人的举动，提防他人的偷窥。如此互动、循环的精神暴力必然成为一种无形的悲哀。

关于这一点，先锋作家残雪深有体悟。残雪在小说中描绘了"数不清的洞眼"（《山上的小屋》）；晚上躲在与外界隔绝的小天地里，白天坐在藤椅上，扫描众生、窥寻隐私的邻居（《邻居》）；互相窥视、互相诋毁的

---

① 余华：《第七天》，第34～35页。

众人（《突围表演》）；防止被别人窥视到隐私，竟然把屎拉在裤子里，身体看起来透明的林老头（《苍老的浮云》）；等等。从这些作品来看，作者极具荒诞梦幻的书写反映了唯有窥视他人才能找到自我存在的意义，才能发觉对抗他者精神暴力的有效武器。于是，人们"盯住别人"，"把嘴巴架在别人肩上，把神经接在他人的神经上，把性爱兑换为不知疲倦地谈论他人的性事，自我于是变成他人的牢笼和地狱"①。这种从被动承担到主动窥视的行为转变，让世俗世界中每个存在体验到一种无形的精神压力。

更应注意的是，残雪小说中的"窥视"不仅将其余的观感排除在身体之外，而且连人类最为基本的对话交流功能业已丧失。换句话说，文中无论何种身份之人都在说同一种话，即使是家人之间的对话也同样混浊不清。从这个意义上讲，"窥视"这种具体的行为已被抽象化、突出化，甚至被潜移默化地剥离了自我功能，就像《魔戒》（*The Lord of the Rings*）中龌龊、猥琐甚至恐惧、惊悸的"索伦之眼"（Eye of Sauron）再次复活。"窥视"通过一种霸道未曾抗拒的精神刺激侵入文中他人的内心，且如解剖刀一般的锋利，拆解自我窥探而来的视觉内容，又以凌驾他人之上的自我思维逻辑产生极为异想的定论，搅得他人再也无法进行正常的生活。如在《苍老的浮云》中，母亲用隐秘字条告诫儿子："要警惕周围的密探……走路的姿势要正确，千万不要东张西望，尤其不能望左边。"②

关于现代人精神暴力的理解与感悟，残雪的书写是纯粹的，而其他先锋小说所涉及的窥视却显得更加的驳杂。从这个意义上讲，他们更注重窥视对人产生的由一种精神暴力导致身体暴力的曲折、复杂的书写，并通过文中身体本能、无意识行为与有意识暴力三者之间的混合来实现。如在余华的《难逃劫数》中，玉珠的父亲窥视东山与女儿之间的情感瓜葛，这是导致东山毁容、阳痿的罪魁祸首；在《四月三日事件》中，感受到四面八方无穷无尽的窥视与阴谋的"我"最终选择了逃亡；进入二十世纪九十年代后，在《兄弟》中，李光头窥探林红的屁股这种有辱人格的事件在当时不

---

① 郜元宝：《二十二今人志》，《当代作家评论》2004 年第 1 期。
② 《残雪自选集》，第 14 页。

仅合法化，而且被广大男性竞相传颂；苏童《妻妾成群》中的姨太太们互相窥视、诋毁，频频导致致死发疯的悲剧；在《我的帝王生涯》中，处处受到监视的端白最终落得"走索王"的晦暗结局；在格非《风琴》中，保长窥得老婆被日本人强奸更是被陈晓明认为这是格非最好的小说，因为它体现了中国当代文学后悲剧的艺术风格。

我们认为在所有先锋作家中，格非于二十世纪九十年代创作的《敌人》对人类窥探行为进行了最为极致的讽喻。如果说余华的《现实一种》是代表人类家庭环境内部有关自我暴力本能与暴力意识展露的经典之作，那么同样书写家庭范畴的《敌人》则可视为人类心灵扭曲甚至变态的极佳典范。

从人格结构上来看，主人公的反常举动可以视为一种试图逃离他人窥视的疯狂行为。文中，祖辈两代人寻找"敌人"，却最终无果，这给赵少忠的心里留下巨大的阴影，导致他终其一生处于窥视敌人与预防窥视的双重压迫之下，于是自我焦虑发展至极致。每当想起名单上的人名，他顿感浑身无力，记忆由此形成一个巨大的纽结。

疑神疑鬼的生活促使他最终屠杀了儿孙：由于赵虎、赵龙窥视到赵少忠与翠婶诡异的婚外奸情以及变态的性行为，猴子又败露了他与赵虎妻子"扒灰"事实，等等，这些害怕他人得知的私密在无形当中成为赵少忠压抑已久的精神发泄目标。他必须一一诛之才能祛除内心的恐惧，排解精神上的压抑。

因此，在杀死全部至亲之后，红润的光泽再次显现在自我枯黄、年迈的脸上，这实际上反映了自我在精神上的放松。从这个意义上讲，不论以上何种形式的窥视，它本身蕴含着一种双向的群像性悲剧意识：施暴者窥视他人的过程亦是自身受到他人精神暴力的过程。而受暴者在外界精神的压抑下，唯有遵循自我成为窥视者或者杀死其他窥视者的规则才能维护自我的存在。于是，在这种双向精神暴力的诉说中，施暴者与受暴者完成了位置的互换，实际上双方都沦为了失败者。而这样的文学创作本质实际道出了自打出生那一刻起，生命将自我附着于"他人即地狱"① 的人之悲剧。

---

① Jean-Paul Sartre, "*Existentialism Is a Humanism*," in Stephen Priest, ed., *Jean-Paul Sartre: Basic Writings*, Taylor & Francis e-Library, 2001, p. 227.

余 论

也许中国二十世纪八十年代的先锋小说更能印证欧仁·尤奈斯库于西方二十世纪五十年代末关于先锋文艺的说法：

> 只有在先锋派取得成功以后，只有在先锋派的作家和艺术家有人跟随以后，只有在这些作家和艺术家创造出一种占支配地位的学派、一种能够被接受的文化风格并且能征服一个时代的时候，先锋派才有可能事后被承认。所以，只有在一种先锋派已经不复存在，只有在它已经变成后锋派的时候，只有在它已被"大部队"的其它部分赶上甚至超过的时候，人们才可能意识到曾经有过先锋派。①

三十多年过去了，回首先锋小说悲剧意识的发生与发展历程，我们有理由相信，它有可能成为中国文学史上一个十分独特且多元的当代悲剧意识反映。

就横向而言，二十世纪八十年代是中国社会的转型时期，与之相对应，文艺研究与文学创作的新趋势同样拥有一个从现实认识到多维审视的嬗变过程，这就意味着隐藏在中国当代文学之下的悲剧意识是一种由现实主义思维到多元认识的文学性转换，也是一种从文学概念到创作视角，再从思维方式到形式表达的转变历程。因此，先锋小说体现的悲剧意识越来越注重解构与脱离现实的文学关照：一方面，受外来观念与方法的影响，

---

① 〔法〕欧仁·尤奈斯库：《论先锋派》，王忠琪等编译《法国作家论文学》，生活·读书·新知三联书店，1984，第568页。

它走向关于生命存在的现代性悲剧哲思，即关于"地缺"的悲剧意识维度；另一方面，它又受历史上艰难探索时期与中国传统文化心理的复杂影响，排斥纯粹的现实主义自觉。它不仅关注个体生命的悲剧性存在，而且关心造成众生苦难背后无形却又神秘的命运力量。

从纵向来讲，二十世纪九十年代先锋小说创作发生转向，其内在的悲剧意识亦有所变化，如在苏童的《妻妾成群》《河岸》《黄雀记》，余华的《活着》《第七天》《许三观卖血记》，格非的《敌人》、"江南三部曲"、《欲望的旗帜》、《隐身衣》，马原的《牛鬼蛇神》等作品中，我们明显发现先锋小说正站在一个更加崇高的位置去远眺悲剧，由此引发"现实的意义"与"悲剧精神"合流的意义追寻。这一点恰如诺贝尔文学奖获得者索尔·贝娄（Saul Bellow）所说：

> 小说，要想复兴并繁荣，需要有关于人类的新思想。这些思想又不能独立存在。若仅仅肯定这些思想，那只能表现作者的好意，因此必须去发现这些思想而不能臆造它们，我们见到的必须是有血有肉的思想。假若有许多作家感觉不到这些得不到承认的品质还实际存在，那么就没有必要继续写小说了。它们仍然存在着，并且要求得到解放，得到表现。①

于此，这种带有血肉的思想一度在二十世纪八十年代的先锋小说创作中被掩埋起来，直到二十世纪九十年代的创作发生转向后，先锋文学才更加关注人的精神向度以及广泛的批判构建。虽说自打出现之日起，先锋作家就一直处于被边缘化的尴尬与艰难的境地，但他们从未丢掉犀利的思辨与写作的热忱，而且迈向更加现实、更为广泛的创作之路，在二十一世纪又以群像悲剧为主体，深刻彰显内在独特且复杂多变的创作视角与悲剧意识，并一如既往地刻画人类的精神窘境、命运蹉跎以及存在的荒诞。这些因素使得先锋小说以更加怜悯与批判的目光审视和思考悲剧众生，在生命

---

① 引自王宁《诺贝尔文学奖获奖作家谈创作》，北京大学出版社，1987，第437页。

之内逐渐赋予了人心向善的期待，弘扬坚忍人格，发出了拯救灵魂的呼喊，唤醒了现代人类有关命运、存在、社会对话与反抗的勇气和信心。

需要指出的是，转向之后，先锋小说的悲剧意识并不是对自我前期的否定，因为小说内部一直存在着以下未曾改变的事实。

首先，就微观而言，转向之后的先锋小说在创作数量上呈现减少的趋势，但是作品的艺术品格与悲剧内涵在逐渐提高。正如苏童指出，这种情况可归因于先锋精神在于清醒认识自我的位置与价值的追求，在于拥有更加崇高的品格，在于先锋精神的永不熄灭。① 因此，真正的先锋是一种精神向度的不变，是那种不满足对天与地的传统或现代悲剧意识的单独维度，还是它试图调整、突破、综合以往悲剧意识的审美动向。在表面看来，先锋小说的回归是一种从当代悲剧意识中的撤退，但事实上是一种出于悲剧意识的全面思考。而先锋作家的这种勇于挑战自我创作惯性的行为本身就颇具悲剧精神的意味。

其次，作为转向后的先锋小说，其文学意义与社会影响力并不亚于早期作品。譬如获得茅盾文学奖的"江南三部曲"，荣获鲁迅文学奖的《隐身衣》，赢得茅盾文学奖的《蛙》，斩获大河文学奖的《丰乳肥臀》，以及国外屡得大奖的《活着》《许三观卖血记》，等等。因此，我们不能简单地将二十世纪九十年代的先锋小说视为一种完全的溃败。

再次，在神秘、命运、荒诞、孤独等方面的写作上，先锋小说又是将这些关于生命的悲剧升华到更加庄重与深刻的向度。如在莫言的《生死疲劳》与余华的《第七天》中，作品铺就了宗教性的精神圣地；格非的"江南三部曲"与《隐身衣》亦反映了人对乌托邦的精神追寻；苏童的《黄雀记》与马原的《牛鬼蛇神》突出了现实生活向往与崇高人生的企盼。在九十年代转向后的先锋小说中，我们也能发现天残的传统悲剧意识因子。例如，《妻妾成群》虽然代表了作家关于现实主义悲剧意识的回归，但作品所采用的叙事结构以及表现生命的态度仍为死亡轮回，这实与《一九三四年的逃亡》等早期小说一脉相承。通过书写时间跨度为一年的家庭兴衰

① 参见苏童《答自己问》，孔范今主编《苏童研究资料》，第54页。

史，道出百年家族命运的《敌人》；以学术研讨会为开端完成了与会者一生悲剧书写的《欲望的旗帜》；等等，这些小说又与格非早期作品《迷舟》存在同归之妙，该小说用一周的时间完成对"箫"的命运悲剧书写。以上种种实例表明转型后的先锋小说虽然远离了形式主义，却增加了现实性的文学厚度，以往那些不曾改变的对天、对地的悲剧意识亦在新近的作品中有所展露。

最后，就宏观而言，人类未来需要思考的生命主题必将还有悲剧。因为悲剧不仅仅存在于文学，它甚至是哲学、人类学等学科所需面对的共同主题。从人类社会存在与发展的进程来看，由于社会生产力水平的低下，人类首先经历了对抗自然的悲剧时代，在认识自然、了解自然的生命初期，产生了对天的崇拜与敬畏；随着科学技术的发展与社会的进步，我们完成了对抗自然的漫长历史进程，扬弃了人与自然之间的二元对立，使得自然的历史和历史的自然相统一，由此开始人类内部的矛盾斗争，迫使悲剧意识从敬畏自然转向对人类自身之殇的认识，完成了人类社会与历史文明的复杂转变；进入现代，人类虽然彻底占领了外界，却被物质与颓废的精神奴役，最终孤立了自身。宗教信仰与人文力量的减弱，伦理道德的逐步丧失局促了生命与世界之间的广阔联系。

而在这样三个历史发展的轨迹当中，我们发现悲剧意识的主体对象实际上只有两类：一类是外部环境——天与地；另一类正是人自身。第一类外部环境促使人类社会产生了神话、宗教与哲学。第二类外部环境让我们生成了认识与思想。然而，进入当代文艺领域，人类几乎忽略了第一类悲剧中有关天的存在，在大搞与人斗、与地斗的同时，忽视了与天斗的传统，结果导致自我逐步丧失生命与未知的交流。因此，中国现当代文学需要一场变革，一场先锋性的变革。可以说，自二十世纪八十年代，以反叛著称的先锋小说内在的悲剧意识就，不仅让我们认识到人与存在之间的荒诞关系以及人性与普遍存在之间的悲剧，还让我们重返广阔宇宙与重建世界的时代，彻底反思人与内在、人与外界实为多面的悲剧对应。而这样的先锋作品亦不再简单地回顾以往，而是以一种全新、综合的意识对人类在生命旅程中所面临的苦难进行先锋式的拆解。

如此的先锋精神正如鲁迅先生所言："无穷的远方，无数的人们，都与我有关。"① 先锋小说正是以愈加丰富、深刻的悲剧性创作去发现更加宽广、更具高尚的生命真实，去承担中国当代文学的未来使命。

① 鲁迅：《且介亭杂文末编》，人民出版社，2006，第343页。

主要参考文献

一 中文译著

〔奥〕弗兰兹·卡夫卡：《卡夫卡全集》，叶廷芳等译，河北教育出版社，1996。

〔奥〕弗兰兹·卡夫卡：《卡夫卡寓言与格言》，张柏权译，译文出版社，1989。

〔丹〕索伦·克尔凯郭尔：《克尔凯郭尔文集》，京不特译，中国社会科学出版社，2009。

〔德〕弗里德里希·恩格斯：《反杜林论》，中共中央马克思恩格斯列宁斯大林著作编译局译，人民出版社，1961。

〔德〕弗里德里希·威廉·尼采：《悲剧的诞生》，周国平译，作家出版社，1986。

〔德〕弗里德里希·威廉·尼采：《悲剧的诞生·偶像的黄昏》（英文版），中央编译出版社，2012。

〔德〕弗里德里希·威廉·尼采：《尼采全集》第1卷，周国平译，中国人民大学出版社，2011。

〔德〕弗里德里希·威廉·尼采：《曙光》，田立年译，漓江出版社，2007。

〔德〕格奥尔格·威廉·弗里德里希·黑格尔：《美学》第3卷（下册），朱光潜译，商务印书馆，1979。

〔德〕古斯塔夫·施瓦布：《希腊神话故事》，赵燮生、艾英译，长江文艺出版社，2006。

〔德〕卡尔·曼海姆：《意识形态与乌托邦》，黎鸣等译，商务印书馆，2000。

〔德〕卡尔·雅斯贝尔斯：《悲剧的超越》，亦春译，工人出版社，1988。

〔德〕克劳斯·瓦根巴赫：《卡夫卡传》，周建明译，北京十月文艺出版社，1998。

〔德〕马丁·布伯：《我与你》，陈维刚译，生活·读书·新知三联书店，2002。

〔德〕马丁·海德格尔：《路标》，孙周兴译，商务印书馆，2000。

〔德〕亚瑟·叔本华：《作为意志和表象的世界》，石冲白译，商务印书馆，1982。

〔俄〕别林斯基：《别林斯基选集》，满涛译，上海译文出版社，1979。

〔法〕阿贝尔·加缪：《荒谬的人》，张汉良译，花城出版社，1991。

〔法〕阿贝尔·加缪：《局外人》，柳鸣九译，天津人民出版社，2016。

〔法〕阿贝尔·加缪：《西西弗的神话》，杜小真译，西苑出版社，2007。

〔法〕阿贝尔·加缪：《西西弗神话》，沈志明译，上海译文出版社，2010。

〔法〕加斯东·巴什拉：《梦想的诗学》，刘自强译，生活·读书·新知三联书店，1996。

〔法〕利奥塔尔：《后现代状况》，车槿山译，南京大学出版社，2011。

〔法〕米歇尔·福柯：《疯癫与文明：理性时代的疯狂史》，刘北成、杨远婴译，生活·读书·新知三联书店，2003。

〔法〕伊波利特·丹纳：《艺术哲学》，傅雷译，广西师范大学出版社，2000。

〔古希腊〕亚里士多德：《诗学》，陈中梅译，商务印书馆，1996。

〔荷〕巴鲁赫·斯宾诺莎：《神学政治论》，温锡增译，商务印书馆，1963。

〔加〕诺思罗普·弗莱：《批评的剖析》，陈慧等译，百花文艺出版社，1998。

〔捷克〕米兰·昆德拉：《小说的艺术》，董强译，生活·读书·新知三联书店，1995。

〔美〕埃里希·弗洛姆：《健全的社会》，孙恺祥译，上海译文出版社，2017。

〔美〕埃里希·弗洛姆：《逃避自由》，刘林海译，国际文化出版公司，2002。

〔美〕保罗·蒂里希：《政治期望》，徐钧尧译，四川人民出版社，1989。

〔美〕丹尼尔·贝尔：《资本主义文化矛盾》，严蓓雯译，生活·读书·新知三联书店，1989。

〔美〕弗雷德里克·杰姆逊：《后现代主义与文化理论》，唐小兵译，北京大学出版社，1997。

〔美〕海伦·加德纳：《宗教与文学》，沈弘等译，四川人民出版社，1989。

〔美〕罗伯特·阿·马丁主编《阿瑟·米勒论剧散文》，陈瑞兰、杨淮生译，生活·读书·新知三联书店，1987。

〔美〕罗洛·梅：《人寻找自己》，冯川等译，贵州人民出版社，1991。

〔美〕乔治·瑞泽尔：《后现代社会理论》，谢立中译，华夏出版社，2003。

〔美〕苏珊·朗格：《情感与形式》，刘大基、傅志强、周发祥译，中国社会科学出版社，1986。

〔墨〕奥克塔维奥·帕斯：《帕斯作品选》，赵振江译，云南人民出版社，1993。

〔匈〕乔治·卢卡契：《悲剧的形而上学》，傅正明译，中国戏剧出版社，1992。

〔意〕贝奈戴托·克罗齐：《历史学的理论和实际》，傅任敢译，商务印书馆，1982。

〔意〕维柯：《新科学》（上），朱光潜译，商务印书馆，1989。

〔英〕爱·摩·福斯特：《小说面面观》，苏炳文译，花城出版社，1982。

〔英〕弗吉尼亚·伍尔夫：《论小说与小说家》，瞿世镜译，上海译文出版社，2000。

〔英〕拉曼·塞尔登编《文学批评理论》，刘象愚译，北京大学出版社，2000。

〔英〕雷蒙德·威廉斯：《现代悲剧》，丁尔苏译，译林出版社，2007。

〔英〕维特根斯坦：《逻辑哲学论》，陈启伟译，商务印书馆，1962。

〔英〕约翰·福尔斯：《法国中尉的女人》，陈安全译，南海出版公司，2014。

二 中文著作

《残雪文学观》，广西师范大学出版社，2007。

《残雪文学回忆录》，广东人民出版社，2017。

《残雪自选集》，海南出版社，2008。

《李健吾创作评论选集》，人民文学出版社，1984。

《鲁迅全集》第1卷，人民文学出版社，2013。

《鲁迅全集》第6卷，人民文学出版社，2013。

《马原散文》，浙江文艺出版社，2001。

《朱光潜全集》第2卷，安徽教育出版社，1987。

阿英编《晚清文学丛钞小说戏曲研究卷》，中华书局，1960。

北村：《安慰书》，花城出版社，2016。

北村：《玻璃》，上海人民美术出版社，2003。

北村：《发烧》，北京十月文艺出版社，2004。

北村：《愤怒》，团结出版社，2004。

北村：《公路上的灵魂》，新华出版社，2005。

北村：《公民凯恩》，新疆人民出版社，2002。

北村：《老木的琴》，云南人民出版社，1999。

北村：《另一种阳光》，时代文艺出版社，2005。

北村：《鸟》，东方出版社，2004。

北村：《施洗的河》，花城出版社，2016。

北村：《望着你》，东方出版社，2003。

北村：《我和上帝有个约》，长江文艺出版社，2006。

北村：《消失的人类》，新疆人民出版社，2002。

北村：《长征》，时代文艺出版社，2001。

北村：《周渔的火车》，作家出版社，2002。

北村：《卓玛的爱情》，长江文艺出版社，1994。

北村：《自以为是的人》，作家出版社，2017。

残雪：《暗夜》，华文出版社，2006。

残雪：《边疆》，上海文艺出版社，2008。

残雪：《传说中的宝藏》，春风文艺出版社，2006。

残雪：《垂直的阅读》，湖南文艺出版社，2014。

残雪：《从未描述过的梦境》，作家出版社，2004。

残雪：《地狱中的独行者》，生活·读书·新知三联书店，2003。

残雪：《黑色的舞蹈——残雪小说文集》，民族出版社，2000。

残雪：《黄泥街》，长江文艺出版社，2001。

残雪：《辉煌的裂变：卡尔维诺的艺术生存》，上海文艺出版社，2009。

残雪：《解读博尔赫斯》，人民文学出版社，2000。

残雪：《灵魂的城堡——理解卡夫卡》，上海文艺出版社，1999。

残雪：《美丽南方之夏日》，云南人民出版社，2000。

残雪：《美人》，河南文艺出版社，2009。

残雪：《侵蚀》，湖南文艺出版社，2014。

残雪：《趋光运动——回溯童年的精神图景》，上海文艺出版社，2008。

残雪：《思想汇报——残雪小说文集》，民族出版社，1998。

残雪：《天堂里的对话》，作家出版社，1988。

残雪：《通往心灵之路——残雪小说文集》，民族出版社，2000。

残雪：《突围表演》，上海文艺出版社，1990。

残雪：《为了报仇写小说》，湖南文艺出版社，2003。

残雪：《蚊子与山歌》，中国文联出版社，2001。

残雪：《五香街》，作家出版社，2011。

残雪：《艺术复仇》，广西师范大学出版社，2003。

残雪：《永生的操练》，北京十月文化出版社，2004。

残雪：《最后的情人》，湖南文艺出版社，2016。

陈晓明：《表意的焦虑——历史祛魅与当代文学变革》，中央编译出版社，2004。

陈晓明：《无边的挑战》，时代文艺出版社，1993。

陈晓明：《移动的边界》，湖北教育出版社，2000。

程孟辉：《西方悲剧学说史》，中国人民大学出版社，1994。

邓友梅编《中国小说50强（1978~2000）》，时代文艺出版社，2001。

高行健：《对一种现代戏剧的追求》，中国戏剧出版社，1988。

郜元宝：《拯救大地》，学林出版社，1994。

格非：《边缘》，上海文艺出版社，2013。

格非：《不过是垃圾》，春风文艺出版社，2007。

格非：《朝云欲寄：格非文学作品精选》，华东师范大学出版社，2009。

格非：《春尽江南》，上海文艺出版社，2011。

格非：《敌人》，花城出版社，1991。

格非：《格非中篇小说代表作》，春风文艺出版社，2007。

格非：《褐色鸟群：荒诞小说选萃》，北京师范大学出版社，1989。

格非：《呼哨》，长江文艺出版社，1992。

格非：《戒指花》，春风文艺出版社，2007。

格非：《卡夫卡的钟摆》，华东师范大学出版社，2004。

格非：《蒙娜丽莎的微笑：格非中短篇小说》，上海文艺出版社，2014。

格非：《迷舟》，作家出版社，1989。

格非：《青黄》，浙江文艺出版社，2001。

格非：《人面桃花》，上海文艺出版社，2004。

格非：《塞壬的歌声》，上海文艺出版社，2001。

格非：《傻瓜的诗篇》，时代文艺出版社，2001。

格非：《山河入梦》，作家出版社，2007。

格非：《树与石》，江苏文艺出版社，1996。

格非：《望春风》，译林出版社，2016。

格非：《文学的邀约》，清华大学出版社，2010。

格非：《隐身衣》，人民文学出版社，2012。

格非：《雨季的感觉》，新世界出版社，1994。

格非：《欲望的旗帜》，上海文艺出版社，2013。

古典文艺理论译丛编辑委员会编《古典文艺理论译丛》第3卷，知识产权出版社，2010。

韩少功：《文学的"根"》，山东文艺出版社，2001。

洪峰：《爱情岁月》，九州出版社，1995。

洪峰：《东八时区·和平年代（长篇小说卷）》，华夏出版社，1997。

洪峰：《革命革命啦》，春风文艺出版社，2004。

洪峰：《和平年代》，中国社会出版社，1995。

洪峰：《苦界》，春风文艺出版社，1993。

洪峰：《模糊年代》，时代文艺出版社，2001。

洪峰：《女人塔》，华夏出版社，1997。

洪峰：《去明天的路上》，春风文艺出版社，2003。

洪峰：《喜剧之年》，江苏文艺出版社，1997。

洪峰：《中年底线》，春风文艺出版社，2002。

洪治纲：《余华评传》，郑州大学出版社，2005。

侯维瑞主编《英国文学通史》，上海外语教育出版社，1999。

胡西宛：《先锋作家的死亡叙事》，湖南人民出版社，2010。

孔范今主编《苏童研究资料》，山东文艺出版社，2006。

雷达、赵学勇、程金城主编《中国现当代文学通史》，甘肃人民出版社，2006。

李锐：《谁的人类》，时代文艺出版社，2000。

李幼蒸：《当代西方文学思想的一面镜子》，中国人民大学出版社，2008。

林骧华主编《卡夫卡文集》，安徽文艺出版社，1997。

林舟：《生命的摆渡——当代作家访谈录》，海天出版社，1998。

刘宝瑞等编译《美国作家论文学》，生活·读书·新知三联书店，1984。

刘小枫、陈少明主编《海德格尔的政治时刻》，华夏出版社，2009。

刘小枫主编《舍勒作品系列》第三册，北京师范大学出版社，2014。

刘再复：《性格组合论》，安徽文艺出版社，1999。

柳鸣九、沈志明主编《加缪全集》第3卷，河北教育出版社，2002。

柳鸣九主编《二十世纪中国文学中的荒诞》，湖南教育出版社，1993。

鲁迅：《呐喊》，人民文学出版社，2001。

鲁迅：《且介亭杂文末编》，人民出版社，2006。

陆一帆：《新美学原理》，广西人民出版社，1983。

吕新：《草青》，长江文艺出版社，2001。

吕新：《成为往事》，中国华侨出版社，2012。

吕新：《抚摸》，花城出版社，1993。

吕新：《光线》，中国青年出版社，1995。

吕新：《葵花》，北岳文艺出版社，1996。

吕新：《梅雨》，中国华侨出版社，2011。

吕新：《阮郎归》，中国华侨出版社，2011。

吕新：《山中白马》，作家出版社，1993。

吕新：《瘦瘦的相思花》，时代文艺出版社，1990。

吕新：《夜晚的顺序》，长江文艺出版社，1995 年版。

马晖：《民族悲剧意识与个体艺术表现：中国现代重要作家悲剧创作研究》，民族出版社，2006。

马原：《爱物：马原文集》卷三，作家出版社，1997。

马原：《百窘：马原文集》卷四，作家出版社，1997。

马原：《纠缠》，北京十月文艺出版社，2013。

马原：《旧死：马原文集》卷二，作家出版社，1997。

马原：《牛鬼蛇神》，上海文艺出版社，2012。

马原：《上下都很平坦》，作家出版社，2010。

马原：《死亡的诗意：马原自选集》，花城出版社，2013。

马原：《小说密码》，作家出版社，2009。

马原：《虚构：马原文集》卷一，作家出版社，1997。

马原：《悬疑地带》，海峡文艺出版社，2002。

莫言：《白狗秋千架》，浙江文艺出版社，2017。

莫言：《丰乳肥臀》，中国工人出版社，2003。

莫言：《红高粱家族》，南海出版社，1999。

莫言:《红树林》,浙江文艺出版社,2017。

莫言:《欢乐》,浙江文艺出版社,2017。

莫言:《酒国》,浙江文艺出版社,2017。

莫言:《生死疲劳》,浙江文艺出版社,2017。

莫言:《师傅越来越幽默》,浙江文艺出版社,2017。

莫言:《十三步》,浙江文艺出版社,2017。

莫言:《食草家族》,浙江文艺出版社,2017。

莫言:《四十一炮》,浙江文艺出版社,2017。

莫言:《檀香刑》,上海文艺出版社,2012。

莫言:《天堂蒜薹之歌》,浙江文艺出版社,2017。

莫言:《蛙》,浙江文艺出版社,2017。

莫言:《小说的气味》,春风文艺出版社,2003。

莫言:《用耳朵阅读》,作家出版社,2012。

石敏敏:《希腊人文主义:论德行、教育与人的福祉》,上海人民出版社,2003。

苏童:《城北地带》,上海文艺出版社,2013。

苏童:《刺青时代》,上海文艺出版社,2013。

苏童:《河岸》,上海文艺出版社,2018。

苏童:《红粉》,上海文艺出版社,2013。

苏童:《黄雀记》,作家出版社,2013。

苏童:《米》,江苏文艺出版社,1996。

苏童:《菩萨蛮》,上海文艺出版社,2013。

苏童:《妻妾成群》,上海文艺出版社,2010。

苏童:《蛇为什么会飞》,上海文艺出版社,2012。

苏童:《我的帝王生涯》,上海文艺出版社,2005。

苏童:《驯子记》,上海文艺出版社,2004。

苏童:《罂粟之家》,上海文艺出版社,2013。

孙甘露:《比缓慢更缓慢》,百花文艺出版社,2004。

孙甘露:《访问梦境》,重庆大学出版社,2015。

孙甘露：《甘露六短篇》，人民邮电出版社，2016。

孙甘露：《呼吸》，花城出版社，1997。

孙甘露：《今日无事》，上海书店出版社，2009。

孙甘露：《请女人猜谜》，上海文艺出版社，2017。

孙甘露：《上海的时间玩偶》，学林出版社，2004。

孙甘露：《孙甘露散文选集·百花散文书系·当代卷》，百花文艺出版社，2011。

孙甘露：《我是少年酒坛子》，上海书店出版社，2007。

孙甘露：《信使之函》，华东师范大学出版社，2016。

童庆炳主编《文学理论教程》，高等教育出版社，1998。

王国维、蔡元培：《红楼梦评论·石头记索隐》，上海古籍出版社，2011。

王宁：《诺贝尔文学奖获奖作家谈创作》，北京大学出版社，1987。

王尧、林建法编《苏童王宏图对话录》，苏州大学出版社，2003。

王忠琪等编译《法国作家论文学》，生活·读书·新知三联书店，1984。

肖厚国：《古希腊神义论：政治与法律的序言》，上海人民出版社，2012。

谢无量：《中国大文学史》第8卷，中华书局，1929。

邢建昌、鲁文忠：《先锋浪潮中的余华》，华夏出版社，2000。

杨周翰主编《莎士比亚评论汇编》，中国社会科学出版社，1981。

叶廷芳：《现代艺术的探险者》，花城出版社，1986。

尹国均：《先锋实验》，东方出版社，1998。

尹鸿：《悲剧意识与悲剧艺术》，安徽教育出版社，1992。

余华：《第七天》，新星出版社，2013。

余华：《活着》，作家出版社，2010。

余华：《没有一条道路是重复的》，作家出版社，2017。

余华：《朋友》，江苏文艺出版社，2003。

余华：《世事如烟》，作家出版社，2012。

余华：《温暖和百感交集的旅程》，作家出版社，2017。

余华：《我胆小如鼠》，上海文艺出版社，2004。

余华：《我能否相信自己》，人民日报出版社，1998。

余华：《现实一种》，作家出版社，2017。

余华：《兄弟》，作家出版社，2012。

余华：《许三观卖血记》，作家出版社，2012。

余华：《音乐影响了我的写作》，上海文艺出版社，2004。

余华：《在细雨中呼喊》，作家出版社，2012。

余华：《战栗》，作家出版社，2012。

余秋雨：《戏剧理论史稿》，上海文艺出版社，1983。

扎西达娃：《风马之耀》，北京文化艺术出版社，1991。

扎西达娃：《骚动的香巴拉》，作家出版社，1993。

扎西达娃：《西藏，系在皮绳结上的魂》，长江文艺出版社，1993。

扎西达娃：《西藏，隐秘岁月》，长江文艺出版社，1993。

扎西达娃：《扎西达娃小说集》，中华书局，2011。

张爱玲：《流言》，五洲书报社，1944。

张俊才、李扬：《二十世纪中国文学主潮》，河北教育出版社，2002。

张清华：《境外谈文》，花山文艺出版社，2004。

张曙光：《生存哲学》，云南人民出版社，2001。

张学军：《中国当代小说中的现代主义》，山东大学出版社，2005。

赵凯：《悲剧与人类意识》，学林出版社，2009。

赵振江：《拉丁美洲大花园》，湖北教育出版社，2007。

中共中央马克思恩格斯列宁斯大林著作编译局主编《马克思恩格斯选集》，人民出版社，2012。

中国科学院哲学研究所西方哲学史组编《存在主义哲学》，商务印书馆，1963。

中国社会科学院外国文学研究所外国文学研究资料丛刊编辑委员会编《外国现代剧作家论剧作》，中国社会科学出版社，1982。

周峰：《主体的实践：马克思〈关于费尔巴哈的提纲〉如是读》，广东人民出版社，2016。

周国平：《尼采在世纪的转折点上》，新世界出版社，2008。

朱德发、温奉桥：《20世纪中国文学理性精神》，人民出版社，2003。

朱光潜：《悲剧心理学》，张隆溪译，人民文学出版社，1983。

三　外文著作

Abrams, M. H., *A Glossary of Literary Terms*, Toronto: Thomson Learning, 1981.

Benjamin, A., *The Lyotard Reader*, Oxford: Blackwell Publishers Ltd., 1989.

Bradley, A. C. &Bayley, J., *Shakespearean Tragedy: Lectures on Hamlet, Othello, King Lear, and Macbeth*, London: Macmillan Publishers Ltd., 1995.

Camus, A., *The Myth of Sisyphus and Other Essays*, Justin O' Brien (Trans.), Vintage: Reissue Edition, 1991.

Camus, A., *The possessed: A Play in Three Parts*, London: Hamish Hamilton, 1960.

Corrigan, R. W., *Tragedy: Vision and Form*, California: Chandler Publishing Company, 1965.

deMourgues, Odette., *Racine or The Triumph of Relevance*, Cambridge: Cambridge University Press, 1967.

Dixon, W. M., *Tragedy*, London: Edward Arnold & Co. Ltd, 1929.

Drakakis, J. & Liebier, N. C., *Tragedy*, London: Longman Publishing House, 1998.

Draper, R. P., *Tragedy: Developments in Criticism*, Hong Kong: Macmillan Education Ltd, 1980.

Ellison, D. R., *Understanding Albert Camus*, Columbia: University of South Carolina Press, 1990.

Freud, S., *The Complete Psychological Works of Sigmund Freud* (24 Vol.), New York: W. W. Norton & Company, 1976.

Haney, S. W. , *Humanisms and the Humanities in the Twenty-first Century*, P. Malekin (Ed.), London: Associated University Presses, 2001.

Hutcheon, L. , *A Poetics of Postmodernism: History, Theory, Fiction*, New York: Routledge, 1988.

Keller, C. , *Process and Difference: Between Cosmological and Poststructuralist Postmodernis*, Albany: State University of New York Press, 2002.

Kierkegaard, S. A. , *Either/Or*, Alastair Hannay (Trans.), Princeton: Princeton University Press, 1987.

Leech, C. , *Tragedy: The Critical Idiom*, London & New York: Routledge, 1969.

McBride, W. L. , *Existentialist Literature and Aesthetics*, New York &London: Garland Publishing, Inc, 1997.

Myers, H. A. , *Tragedy: A View of Life*, New York: Cornell University Press, 1956.

Nicoll, A. , *The Theory of Drama*, New York: AMS Press, 1980.

Nietzsche, F. , *The Birth of Tragedy*, Francis Golffing (Trans.) . New York: Norton, 1997.

Orlov, P. A. , *An American Tragedy: Perils of the Self Seeking "Success"*, London: Associated University Press, 1998.

Sartre, J. P. , *Being and Nothingness: An Essay on Phenomenological Ontology*, Beijing: Chinese Social Sciences Publishing House, 1999.

Sartre, J. P. , *Existentialism Is a Humanism*, In Stephen Priest (Ed.), Jean-Paul Sartre: Basic Writings, London and New York: Routledge, 2001.

Sophocles, *Oedipus Rex*, Boston: Little, Brown and Company, 1970.

Steiner, G. , *The Death of Tragedy*, New Haven& London: Yale University Press, 1996.

Sweeney, K. W. , *The Philosophical Contexts of Sartre's The Wall and Other Stories: Stories of Bad Faith*, Lanham: Lexington Books, 2016.

Thomas, D. M. , *Memories and Hallucinations*, New York: Viking

Penguin Inc, 1988.

Walter, K. , *Tragedy and Philosophy*, New Jersey: Princeton University Press, 1992.

Webber, J. , *The Existentialism of Jean-Paul Sartre*, New York: Routledge, 2009.

索 引

后 记

作为中国文学中的现代主义流派，先锋小说的创作从未停止，而它所蕴含的悲剧意识也在不断地发展、变化。结合东西方悲剧理论，我构建了悲剧意识三维论，并以该理论为基础，对中国先锋小说内部动态、多元且复杂的悲剧意识进行了梳理与总结。

经过精心写作、修改、校对，我的第一部学术专著终将付梓。落笔之际，我感慨万千，仿佛还有千言万语，却又茫然无措，不知从何说起。

此书是我在博士学位论文的基础上增补而成的，它是我自己人生步入学术相对成熟之年的第一本专著。若这可以算作人生中一个小小成绩的话，那它首先要归功于我的导师袁洪庚先生。论文从确定，到构思，再到书写，都得到老师的悉心教导。在撰写过程中，自己一度动摇、沮丧、回避，是老师的学术执念与肯定让我坚持下来，完成了论文的写作。平时，老师为人谦和、质朴，但与老师相处多年，最为钦佩的是他学术的严谨与为人的风骨，这使我终身受益。

在撰写论文期间，兰州大学文学院的程金城先生、古世仓先生、张进先生、彭岚嘉先生同样给予了我极大的启发和帮助。社会科学文献出版社的吴超先生对此书的修改与建议，更让我明白一位终生奉献于学术之人所需的严谨与博学。

此外，还要感谢父母，感谢爱人张敏博士的无私付出与包容体谅！

感谢兰州大学的不断栽培，更感谢苍凉的西北，在它夜夜的凝视中，我的心复归平静。

柴橚 2018 年于兰州大学 茸龙斋

216

图书在版编目（CIP）数据

东西方悲剧意识与中国先锋小说创作：1979~2016 /
柴橚著 . --北京：社会科学文献出版社，2019.9
ISBN 978-7-5201-5469-7

Ⅰ.①东…　Ⅱ.①柴…　Ⅲ.①小说研究–中国–当代
Ⅳ.①I207.42

中国版本图书馆 CIP 数据核字（2019）第 193000 号

东西方悲剧意识与中国先锋小说创作（1979~2016）

著　　者 / 柴　橚

出 版 人 / 谢寿光
责任编辑 / 吴　超

出　　版 / 社会科学文献出版社·人文分社（010）59367215
　　　　　　地址：北京市北三环中路甲 29 号院华龙大厦　邮编：100029
　　　　　　网址：www.ssap.com.cn
发　　行 / 市场营销中心（010）59367081　59367083
印　　装 / 三河市尚艺印装有限公司

规　　格 / 开本：787mm×1092mm　1/16
　　　　　　印张：15　字数：226 千字
版　　次 / 2019 年 9 月第 1 版　2019 年 9 月第 1 次印刷
书　　号 / ISBN 978-7-5201-5469-7
定　　价 / 89.00 元

本书如有印装质量问题，请与读者服务中心（010-59367028）联系